우리고전 **100선** 20

일기를 쓰다 2— 흠영 선집

우리고전 **100**선 20

일기를 쓰다 2—흠영 선집

2015년 7월 20일   초판 1쇄 발행
2021년 3월 15일   초판 3쇄 발행

편역   김하라
기획   박희병
펴낸이   한철희
펴낸곳   돌베개
편집   이경아
디자인   이은정
디자인기획   민진기디자인
표지그림   전갑배(일러스트레이터, 서울시립대학교 시각디자인대학원 교수)

등록   1979년 8월 25일 제406-2003-000018호
주소   (10881) 경기도 파주시 회동길 77-20 (문발동)
전화   (031) 955-5020
팩스   (031) 955-5050
홈페이지   www.dolbegae.co.kr
전자우편   book@dolbegae.co.kr

ISBN 978-89-7199-679-9 04810
ISBN 978-89-7199-250-0 (세트)

우리고전 **100선 20**

일기를 쓰다 2

—

흠영 선집

유만주 지음·김하라 편역

돌베
개

지금 세계화의 파도가 높다. 현재 진행되고 있는 세계화는 비단 '자본'의 문제이기만 한 것이 아니라, '문화'와 '정신'의 문제이기도 하다. 그 점에서, 세계화에 어떻게 대응할 것인가 하는 것은 우리의 생존이 걸린 사활적(死活的) 문제인 것이다. 이 총서는 이런 위기의식에서 기획되었으니, 세계화에 대한 문화적 방면에서의 주체적 대응이랄 수 있다.

생태학적으로 생물다양성의 옹호가 정당한 것처럼, 문화다양성의 옹호 역시 정당한 것이며 존중되지 않으면 안 된다. 그럼에도 세계화의 추세 속에서 문화다양성은 점점 벼랑 끝으로 내몰리고 있는 것처럼 보인다. 하지만 문화적 다양성 없이 우리가 온전히고 행복한 삶을 살 수 있겠는가. 동아시아인, 그리고 한국인으로서의 문화적 정체성은 인권(人權), 즉 인간 권리의 문제이기도 하기 때문이다. 그래서 우리 고전에 대한 새로운 조명과 관심의 확대가 절실히 요망된다.

우리 고전이란 무엇을 말함인가. 그것은 비단 문학만이 아니라 역사와 철학, 예술과 사상을 두루 망라한다. 그러므로 일반적으로 알려져 있는 것보다 훨씬 광대하고, 포괄적이며, 문제적이다.

하지만, 고전이란 건 따분하고 재미없지 않은가? 이런 생각의 상당 부분은 편견일 수 있다. 그리고 이런 편견의 형성에는 고전을 연구하는 사람들에게 큰 책임이 있다. 시대적 요구에 귀 기울이지 않은 채 딱딱하고 난삽한 고전 텍스트를 재생산해 왔으니까. 이런 점을 자성하면서 이 총서는 다음의 두 가지 점에 특히 유의하고자 한다. 하나는, 권위주의적이고 고지식한 고전의 이미지를 탈피하는 것. 둘은, 시대적 요구를 고려한다는 그럴듯한 명분을 내세워 상업주의에 영합한 값싼 엉터리 고전책을 만들지 않도록 하는 것. 요컨대, 세계 시민의 일원인 21세기 한국인이 부담감 없이 '쉽게' 접근할 수 있는, 그러면서도 품격과 아름다움과 깊이를 갖춘 우리 고전을 만드는 게 이 총서가 추구하는 기본 방향이다. 이를 위해 이 총서는, 내용적으로든 형식적으로든, 기존의 어떤 책들과도 구별되는 여러 모색을 시도하고 있다. 그리하여 고등학생 이상이면 읽고 이해할 수 있도록 번역에 각별히 신경을 쓰고, 작품에 간단한 해설을 붙이기도 하는 등, 독자의 이해를 돕고자 하였다.

특히 이 총서는 좋은 선집(選集)을 만드는 데 큰 힘을 쏟고자 한다. 고전의 현대화는 결국 빼어난 선집을 엮는 일이 관건이자 종착점이기 때문이다. 이 총서는 지난 20세기에 마련된 한국 고전의 레퍼토리를 답습하지 않고, 21세기적 전망에서 한국의 고전을 새롭게 재구축하는 작업을 시도할 것이다. 실로 많은 난관이 예상된다. 하지만 최선을 다해 앞으로 나아가고자 한다. 그리하여 비록 좀 느리더라도 최소한의 품격과 질적 수준을 '끝까지' 유지하고자 한다. 편달과 성원을 기대한다.

박희병

여기 스물네 권의 오래된 일기장이 있다. 약 200년 전 서울 남대문 근방에 살았던 사대부 지식인 유만주(兪晩柱, 1755~1788)가 그 주인이다. 만 스무 살에 시작하여 서른네 살 생일을 며칠 앞두고 세상을 뜨기 직전까지 쓴 일기이니 길지 않은 그의 생애가 오롯이 담겼다 해도 과언이 아닐 것이다.

　가로 22.5cm에 세로 35.8cm의 큼지막한 한지를 묶어 만든 두툼한 공책이 부족할세라 가늘고 단정한 한문 글씨로 13년의 시간을 촘촘하게 채운 이 일기의 젊은 주인은 그것을 '흠영'(欽英)이라 불렀다. '흠영'이란 '꽃송이와 같은 인간의 아름다운 정신을 흠모한다'는 뜻의 조어(造語)로, 유만주의 자호(自號)이기도 하다. 이와 같은 일대일대응에서 우리는 『흠영』이 단순한 일기장이 아니라 저자 유만주의 분신이자 또 다른 '나'임을 어렵지 않게 짐작할 수 있다.

　이 일기에 남은 유만주는 사마천과 어깨를 겨룰 만한 위대한 역사가가 되길 소망하며, 그런 자신의 꿈을 믿고 정진한 젊은이였다. 그는 정사(正史)와 야사(野史) 및 소설에 이르기까지 인간의 일을 기록한 것이라면 무슨 책이든 몰두하여 읽고 논평한 열정적인 독서가였고, 당시 조선의 현실을 객관적인 태도로 주시하며 자신의 견문을 꼼꼼히 기록한 재야 역사가였다. 이에 공사(公私) 영역에 걸친 그의 경험이 구체적이고도 상세하게 재현된 그의 일기는 18세기 후반 조선이라는 시공과 그곳에 살았던 사람들의 모습을 상상하는 데 큰 도움을 주는 자료가 된다.

우리의 일기가 종종 그러하듯, 『흠영』은 저자의 내면의 일들을 털어놓는 외롭고도 풍요로운 창구였다. 행복할 때보다는 힘들고 우울할 때 일기를 찾게 되는 법이거니와, 『흠영』에는 죽을 때까지 자기 확신을 갖지 못한 청년의 답답하고 회의적인 마음이 넘치도록 일렁인다.

일기를 통해 현실의 불만과 결핍까지도 보상하려는 듯 유만주는 자신이 아는 모든 아름답고 이상적인 것들을 동원하여 스스로가 주인공인 허구 세계를 설계하고 채워 나가는 일에 집착했다. 이런 면에서 보자면 그는 하릴없는 퇴영적 몽상가지만, 상상으로 아로새긴 그의 세계는 유리로 세공한 듯 정교하고 빛이 나서 그 허망한 언어의 성(城)을 들여다보고 있노라면 슬픔이 깃든 기이한 아름다움이 느껴진다.

하지만 이 모든 것들은 『흠영』에만 남아 있을 뿐이다. 유만주는 살아 있는 동안 자신의 꿈을 이해받지 못하고 죽어서는 거의 기억되지 못했다. 그렇다면 그는 꿈만 꾸다가 병약하고 우울한 삶을 마치고 잊혀 버린 한 사람의 실패자에 불과할까?

이 질문과 관련하여 유만주의 말을 직접 들어 볼 필요가 있겠다. 스물한 살의 그는 첫해에 쓴 일기의 서문에서 이런 말을 했다.

사람이 세상에 태어나면 누구든 어떤 일을 겪게 된다. 그 일들은 한순간도 그치지 않고 언제나 나의 몸에 모여들기 때문에 날마다 다르고 달마다 다르다. 이처럼 내가 겪게 되는 일들은 시간이 얼마 지나지 않았을 때는 자세히 기억나지만, 조금 오래되면 흐릿해지고, 이미 멀어지고 나면 잊어버리게 된다. 그런데 일기를 쓰면 오래지 않은 일은 더욱 자세히 기억나고 조금 오래된 일도 흐릿해지지 않으며 이미 멀어진 일도 잊어버리지 않게 된다.
내가 글을 배운 이래 작년까지 3,700일 남짓이 지났다. 그런데 그 3,700일 동안 겪은 일들을 모두 기록하지 않았기 때문에 지난날을 돌이켜 보면, 꿈속에 또렷하던 것이 깨고 나면 아물아물하고,

번쩍 빛나는 번개가 돌아보면 사라져 없는 것처럼 좀체 떠오르지 않는다. 일기를 쓰지 않은 탓이다.

사람의 목숨은 하늘에 달린 것이므로, 당연히 그걸 늘이거나 줄일 수는 없다. 그러나 내가 겪는 일들은 나 자신에게 달린 것이므로, 그 경험을 상세히 기억하거나 간략히 덜어내는 것은 오직 내가 할 노릇일 따름이다. 그래서 나에게 일어나는 일들을 기록하는 것인데, 그 일들은 하루라는 시간과 이어져 있고, 하루는 한 달과 이어져 있으며, 한 달은 한 해와 이어져 있다. 이렇게 일기를 씀으로써 저 하늘이 나에게 정해 준 목숨을 끝까지 남김없이 살며 하나도 폐기하지 않으려는 것이다.

자신에게 생애로 주어진 시간을 하나도 버리지 않고 남김없이 사는 것은 그뿐만 아니라 우리 모두에게 주어진 과제일 것이다. 그런데 유만주는 자신의 경험을 기억함으로써 그 과제를 수행하려는 것이고, 여기서 일기 쓰기는 더없이 좋은 방편이 되어 준다. 시간은 경험이라는 모습으로 나에게 주어지고 나는 하루의 경험을 기록하는 것에서 출발하여 삶의 끝까지 그 글쓰기를 관철함으로써 나의 생애를 온전히 소유할 수 있게 된다. 결국 경험은 기록의 형태로 완성되고 나의 소유가 되는 것이다. 이렇게 기억을 통해 삶을 완성하고자 일기를 써 오던 유만주는 서른 살 무렵의 어느 가을밤 자기 집 뜰에서 벗에게 이런 말을 했다.

"어째서 사람들은 무엇도 기억하려 하지 않으면서 기억에 남는 이가 되려고만 하는 걸까?"

유만주는 바로 '기억하는 이'가 되는 데서 삶의 보람을 찾은 듯하다. 그래서 조선에 유통되는 다양한 책들을 읽고, 각계각층 사람들의 이야기에 귀를 기울이고, 날마다 발견하는 일상적이거나 비일상적인 풍경들에 눈을 주었던 하루를 기억하여 일기에 적음으로써 자신의 나날들을 완성하려 했을 것이다. 비록 사회적으로 인정받는 지위에 오르거나 눈에 띄는 위대한 업적을 남기지는 못했지만, 자신의 기억들을 사랑하여 그렇게 정성스레 일기를 쓰는 하루가 13년간 거의 빠짐없이 지속된 그의 삶이 불행하고 의미 없는 것이었다고는 생각되지 않는다.

이 책은 유만주가 쌓아 올린 거대한 기억의 구조물인 『흠영』 중에서 오늘날의 우리에게도 의미가 있다고 판단되는 것들을 일부 뽑아 번역한 것이다. 이 책을 읽는 분들이 유만주의 낮은 목소리에 귀 기울이며, 낯설면서도 어디선가 본 듯한 조선의 풍경과 그 속의 사람들을 만날 수 있기를 바란다.

이 책은 두 권으로 나뉘어 있다. 1권은 일기를 통해 자기를 응시하며 스스로와 대화를 나누는 한편, 책과 지식에 대한 무한한 열의로 자신의 한계를 극복하고자 했던 유만주 개인의 면모와 관련된 내용을 주로 수록했다. 2권은 18세기 조선의 아름답고도 비참한 면면을 가감 없이 기록한 글들을 모아 보았다. 유만주의 생애와 『흠영』에 대해 상세한 설명을 담은 해설과 연보는 2권에 수록했다.

한편 『흠영』은 전근대의 역법에 따라 기술된 일기이므로 음력 날짜를 사용하고 있다. 이 책에 나온 번역 및 주석에서도 원래대로 거의 예외 없이 음력 날짜를 따랐음을 미리 밝혀 둔다.

2015년 7월
김하라

차례

희망 없는 나라

여기, 조선의 사람들

낯선 곳에서 쓴 일기

서울 풍경

구름과 숲과 꽃과 달에 쓰다

일기를 쓰다 2—흠영선집

희망 없는 나라

요즘 사람들은 모두 돈을 사랑한다

1786년 12월 20일 오후에 가끔 흐렸다.

요즘 사람들은 죄다 돈을 사랑하지, 돌을 사랑하는 자 누가 있겠는가? 가령 지금 선비가 둘 있다고 치자. 한 사람은 아버지와 형이 권세나 이익 같은 데 담담하고 벼슬살이를 달가워하지 않아 아무 지위 없이 평생을 보냈고, 다른 한 사람은 조상이 천억 가지로 변신을 거듭하여 길을 뚫고 출세를 추구한 결과 고관대작이 되었다. 후대에 이르러 사람들이 그들의 자손을 본다면, 아무 지위 없는 이의 후손은 하찮게 볼 것이고 고관대작의 집안은 숭상할 것이다. 당시에 그 사람이 맑았는지 더러웠는지, 올바른 이였는지 간사한 이였는지는 전혀 궁금해하지 않는다.

이것이 바로 감인세계(堪忍世界)의 존재 조건이다.

돈과 권세와 지위가 사람을 판단하는 중요한 조건이 된다는 이 말에서 당시 조선 사회에 만연한 속물주의를 엿볼 수 있다.

이익사회

1782년 7월 11일

강물을 낀 30만 평의 전장(田莊)을 소유했던 사람이 금세 드난 살이를 의논해야 하고, 마당이 30만 평인 대규모 저택에서 살던 사람이 곧장 들보도 없는 집에 살게 되는 것이 다만 1, 2년 사이의 일일 따름이다. 세상사는 마땅히 이와 같이 보아야 할 뿐이다.

1785년 9월 1일 바람이 불고 아침에 추웠다. 밤새 서리가 내렸음을 알 수 있었다. 오후가 되자 바람이 불고 흐려져 비가 올 것 같았다. 저녁에는 날이 개어 볕이 따뜻했다.

마부 여덟을 거느린 으리으리한 수레를 보고는 곧 사대부라면 당연히 이와 같아야 한다고 일컫는다. 이게 과연 이른바 사대부란 건가! 이른바 진짜 사대부가 이런 데 불과하다면 그냥 그만둘 테다.

아! 오늘날 선비라는 자들은 선비가 아니요, 오늘날 재상이라는 자들은 재상이 아니다. 세상에는 다만 '이익' 두 글자가 있을 따름이다.

1786년 3월 10일 아침에는 맑고 쌀쌀하더니 오후가 되자 날이 풀려 온화했다.

대체로 세상 사람들이 분주히 왔다 갔다 하며 소멸해 가고 일에만 정신이 팔려 헤어나지 못하는 것은 다만 '이익'이라는 두 글자 때문이다. 이익을 기준으로 현명함과 우둔함이 판단되고 능력 있는 것과 졸렬함이 구분되며 필요한 것과 불필요한 것이 명확해진다. 이익을 좇아감에 있어서는 하늘도 땅도 없는 것이다. 아아!

1786년 윤7월 11일 새벽에 내리던 비가 저녁까지 계속됐다.

요컨대 모든 것이 귀결되는 바는 장사와 거래일 뿐이고, 권세와 이익일 뿐이다. 이것이 이른바 이 세상에서 통용되는 도리이다. 배고프면 밥 먹고 고단하면 잠을 자는 생활 가운데서도 유독 홀시해서는 안 되는 것이 옛사람들의 훌륭한 말과 행동이며 경전과 역사책과 제자백가의 글일 터인데.

사회가 몹시 불안정하고 다들 이익을 위해 치달리고 있다는 이 말이 200년 뒤에도 여전히 유효한 것 같아 기분이 씁쓸하다.

문벌사회

1777년 8월 3일

사주(四柱) 보는 자들은 이런 말을 한다.

"태어난 해보다는 태어난 달이 중요하고, 태어난 달보다는 태어난 날이 중요하다. 태어난 날보다는 태어난 시각이 중요한데, 태어난 시각보다 중요한 것이 문벌이다."

이는 오로지 우리나라 사람에게만 해당되는 사항이다. 문벌이라는 법은 애초에 거친 오랑캐의 천한 습속에 불과했는데, 그것이 풍속을 변화시키고 귀천을 나누다가 급기야 운명과 맞서기도 하고 운명을 누르기도 한다. 비록 사주라 할지라도 우리나라의 이른바 문벌에 대해서는 어떻게 할 수 없다.

적어도 조선 땅에서는 어떤 가문에 태어났는지가 개인의 삶을 결정한다는 언급이다. 지금 우리 사회에서 이른바 '문벌'을 대신하고 있는 것은 무엇일까?

속물의 시선

1782년 5월 26일 비는 오지 않고 몹시 더웠다.

대체로 사람들은 자기 목표를 이루어 취직을 하게 되면 반드시 집을 번듯하고 크게 짓는다. 그렇다고 들었고, 그런 걸 보기도 했다.

어떤 사람이 이조판서와 같은 높은 벼슬을 하고 있음에도 휑한 집에다 반쯤 찢어진 거적을 깔아 놓고 채소나 비린 고기도 넉넉히 먹지 못하며 소박하게 살아가고 있다. 그런데 모두들 그 검소함을 공격하고 세상 돌아가는 이치를 모른다며 그 담박함을 조롱한다.

1782년 7월 17일 저녁에 동풍이 사납게 불었다. 밤까지 시끄럽게 몰아쳤다.

조악한 무명옷을 입고 보잘것없는 말을 타고 있으면 눈살을 찌푸리며 쓸모없는 사람이라고 한다. 최신 유행의 옷을 걸치고 좋은 말을 타고 있으면 쓸모 있는 사람이라고 칭찬한다. 사람의 쓸모 있고 쓸모없음이 과연 옷과 말의 좋고 나쁨에 달린 것인가?

1782년 8월 14일 흐리고 비가 뿌렸다. 오늘은 사일¹이다.

공연히 쇠꼬챙이로 견고한 성벽을 허물어 국가의 재물을 허비하고, 비가 오면 곧 허물어질 성가퀴를 쌓고 하얗게 회칠을 하여 겉

1_ 사일(社日): 입춘(立春)이나 입추(立秋)가 지난 뒤, 다섯째의 무일(戊日)을 말한다. 여기서는 후자에 해당하여, 곡식의 수확을 감사하고 풍년을 기뻐하는 의미에서 땅의 신에게 제사를 지내는 날이 된다.

을 장식하니 멀리서 바라보면 백룡(白龍)과 같다. 외관이 아름답지 않은 것은 아니지만, 그 속이 텅 빈 건 어쩔 것이냐.

1783년 3월 1일 봄보리² 에 좋은 비가 종일 내리고 밤새 내렸다.

세간에는 대체로 괴상한 일들도 많다. 누가 이렇게 말했다. "생일이 되니, 출세해서 이름 좀 날려 보라고 부모님이 책망하시더군." 이 말을 들으니 출세해서 이름을 날리는 것이 수많은 괴상한 일들의 도피처가 되는 소굴임을 알겠다.

세간의 일이 몹시 가소로우나, 과거 시험보다 더한 것은 없다.

1784년 8월 1일 장맛비가 내리더니 오후 늦게야 조금 개었다.

'청백'(淸白: 재물에 대한 욕심 없이 곧고 깨끗함) 두 글자를, 옛사람은 서로 숭상하며 그렇게 되고자 노력하고 그것이 품격이라 표방했다. 그런데 지금 세상에서는 청백 두 글자를 벗어던져 버리고 다시는 남겨 두려 하지 않으며, 세상 사람들 중에 간혹 정백 근처에 다가가는 이가 있으면 행세하지 못하는 진백³ 이라 떠들어댄다. 이러니 세상이 말세가 안 되고 배기겠는가?

1785년 10월 28일 춥고 쌀쌀했다.

청렴함과 공평함은 열등한 것이고 세력이 곧 능력이니 또한 어

2_ 봄보리: 이른 봄에 심어 첫여름에 거두는 보리이다.
3_ 진백(眞白): 유만주의 당대에 사용된 유행어인 듯하다. 홍백(紅白), 즉 홍패(紅牌)와 백패(白牌)를 소지한 과거 합격자에 대비되는 개념으로 사용된 예를 보아 아무 직위도 없는 사람, 진짜 백수(白手) 정도의 의미로 추정된다.

쩔 수 없는 세상이다.

'원칙대로 사는 것이 바보다', '외모에 신경 쓰고 좋은 차 몰고 다녀야지 대접 받는다', '전시행정', '억울하면 출세하든가' 등 요사이 쉽게 들을 수 있는 몇 가지 말들이 줄줄이 생각난다.

돈 없으면 죄인인가

1784년 6월 23일 몹시 더웠다. 종일 동풍이 불었다.

어른의 생신 선물로 혹자는 10만 전(錢)을 쓰면 된다고 하고 비단 120단(端: 1단은 약 6m)이면 된다고도 한다. 대체로 나이 어린 사람에게 재산이 있으면 기운을 아주 활발하게 펼칠 수 있고, 다 자란 어른에게 재산이 있으면 기운을 극도로 활발하게 펼칠 수 있다. 이러니까 재산이 없는 자는 마치 병자나 죄인인 양 겁을 먹고 움츠러들어 물러서서는 감히 인간의 축에 끼려고도 못하는 것이다. 아아! 하늘이 사람을 낳은 이치가 어찌 다만 그렇게 되도록 하는 것이겠는가?

1786년 6월 16일 더웠다. 오후 늦게 가끔 흐리더니 소나기가 한바탕 쏟아졌다. 밤에 또 비가 왔다.

들자니 근자에 부잣집 자식이 인명을 해치고도 곧바로 2만 금(金)을 뇌물로 써서 살아났다고 한다. 천금을 가진 집안의 자식은 저자에서 사형을 당하지 않는다던 옛말이 아마도 이를 두고 하는 것이리라.

'천금을 가진 부잣집 자식은 저잣거리에서 죽지 않는다'(千金之子不死於市)라는 말은 한(漢)나라 때의 역사서인 『사기』(史記)에서 비롯되었다. '유전무죄'(有錢無罪)라는 사회 모순은 이미 사마천(司馬遷)의 시대인 기원전 1세기 무렵부터 면면히 지속된 것이라 볼 수 있다.

조선에는 이단이 없다

1784년 12월 25일

오늘날 세상에서 이른바 사류(士流)라든가 사론(士論)이란 과연 무슨 물건인가? 사론이 벼슬자리를 도모하는 데서 출발한다면, 그 사류라는 자들은 당연히 이익을 좇는 무리인 것이다. 이들이 과연 성색(聲色)과 화리(貨利)를 벗어난 자들일까?

우리나라에는 이단이 없다. 사람마다 이단을 미워해서 그런 게 아니다. 다만 정자(程子)와 주자(朱子)의 학문이 어떤 것인지 이해하지 못하고 있기 때문에 그렇다. 그 때문에 이단을 금기시하는데, 이는 본디 우리나라 사람들이 편협한 데다 눈앞의 것만 구차하게 따르는 데서 연유한다. 이런 까닭에 왕양명(王陽明)의 글 같은 것은 이미 불태워 버린 지 오래다.

조정에 인재가 없기로 요즘 같은 경우가 없을 것이다. 저 수풀과 늪과 산과 바다의 사이에는 영웅과 신이한 재주를 지닌 사람이 없지 않을 터인데, 그저 범상한 안목으로 보니 정말 아무도 없다고 여겨질 따름이다.

유만주가 말한 조선 지식인의 편협성은 '사문난적'(斯文亂賊) 같은 말에서 가장 잘 드러난다. '우리 학문을 어지럽히고 해치는 자'라는 뜻의 이 용어는 원래 유교를 반대하는 자를 비난하는 말이었으나 조선 중기 이후 당쟁이 격렬해지면서 더욱 배타적인 것이 되어 유교를 따르더라도 그 교리의 해석에서 주희와 조금이라도 다를 경우 이 용어로 매도했다. 이런 경직된 분위기의 조선 사회에서, 왕양명의 심학(心學) 등이 용납되지 못한 것은 당연했다.

정치의 과잉, 혹은 정치의 부재

1779년 8월 26일 맑음

밤에 이런 말을 했다. 여러 훌륭한 분들이 다행히 선비를 존중하는 세상을 만나 조정에 모여 중요한 근본과 시급한 임무를 토론하는데, 무엇이 중요한 근본이며 무엇이 급선무인지는 알지 못한다. 무엇이 근본이며 무엇이 임무인지 다시 묻고 싶다.

1782년 2월 3일 아침에 추웠다. 맑고 환하다가 가끔 흐렸다.

이익과 출세에 뜻을 둔 세상 사람들은 지방 수령이면 족하다고 들 말한다. 그렇지만 이른바 지방 수령도 아무 연고 없이 얻을 수 있는 경우는 대개 없다. 얻으려면 반드시 어떤 연줄이 있어야 한다. 그러니 그 연줄이 되어 준 자의 바람을 충족시켜 주고 그 연줄이 되어 준 자의 은혜를 반드시 갚아야만 한다. 이 때문에 지방 수령으로 나갔다가 돌아올 때까지 다만 이 일을 처리하기 위해 부지런히 골몰하여, 그 자신은 연줄을 제공한 자의 공부(工部: 물자 담당)가 되고 탁지(度支: 재무 담당)가 되고 상식(尙食: 식품 담당)이 되고 급사(給使: 수행원)가 되는 것이다. 따라서 국가가 그들에게 맡긴 지방 교화의 책무는 대수롭지 않은 일로 치부해 버리고 만다. 겸과 양¹ 등이 정후겸(鄭厚謙)을 위해 한 것과, 휘와 간²이 홍국영(洪國榮) 무리를

1_ 겸(兼)과 양(養): 정후겸과 결탁했던 관료 중 누군가일 것이다. 이 가운데 '양'은 윤양후(尹養厚) 인 듯하다.

2_ 휘(徽)와 간(簡): 홍국영과 결탁했던 관료 중 누군가일 것이다.

위해 한 것이 이런 부류다.

1782년 2월 13일

나라의 기강은 이처럼 시들하고, 풍속은 이처럼 각박하며, 물가는 이처럼 앙등했다. 참으로 이 가운데 한 가지만 있다 해도 이미 더할 말이 없거늘 하물며 세 가지를 모두 갖추고 있음에랴.

1782년 10월 29일

지금 사대부들에게서 명분과 절개는 쓸어버린 듯 전혀 찾아볼 수 없다. 작은 이익이나마 보게 되면 그저 못할 일이 없다. 못할 일이 없으니 애초에 나랏일을 할 수가 없는 것이다.

옛날의 사대부들은 거의 반 이상이 관리로서의 치적에는 별로 관심이 없었지만 나라와 백성은 별다른 폐해를 입지 않아 편안히 정돈되었으며 여러모로 여유가 있었다. 그런데 지금의 이른바 사대부들은 업무를 민첩하게 통괄하여 익숙히 파악하는 데 나만 한 이가 없을 것이라 자부하고 있지만 민생은 혹독한 피해를 입어, 치적에 소홀했던 옛날의 관리들만큼도 못하고 있다. 이는 참으로 무슨 이치인가? 고요히 생각해 보면 그 까닭을 알 수 있다.

1784년 5월 16일 대단히 더웠다. 오후에는 흐리고 비가 오더니 밤이 되자 크게 쏟아 부었다.

무술년(1778)에 만든 기념 병풍을 보았다. 관련 인물로 이조판서 홍낙순, 이조참판 서호수, 이조참의 이의익, 도승지 겸 규장각 제학(提學) 홍국영, 이조정랑 심풍지, 규장각 직각(直閣) 정지검(鄭志儉), 이조좌랑 송환억 등의 이름이 들어가 있다. 그런데 홍낙순, 이의익, 홍국영, 송환억 이 네 사람은 성씨가 먹으로 지워져 있다. 홍국영은 그 이름까지 모두 지워져 있다.[3]

내 생각에 권력을 쥐고 요직에 있는 무리가 이 기념 병풍 하나를 보는 것은 17사[4] 전체를 통독하는 것과 맞먹을 것이다.

1786년 8월 7일

대체로 우리나라에서 평범하게 자리나 채우고 있는 신료들이 조정에서 한다는 일은 그저 임금을 수행하고 과거 시험에 감독으로 들어가고 대궐에서 하례(賀禮)에 참석하고 제사에 참석하는 등의 서너 가지 일일 뿐이다.

권력자에게 줄을 대기 위해 줄기차게 '정치'를 하고 그 권력자의 하수인이 되어 버리는 자들, 작은 이익을 보기 위해 못할 일이 없고 못할 일이 없다 보니 나랏일은 할 수 없는 자들, 임금을 수행하고 시험 감독을 하고 축하 행사 같은 데나 참여하는 자들, 이들은 바로 부패하고 무능하여 제구실을 못하는 당시의 관료들이다.

3_ 홍낙순~지워져 있다: 위에 언급된 병풍은 국혼이나 궁궐 세우는 일 등 주요한 국가 행사를 기념하기 위해 그때의 광경을 그려 만든 것이다. 홍낙순 등은 고위 관료로서 당시의 국가 행사를 주관하여 그 병풍에 이름이 기입되었다가 이후 몇 년 사이에 정치적으로 완전히 몰락하여 이름이 지워지게 된 것이다.

4_ 17사(史): 태고(太古)로부터 오대(五代)까지 저술된 17가지의 중국 정사(正史)를 말한다. 『사기』, 『한서』, 『후한서』, 『신당서』, 『신오대사』 등이 있다.

고구마를 뽑아 버린 이유

1783년 10월 24일

고구마는 일본이 원산지로, 그 나라에서 반출하지 못하도록 되어 있었다. 그런데 영조 연간에 어영청에서 일본 통신사 일행에 부탁하여 은 300냥을 저 나라의 관예(館隷)에게 뇌물로 주고 몇 뿌리 몰래 사 오게 했다. 그리하여 고구마 종자를 기름진 땅에 심으니 모두 덩굴을 벋으며 자라났다. 맛은 마치 산약(山藥: 마)에다 꿀을 섞은 것 같았고, 하루갈이 밭에서 50~60섬을 수확할 수 있었다. 한 뿌리만 먹어도 종일 배가 든든했으니 참으로 구황식물로는 최고였다. 이 때문에 일본인들이 고구마를 몹시 귀중히 여겼던 것이다.

우리나라에서 고구마 종자를 얻은 이후, 백성들이 호남 등지의 비옥한 땅에다 많이 심었는데 모두 무성하게 자라 기근을 해소하는 바탕이 되었다. 그런데 관리가 이를 알고 세금을 부과하기 시작했다. 끊임없이 세금을 거두었기 때문에 백성들은 그 가렴주구를 견디지 못하여 고구마를 뿌리째 뽑아 버리고 다시는 심지 않았다. 백성들이 고구마를 심지 않게 된 뒤에야 관리도 비로소 세금 징수를 그만두었다.

우리나라에서 하는 온갖 일들은 대체로 이런 식이다. 지도의 판목을 훼손한 것[1] 또한 이와 마찬가지다. 사람에게 이득이 되는 일

1_ 지도의 판목(板木)을 훼손한 것: 조선 후기에는 지도의 제작이 활발하게 이루어진 한편으로, '적국에 요충지의 정보를 제공하면 안 된다'는 논리로 지도 제작을 금지하고 이미 만들어진 지도의 판목을 불태운 예가 종종 있었다 한다.

은 고상한 것과 속된 것을 막론하고 반드시 말살하고 좌절시켜 이뤄 내지 못하게 한 뒤에야 그만두는 것이다. 참으로 탄식할 만하다.

　　고구마는 18세기 후반 우리나라에 도입되어 구황작물로 재배되기 시작했다. 유만주의 언급에 따르면 고구마를 밀반출하기 위해 일본의 관청에 소속된 종들에게 적잖은 뇌물을 써야 하는 등의 난관이 있었지만 고구마는 별 어려움 없이 조선 땅에 뿌리를 박고 자라게 되었던 것으로 보인다. 그런데 문제는 엉뚱한 곳에 있었다. 고구마 재배가 성공하자 정부에서는 거기다 과중한 세금을 매겼고, 정말 고구마가 필요한 농민들은 멀쩡한 고구마를 뽑아 버리고 재배를 포기하기에 이르렀다. 유만주는 이러한 상황을 개탄하며 지도의 판목을 훼손한 것과 동궤의 것이라는 평가를 덧붙였다. 구황작물의 재배나 지도의 제작은 민생과 실용의 차원에서 장려될 일인데, 정부에서는 그것을 배려하지 않은 정치의 논리를 실행하여 백성의 실제 삶을 말살하고 있다는 말이다. 한편 세금을 피하기 위해 고구마를 뽑아 버린 18세기 호남 농민들의 모습은 그로부터 200년 쯤 지난 뒤인 1976년, 정부의 고구마 전량 수매 공약이 지켜지지 않아 막대한 피해를 입은 전남 함평의 농민들이 항의의 표시로 고구마를 뽑아 길가에 쌓아 둔 것으로 시작된 '함평 고구마 사건'을 연상시킨다.

당쟁은 흑산도에도 있다

1779년 4월 29일

당쟁이라는 것이 있은 이래, 그 악영향이 견고하고 만연하기로 들자면 우리나라와 같은 경우는 일찍이 없었다. 시비를 가리는 데 서 출발하여 충신과 역적을 나누는 것으로 끝나고, 끝이 났다가는 다시 시작하여 지엽말단적인 것을 층층이 첩첩이 쌓아 가니 결국에 는 반드시 나라가 망하는 데 이르러서야 그만두게 될 것이다. 명나 라 말기에 당쟁의 폐해가 심각했다고 하지만 외려 우리나라처럼 심 하지는 않았을 것이다.

1786년 1월 16일 엄혹하게 추웠다. 오후가 되자 눈이 조금씩 내렸다.

생각해 보면 우리나라의 이른바 당파의 구분이란 것은 도대체 무슨 물건인지 알 수가 없다. 비록 한 나라에 함께 살고 한 군주를 함께 섬기고 심지어 한 마을에 함께 살고 있지만 아득히 서로 다른 나라에 있는 것처럼 전혀 소식을 모른다. 그래서 다른 당파의 사람 이 쓴 글을 얻어 보면 마치 다른 나라 다른 지역의 작품인 것처럼 보여 그 우열을 논할 수 없으며 몹시 새롭고 눈에 설다 여기게 된다. 이는 참으로 괴이한 일이다.

1786년 7월 17일 아침에 흐리고 대단히 더웠다.

흑산도에서는 유배객이 머무는 집의 주인들도 노론과 소론으 로 나뉘어 당론이 퍽 준엄하다.

이태중(李台重, 1694~1756) 공(公)은 옥당(玉堂: 홍문관)에 재

직하다 이 섬으로 귀양을 가게 된 적이 있다. 그때 섬사람 하나가 마중을 나와 자기 집에서 대접하겠다고 하며 이렇게 말했다.

"이 집은 홍계적(洪啓迪, 1680~1722) 공이 창건한 것입니다. 선생께선 노론이시니 이 집을 두고 다른 데로 가면 아니 되십니다."

그리하여 이 공(李公)은 흔쾌히 그 집에 들어가 살았다.

한편 이 무렵, 이 공과 사이가 좋았던 소론의 한 벼슬아치가 동시에 귀양을 오게 되었다. 그는 이 공과 한집에 같이 살면서 귀양살이의 적막함을 서로 위로하고 싶어 했고 이 공도 허락을 했다. 그런데 집주인이 안 된다며 이렇게 말했다.

"노론의 명재상인 홍 공(洪公)께서 이 집을 창건하셨습니다. 선생께선 노론이시니 제가 감히 머물러 주십사 했지만, 소론을 어찌 이 집에 들일 수 있겠습니까? 소론은 비록 이 집이 아니더라도 나름대로 맞아 줄 집이 있을 것입니다."

이 공은 해로울 것 없다고 타일렀지만 집주인은 끝까지 말을 듣지 않았다.

그 소론 벼슬아치는 그 말을 듣고 더욱 더 함께 지내고 싶어져서 억지로 그 집에 들어갔다. 그러자 집주인은 곧장 이 공에게 말했다.

"선생께선 다른 집으로 옮기십시오."

왜 그러는지 묻자 집주인이 말했다.

"홍 공께서 이 집을 세운 이래로 계속하여 노론이 살았지 한 번도 소론이 들어온 적은 없습니다. 지금 사세(事勢)가 급박하니 제가 장작 한 묶음을 가져와서 이 집을 깨끗이 태워 버리렵니다."

이 말에 그 소론 벼슬아치는 깜짝 놀라 급히 다른 곳으로 옮겨가 살기로 했다.

거참! 아무개와 아무개가 이 섬사람을 본다면 참으로 부끄러워

죽을 거다.

1786년 윤7월 12일 아침에 안개가 꼈다.

명[1]의 무리가 남의 무덤에 모여 음식을 늘어놓고 종일 술을 마시고 노래를 불러대며 놀다가 어떤 무관(武官)에게 들켜 질책을 받았다. 알고 보니 모두 노론의 자제들이었기에 소론 당인들은 이를 절호의 기회로 삼아 비난하고 있다고 한다. 생각건대 노론의 행실이 이와 같으니 어떻게 사람들을 감복시킬 수 있겠는가?

1786년 11월 21일 몹시 추웠다.

손바닥만 한 나라가 또 셋으로 다섯으로 분열되어 저쪽에는 저쪽의 문서가 있어 그것을 지키며 익히고 이쪽에는 이쪽의 문서가 있어 그것을 지키고 익힌다. 그 시시하고 자질구레함이란 손가락 반마디 정도에 그칠 뿐이 아니다. 그런데도 또 그 안에서 영웅이니 썩어 빠진 선비니 일컫고 옳으니 그르니 따진다. 맑은 새벽에 생각하노라니 나도 모르게 조소(嘲笑)가 나온다.

1786년 11월 27일 흐리고 날이 풀렸다.

하늘이 누그러져 땅이 훈훈하다. 날씨가 툭 트인 느낌이 들었다.

어머니 문안을 가다가 문득 예전에 군위[2]의 성하서옥(星霞書屋)에서 노닐던 일이 생각났다. 오늘 아침과 흡사한 느낌이었다.

1_ 명(明): 유만주의 교유 인물 중 한 사람이다. 그와 함께 시험을 보러 간 일, 성북동에서 마주친 일 등이 일기에 적혀 있다.

2_ 군위(軍威): 유만주 부친의 임지 중 하나였던 경상도 군위현이다.

어떤 사람이 이런 말을 하는 걸 들었다. 청나라에서는 만주족이 대대로 국권을 쥐고 있어 마치 주인과 같은데, 이는 우리나라의 노론에 견줄 수 있다. 한인(漢人) 중의 지식인도 높은 벼슬자리에 간혹 섞여 있는데, 이는 우리나라의 소론에 견줄 수 있다. 그리고 몽고인은 어리석고 둔하고 사나워서 우리나라의 남인에 견줄 수 있다. 이는 실로 노론을 욕하는 자의 말이지만, 그럴 듯하게 대응된다.

좁다란 나라 안에서 다른 민족, 딴 나라 사람인 것처럼 벽을 두고 분리된 채 살아가는 노론과 소론과 남인의 모습이 참으로 충격적이다. 유만주는 당시의 집권층인 노론계로 분류되는 가문의 구성원이지만 노론의 정치적 입장에 온전히 동의하지 않으며, 정치로 인한 나라의 분열상을 냉정하게 통찰하고 있다.

고개 숙인 남편

1784년 12월 25일

빈궁한 선비는 정말 생계를 이어 갈 도리가 없다.

선비란 비록 위대한 학문을 갖춘 사람은 못 된다 하더라도 하릴 없는 무뢰배는 아닌지라 글을 읽고 안빈낙도하는 것을 의지처로 삼아 분에 맞게 살아가기 마련이다.

제일 안타까운 것은 부녀자들이다. 이른바 요사이의 부녀들이 어찌 다 옛날 책에 기록된 현숙하고 명철하며 반듯한 명원(名媛: 훌륭한 여성)과 같을 수 있겠는가? 그렇지만 이들은 다만 눈앞에 꿰어 입고 나갈 것과 끓여 먹을 것이 있는지의 여부를 곧 한 가지의 지극히 중대한 일로 간주할 뿐이다. 이것만 갖춰 주면 자기 남편이 대단히 능력이 있고 위대한 사업을 한다고 인정해 주며 몹시 기뻐하고 즐거워한다. 그러면서 자신이 일생 동안 쳐다보고 살 남편이 참으로 이렇게 쾌활한 사람이라 하고, 그 남편의 품격이나 신운(神韻: 고상한 운치)이나 능력이 어떠한지는 다시 상관하지 않는다.

반면 먹는 것과 입는 것 두 가지 문제를 보살피지 못하여 처자식을 며칠씩 굶게 하고 한 해 내내 떨게 한다면 이 사람은 이미 아무 가망이 없고 다시는 사람 축에도 못 들게 된다. 평생 바라보고 살기에 부족한 하찮고 못난 남편이 되어 버리는 것이다.

또한 벼슬자리를 얻지 못한 데다 가난하고 별다른 이름을 이룬 바가 없는 선비라 할지라도 만약 과거 시험 보는 일을 그만두지 않는다면 저 무지하고 견식 없는 부녀들은 그래도 희망을 가지고 '우리 남편이 이제 과거에 응시했으니 합격자 명단에 이름이 올라가는 것은 오늘 아니면 내일이요, 올해 아니면 반드시 내년이겠지'라고 생각을 한다. 그래서 그런 남편이나마 의지하고 살아가니 그래도 크게 맹랑한 지경에 이르지는 않는다.

하지만 만약 어떤 집안에 무슨 사정이 있거나 하여 과거를 보아 벼슬을 하는 한 줄기 길을 포기하게 되면 부녀들은 그 남편이 비록 현명하고 올바르고 마음이 툭 트이고 고상한 선비라 할지라도 하찮게 여기고 아무렇게나 대하고 꾸짖기까지 하며 거의 빈민 구제소에 수용된 거지아이와 다를 바 없이 취급하는 것이다.

이는 본디 세계에서 참고 견뎌야 할 것 가운데 심한 경우에 해당한다. 그렇지만 이 세계에서 가련한 자는 오직 그런 남편만은 아니다.

조선 후기에 이르러 양반으로 통칭되는 관료 예비군의 수가 증가함에 따라, 관료로 진출하는 데 실패한 인원 역시 적체되고 있었다. 유만주는 이처럼 양반 사대부 계급에 속하면서 특정한 생계 수단을 갖지 못한 잉여 인간의 한 사람으로서 예민한 자의식을 가지고 있었고, 그와 같은 자기 계급의 상황을 하나의 사회문제로 심각하게 받아들였다. 그저 생계 수단으로 배우자를 대하는 속물적인 아내 앞에서 낯을 세우지 못하는 무능한 남편의 초상은, 유만주 자신의 얼굴이자 동시대의 수많은 사대부 남성의 얼굴이기도 했다.

가난한 선비의 아내

1781년 6월 1일 더웠다. 아침에 장맛비가 내리더니 오후에 개었다.

보리밥과 참외를 사당에 올렸다.

옛사람이 가난한 선비의 아내를 약한 나라의 신하와 같다고 한 것은 참으로 좋은 비유이다. 그러나 약한 나라의 신하가 그나마 낫다. 어떤 사람이 이런 얘기를 했다.

"옛날에 한 사람이 세상에 있을 때 악업을 많이 짓고 죽어 저승에 들어가 윤회(輪回)의 벌을 받게 되었는데 염라대왕의 판결은 다음과 같았다. '이자는 극악무도하니 저열한 벌레나 짐승이 되게 한다면 외려 그 죄의 만 분의 일조차 갚을 수 없다. 그러니 가난한 선비의 아내로 보내고, 게다가 딸을 많이 낳게 하는 것이 가장 적합하다.'"

대체로 인간 세상의 고통 가운데 이보다 심한 것은 없다. 죽고 싶어도 죽지 못하고 살고 싶어도 살지 못하며 괴롭고 힘든 것이 날로 더해진다. 딸을 많이 낳으면 키우기도 어렵고 시집보내기도 어려워 갖가지 어려움을 감내해야 하는 데다 가계를 계승하여 후손을 창성하게 하려는 여망도 끊어져 버리니, 그 고통이란 가난하며 아들이 많은 자보다 더 심한 것이다. 정말 인과의 이치란 게 있다면 악업을 쌓은 자라야 이러한 인과응보를 받아 마땅할 것이다.

1782년 5월 24일 몹시 더웠다. 비가 오지 않았다.

세계에서 목숨을 부지하고 살아간다는 것을 법칙으로 삼는다면 사람은 지옥에서라도 살아갈 수 있고, 아무 생각 없이 태평하게 세월을 보낸다는 것을 법칙으로 삼는다면 사람은 포위된 성 안에서도 살아갈 수 있다. 이 말은 아마도 가난한 선비의 아내를 두고 하는 말이리라.

나갈 일이 없으니까 안 나가고, 할 말이 없으니까 말을 안 하며, 먹을 게 없으니까 안 먹는다. 달리 노닐 거리가 없으니까 글을 쓰며 노닌다.

황혼녘에 잠깐 소나기가 뿌리더니 곧 개어 별이 총총히 빛났다.

조선에서 가장 살기 힘든 계층이 가난한 사대부의 아내라는 지적이다. 노비나 남사당패 같은 하층계급 여성들보다 이들이 더 고통스러운 이유는, 열악한 경제적 조건에 비해 부과된 책무가 너무나 많기 때문이다. 끼니도 잇기 어려운 집에서 어김없이 돌아오는 제사를 지내고 손님맞이를 치러 내어 양반의 체면을 지키는 일을 전담해야 했던 사대부가 여성의 처지를 상상해 보라. 그럼에도 견디고 살아가는 이 여성들은 지옥에서도 목숨을 부지할 수 있고 포위된 성 안에서도 태평세월을 보낼 수 있는 그악스러운 생존 능력과 놀라운 정신력의 소유자다. 그러나 그와 같은 능력이 지속적으로 요구되는 삶이란 얼마나 고통스러운 것인가.

직분 세습에 갇힌 조선

1776년 6월 29일

중국의 풍속에서는 아버지가 농민이나 상인이어도 아들이 현달한 관리가 되고 형이 높은 벼슬아치일지라도 아우는 호미를 메고 농사를 짓는 경우가 간혹 있으니, 높은 신분이 그대로 세습되지 않고 낮은 신분도 그대로 세습되지 않는다. 일본도 그런 편인데 유독 우리나라만 등급의 격차가 뚜렷하여 사족(土族)이라는 이름이 붙으면 비록 가난해 굶어죽을지언정 차마 수공업과 상업 등의 하찮은 일을 할 수가 없고, 서민이라는 이름이 붙으면 비록 현명하고 재능이 있어도 감히 높은 벼슬 같은 건 바라볼 수 없다. 그렇지 않은 예가 간혹 있었다 해도 옛날 일이지 지금은 없다. 대체로 이것은 구석진 나라의 협애한 습속이다. 그렇긴 해도 명분을 바르게 한다든가 가문을 깨끗하게 유지하는 것이 반드시 이런 습속과 무관하다고는 할 수 없다.

사농공상(土農工商)의 구분이 세계의 보편적인 법칙이 아니라 오직 조선에만 국한된 편협한 습속이라는 발견인데, 평소 중국 쪽 자료를 많이 접하면서 이와 같은 통찰에 이르게 된 것으로 보인다. 일본 역시 중국과 비슷하다는 말은 실정과 거리가 있다. 당시 유만주가 접한 일본 쪽 자료가 별로 없었기에 그런 오해를 한 듯하다. 그러나 가난한 선비의 생계를 도모할 길을 끊어 버리고 뛰어난 서민의 능력을 발휘하지 못하도록 가로막고 있는 조선 신분제에 대한 문제의식만큼은 눈여겨볼 필요가 있다.

양반이라는 자리

1783년 6월 29일 아침에 흐릴 것 같더니 해가 쨍쨍하게 나고 더웠다.

품격을 갖춘 걸로 말하자면 부처만 한 이가 없다고 나는 생각한다.

오성각[1]에서 해가 질 때 선승(禪僧)과 이야기를 나누었다. 이인(異人)을 본 적이 있느냐 물었더니, 생식(生食)을 하는 선비와 늘 나막신만 신고 다니는 사람은 봤다고 했다.

접시꽃에 햇빛 비치니 붉은 빛이 더 선명했고, 선승이 불경을 읽으니 몹시 한가로웠다.

선승이 이런 말을 했다.

"조선 땅의 성인(聖人)은 그저 경계 안만 보는데, 서천(西天: 인도)의 성인은 경계 바깥도 아울러 봅니다. 조선 땅의 성인은 그저 경계 안에 대한 이야기만 하지만 서천의 성인은 경계 밖에 대해서도 이야기합니다. 그러니 그 넓고 좁음은 비교가 되지 않으며 영명하고 범용함이 현격히 다른 것이지요."

선승은 나더러 이렇게 말했다.

"전생에 복덕(福德)을 닦고 지혜의 씨앗을 뿌렸기에 지금 이 자리에 태어난 것입니다."

나는 말했다.

"하하! 이 자리란 무슨 자리요? 이른바 양반이라는 자리 말이

1_ 오성각(悟性閣): 황해도 해주의 신광사에 있던 전각이다. 이때 유만주는 과거 시험 공부를 위해 이곳에 머물렀다.

요? 이건 탐욕과 분노와 어리석음의 자리요!"

1783년 11월 18일

오늘날 세상에서 사대부는 대체로 궁핍하고 변변치 못한 처지에 있다. 아마도 실생활을 통섭하는 능력은 옛사람에 미치지 못하면서 사치스러움은 그보다 지나치기 때문일 것이다.

율곡(栗谷) 이이(李珥)는 석담(石潭: 경기도 파주)에 거처하며 대장장이 일을 생계 밑천으로 삼았고, 모재(慕齋) 김안국(金安國)은 향촌에 거처할 적에 벼를 수확하는 일을 살피며 이삭 하나도 빠뜨리지 않았다. 옛날 현인들은 이런 일을 당연히 여기면서, 그런 일을 해도 아무 상관이 없다고 여겼음에 틀림없다. 그런 일을 하찮고 비루한 것이라 여기며 부끄럽고 천박한 것으로 받아들여 못하겠다고 하지 않은 것이다.

옛날에 조정에서 벼슬한 이들 중에는 산림처사[2] 출신이 많았다. 한편 조정에서는 사림(士林) 세력을 중요하게 여기면서도 그들의 기반을 약하게 만들었는데 이는 공연히 그런 것이 아니었다. 그들의 명성과 행적을 평가하고 그들의 진퇴에 절도(節度)가 있도록 하기 위해서였을 따름이다. 대체로 조정에서 벗어나 있는 국외인(局外人)이라야 정국(政局)을 들여다볼 수 있는 것이다. 국내인(局內人)끼리만 서로 옳고 그름을 판단하다가는 실패하지 않는 경우가 드물다. 국외인이 되고 나서야 명분을 온전히 할 수 있다.

2_ 산림처사(山林處士): 학식과 도덕은 높으나 벼슬 하지 않고 은거한 선비를 말한다.

1784년 5월 17일 아침에 흐리고 대단히 더웠다. 오후 늦게는 조금 흐리더니 때로 소나기가 쳤다.

상전은 상전이 아니고 노복은 노복이 아니다. 계급이 무너지고 풍속이 나빠져서 아무런 여지가 없다.

1785년 6월 24일 아침에 바람이 불었다. 가을 기운이 있어 그다지 덥지 않았다. 오후가 되자 더웠다.

지금 세상에서 상민과 천민이 공공연히 '양반'이란 글자를 가져다가 서로 방자하게 일컫는 것은 이미 풍속이 되었다. 양반 칭호를 받은 자도 분수에 넘는 것으로 여기지 않고, 그런 일을 보고 듣는 자도 놀랍게 여기지 않는다. 그리고 복식이나 범절 등에서도 전혀 차등이 없어, 중인이나 서민은 물론 노비나 백정이라 할지라도 재산이 약간 있어 영향력을 행사할 수 있으면 곧바로 사대부의 옷을 입고 사대부의 갓을 쓰는 것을 아무렇지도 않게 여긴다. 그런데도 높은 지위에 올라 권력을 장악하고 법 기강을 담당한 사대부들은 안일하게 사리를 살피지 않고 그들이 하는 대로 내버려두어 명분이 어지러워지고 기강이 무너졌으니 한심한 일이다.

내 생각에, 이것은 바로 천민이 양반으로 상승하고 양반은 천민으로 하강할 조짐이다. 이 때문에 풍속이 무너지고 기강과 명분이 짓밟히는 것이다. 그러나 이른바 높은 자리에 있으며 법을 주관한다는 자들은 눈으로 보고 귀로 들으면서도 도무지 근심할 줄 모른다. 저들은 양반이 천민 되는 것을 스스로 달가이 여기고 있기 때문이다. 처음에는 남을 부리다가 끝내는 남의 부림을 받게 될 것이다.

지난날의 여러 역적 중에는 높은 관직을 차지하고 스스로 지체 높은 양반임을 자랑하는 자들이 많았다. 그러나 그 자신이 역적질을 하여 멸망을 자초했고 그 처자식과 친족들은 아무 이유 없이 천한 노비가 되는 데서 벗어날 수 없었다. 이는 앞서 말한 그 징조가 아니겠는가. 아아! 끝이 없는 근심거리란 하루아침에 생겨나지 않는다.

1785년 11월 20일 동지다. 눈이 그치고 녹았다.

어떤 사람은 양반이 아주 좋은 것이라 말한다. 대체로 양반은 편안히 지내면서 일하지 않고 위세를 부리며 겁낼 게 없고 의식주의 생활을 번듯하게 꾸밀 수 있다고 여기기 때문이다. 내 생각에도 우리나라의 양반은 중국의 제후에 못지않은 존귀함을 누리고 있는 듯하다. 하지만 양반 중에 궁핍하고 미천한 자는 그 하잘것없는 처지가 또한 비길 데가 없다. 저 양반이란 자들이 하찮게 되면 도리어 본래 신분이 낮은 자가 하찮은 처지에 있는 것만도 못하니, 진실로 할 만한 것이 못 된다.

1785년 12월 2일 몹시 추웠다.

우리나라 양반에게 가난이란 사형선고라는 생각이 문득 들었다. 그래서 「사형선고란 무엇인가」라는 글을 지을 생각을 했다.

1786년 11월 14일 눈이 내리고 흐렸다. 오후에 그쳤다.

우리나라의 이른바 양반이라는 것은 다만 염치를 알고 자기를 단속하며 경우가 바른 사람을 일컫는 말이다. 그저 잘 먹고 잘 입고 잘 사는 자를 두고 하는 말이 아니다. 그러므로 뼈에 사무치게 가난하고 머리끝까지 빚이 살아도 글을 읽고 몸가짐을 조심하는 이가 바로 양반인 것이다. 남을 속여서 이익을 도모하고 술수를 써서 먹을 것을 구하는 자는 세속의 눈과 마음으로는 대단하게 받아들여지지만 그런 자들은 '군'[3]이라면 모를까 양반이라고는 할 수 없다. 대체로 양반으로는 이런 자가 없고 양반이라면 이와 같아선 안 되기 때문이다.

1787년 3월 18일 흐리고 비가 올 것 같았다. 아침에는 안개가 약간 끼었다. 이윽고 바람이 불었다.

글재주가 아깝다는 말을 들었다. 대저 아깝다는 이 말은 문장가로 종사하는 이에게 붙여 주어야 마땅한 말이다. 돌아보건대 아깝기는 무엇이 아까워서 이렇게 허랑한 말을 하는가?

일반적으로 백성들은 양반을 반드시 과거에 응시하는 자로 알고 있다. 그러므로 누가 과거에 응시하면 곧바로 양반으로 간주한다. 그런 까닭에 글도 못 하는 시골 양반들이 논밭을 팔아 양식을 마련해서는 흑흑 울면서 과거에 응시하고, 응시할 때마다 다급하고 어쩔 수 없다는 듯 부지런히 애를 쓴다. 그러나 이는 이미 진정으로 과거에 급제하기로 결심해서 그런 것이 아니다. 몇 년 동안 응시를 그만두게 되면 이웃에서 괴상하게 여기고 양반이 아니라고 의심을 하니까 그런 거다.

신 씨(申氏)네 종이 한 말에 나도 모르게 손뼉 치며 웃었다. 양반 표시를 내는 밑천이 이런 건가 하는 생각이 든다. 세상을 살며 참고 견뎌야 하는 일이 대체로 이런 종류다.

3_ 군(軍): '사기꾼' 등 특정 직종에 전문적으로 종사하는 자 혹은 그런 집단을 비하하여 일컫는 '꾼'이라는 정도의 뜻이 아닌가 한다. 동변군(童便軍: 약재로 쓰이는 소변을 제공하기 위해 내의원에서 관리하는 남자 어린이 집단) 등 비슷한 용례가 보인다.

조선 후기에 양반의 수가 늘어나고 신분제가 붕괴하고 있었다는 것은 상식에 속하는 이야기다. 탐진치(貪嗔癡)에 휩싸여 추락하는 양반에 대한 자성과 그런 양반을 짓밟으며 무섭게 성장하는 하층계급에 대한 공포를 공히 드러낸 유만주의 다양한 언급들은, 몰락하는 양반 계층의 내부로부터 나온 생생한 증언이라는 점에서 의의를 갖는다.

염라대왕 선정비

1785년 6월 24일 아침에 바람이 불었다. 가을 기운이 있어 그다지 덥지 않았다. 오후가 되자 더웠다.

호남에서 고을 수령을 하던 자가 죽어서 상여에 실려 돌아가게 되었다. 그러자 그 고을 사람들이 '염라대왕 선정비'(閻羅大王善政碑)라고 크게 새긴 비석을 세웠다 한다. 이 사실을 목격하고 전해 준 이가 있었다.

아아! 고을 수령이 비록 잘한 게 없다지만, 비석을 세운 자들도 참으로 함부로 굴었다 하겠다. 그렇긴 하나 그 수령이 극도로 탐욕스럽고 포악하여 민생에 해독을 끼치지 않았다면 이런 지경까지 이를 리는 없었을 것이다. 이 또한 저 탐관오리가 자초한 일이니 어찌 비석을 세운 자만 책망할 수 있겠는가.

1786년 6월 12일 대단히 덥고 오후에는 또 흐려졌다.

약방 임 씨(林氏)를 불러 토사자¹ 구하는 걸 의논하다가 임 씨가 인정세태에 대해 이야기하는 걸 들었다. 중인으로 재산이 있는 자 가운데는, 그 재산을 사대부에게 보태 주어 일상생활에 쓰도록 하고 훗날 보답 받기를 기대하는 자들이 많다고 한다. 그러나 세상의 이른바 사대부라는 자들은, 가난할 때 늘상 이런 중인 무리의 도움을 받았고 벼슬아치가 되고도 처음에는 이들을 계속 이용했으면

1_ 토사자(兎絲子): 새삼의 씨를 말린 것. 허리와 무릎이 시리고 아픈 데 쓰는 약재다.

서도 영달하고 나면 곧 까마득히 잊어버리고 만다. 그러니 이 중인 무리는 집안이 망하는 것을 면치 못하고 그저 세상의 사대부란 도적이라고 부르짖을 따름이다.

1786년 6월 17일 어두컴컴하게 큰 비가 내리고 천둥 번개가 쳤다. 또 거센 바람이 불어 밤중까지 소란스러웠다.

옛사람의 말이 있지 않은가? "너희들이 좋은 사람이 되었으면 하지, 좋은 벼슬아치가 되기를 바라지 않는다"던. 지금은 이와 반대다. 이조판서나 호조판서가 영예로운 줄만 알 뿐 무자비한 백정 같은 인간의 추악함에 대해서는 논하지 않는다. 세도(世道)와 인심이 타락하여 아무런 여지가 없고 사대부가 자멸로 나아가는 것도 당연하다.

'선정비'란 훌륭한 지방관을 기리기 위해 세우는 비석으로, 송덕비(頌德碑)라고도 한다. 그런데 지금 이 비석은 고을 수령이 아니라 그를 저승으로 데려가 준 염라대왕에게 감사의 뜻으로 헌정된 것이다. 이 글에서는, 사대부가 자신의 지위를 이용해 도둑질이나 다름없는 탐학을 저지르는 현실을 지적하며 그것이 결국 사대부가 자멸하는 이유가 될 것이라고 예측하고 있다.

부익부 빈익빈

1781년 9월 14일 아침에 흐렸다.

정원 뒤의 바위 위로 올라가 그 앞에 있는 장터를 마주하여 1천 군중이 분잡하게 북적이는 양을 바라보았다. 자리를 옮겨 커다란 팽나무 아래에 앉아 다시 아득한 산과 굴곡져 흐르는 강물을 보았다.

지금 사람들 대부분이 생계의 방도가 군색하고 쪼들려 근심한다고들 한다. 어떤 사람은 인구가 너무 많기 때문에 그렇다고 하고 어떤 사람은 자원이 고갈되었기 때문에 그렇다고 한다. 그러나 이 두 가지 언급은 모두 그르다. 그저 사치가 도를 넘어 온 나라가 분수를 지키지 않기에 그리 된 것이다.

1782년 5월 22일 가물고 더웠다. 바람이 불고 비는 내리지 않았다.

임금께서 친히 풍운단[1]에 이르러 재계(齋戒)를 하신다고 한다.

이런 이야기를 들었다. 관동 어사 이기[2]가 어떤 곳에 이르러 보니 밥하는 연기가 자욱하게 일어나고 비린내가 갑자기 훅 끼쳤다. 살펴보니 마을에 사는 두 노파가 누렇게 뜬 얼굴로 마주앉아서 한창 고기를 먹고 있었는데, 조사해 보니 어린아이를 잡아먹은 것이었다. 이기가 관아에 보고하여 두 노파를 가두자 그 노파들은 이틀 후에 죽었다 한다. 역시 참혹하다.

1_ 풍운단(風雲壇): 바람, 구름, 우레, 비, 산, 내를 맡은 천신(天神)을 제사지내는 단을 말한다. 서울 남쪽 교외에 있었다.
2_ 관동 어사(關東御史) 이기(李夔): 이기는 1782년 3월 강원도 암행어사로 파견된 인물이다.

이 씨 어른이 돌아가셨다.

흉년이 들어 벌건 땅에 아무것도 없으니 지금 바야흐로 소요가 일어나고 있다. 산 사람에게 먹을 게 없다는 건 전쟁보다 심하고 전염병보다 심한 재앙이다. 장차 무슨 일인들 하지 않겠는가.

지금 쌀 한 말의 시가는 50푼이고 보리는 한 섬에 340푼이라 한다.[3]

1782년 7월 28일 몹시 덥고 가끔 흐렸다.

누군가 이런 말을 했다. 이최중과 이의익[4] 집안의 딸이 혼인을 하게 되어, 딸의 시집에 보낼 이바지 음식을 아주 진수성찬으로 만들었다. 여러 요리 가운데 특별히 만든 신기한 떡이 한 바리 있었는데 그만 잘못 놓아서 떡 몇 개가 땅에 떨어졌다. 그런데 이것을 상서롭지 못하다 여겨 하나도 쓰지 않고 종들에게 다 흩어 주고는 새로 신기한 떡을 한 바리 쪄서 보냈다 한다. 그러니 다른 요리는 미루어 알 만하다.

나는 예전에 어떤 집안이 멸망하고 싶으면 극도로 사치를 자행하면 된다고 말한 적이 있다. 사치는 멸망을 위한 신통한 방편이다. 예로부터 사치하고도 멸망하지 않은 경우는 없었다.

3_ 지금~한다: 여기 나온 곡식의 가격은 평균과 비슷한 수준이다. 그러나 흉년의 상태가 지속되어 같은 해 8월 7일에 이르면 한 되에 약 10푼이고 한 섬에 1000푼으로 올랐다고 되어 있어 평소의 두 배 이상으로 앙등했음을 알 수 있다.

4_ 이최중(李最中)과 이의익(李義翊): 이최중은 이조판서와 함경도 관찰사 등을 지낸 노론계의 고위 관료였는데, 1782년 이유백(李有白)의 대역부도죄 사건에 연좌되어 영암 추자도에 유배된 후 1784년 그곳에서 죽었다. 이의익은 이최중의 조카로서 홍국영의 심복이라는 평판이 있던 인물인데 당시 같이 연루되었다.

1782년 8월 23일 무척 서늘했다.

모자장이5_를 불러 모자를 만들었다.

지금 모든 물건 값이 앙등한 까닭은 도고6_라는 법의 극악한 폐단 때문이다. 부자는 더욱 부유해지고 빈자는 더욱 가난해지고 있다.

1783년 5월 12일

한 톨의 곡기도 없이 오장이 텅 빈 자는 그저 깜깜한 방 안에서 탄식을 하고, 사방팔면으로 봄빛이 영롱한 자는 한결같이 배부르고 태평하다고 자랑을 하는 법이다. 나는 이 두 가지가 모두 투식인 것만 같다. 오늘날 세상의 사람들은 이 투식에서 벗어나지 못하고 있다.

만 리가 넘는 사방의 땅을 나의 한 몸처럼 여기고 나면 비로소 이 픔이 사무치게 된다. 그렇게 하지 않으면 그저 각각의 살이 저마다 아파할 뿐이다.

어떤 가난한 선비의 집에서, 그 선비의 처자식이 여러 날 굶주린 나머지 깨진 바가지까지 몽땅 씹어 먹고 죽었다고 한다. 참혹할 따름이다. 그 근원을 미루어 논할진대 정전제7_가 없어졌다는 것이 가장 중요한 이유가 될 터이다.

5_ 모자장이: 갓 상단의 모자 부분인 '대우'를 만드는 장인을 일컫는 말이다. 갓 하단의 챙 부분인 양태(凉太)는 따로 만드는 장인이 있었다.

6_ 도고(都庫): 상품의 매점매석을 통해 이윤의 극대화를 노리던 상행위로, 조선 후기에 성행했다.

7_ 정전제(井田制): 고대 중국에서 시행된 토지제도. 토지를 '정'(井) 자 모양으로 9등분하여 그중 8구역은 경작지로 개인에게 분배하고 1구역의 소출만을 세금으로 바치게 한 것인데, 중세 동아시아에서 이상적인 토지제도로 여겨졌다.

높은 자의 사치가 극에 달하면 빈한한 자의 굶주림도 극에 달하나니, 이치가 본디 그러한 것이다. 무릇 천하의 형세가 편중되면 기울어져 균형을 잃게 되고, 불균형이 극에 달하니 쪽박을 씹어 먹고 죽는 자가 생기게 되는 법이다.

1783년 9월 3일

누군가가 "정전제가 시행되던 시대에는 빈부격차가 없었을까?"라고 묻기에 나는 이렇게 대답했다.

"빈부의 차이는 상대적이니 없을 수는 없다. 마치 하늘에 음과 양이 있고 사람 중에 중화와 오랑캐가 있는 것 같으니 어찌 없을 수 있겠는가. 그렇지만 옛날의 부자는 후세에서처럼 대규모의 전장을 소유하지는 않았고, 옛날의 가난한 자는 후세에서처럼 송곳 하나 꽂을 땅도 없는 정도는 아니었다. 부자나 가난한 자나 동일하게 100묘(畝)를 소유했는데, 부자의 경우 흉년을 만나지 않았거나, 절약하여 비용을 줄였거나, 홍수와 화재, 도적과 같은 우환을 만나지 않았거나, 길흉사에 쓴 돈이 적었기에 부자가 되었던 것이고, 가난한 자는 이와 반대의 경우를 만나 가난하게 되었던 것이다. 춘추시대에 이미 정전제가 문란해졌다고는 하지만, 원헌[8]이 가난했어도 100묘 땅은 가졌고, 의돈[9]이 부유했어도 100묘보다 많은 땅을 소유하지는 않았다."

옛날에 재물을 많이 모은 큰 부자들은 후세와 같이 돈으로 땅을 사서 천만씩이나 되게 축적하지는 않았다. 「화식전」[10]을 보면

8_ 원헌(原憲): 공자의 제자로서 몹시 가난했지만 꿋꿋하고 단정한 사람이었다.
9_ 의돈(猗頓): 춘추시대 노나라의 전설적인 대부호다.

다 알 수 있다.

옛날에는 지금 같은 땅부자가 없었다는 말이 눈에 띈다. 대부분의 국가 구성원들이 가난에 시달리고 빈부격차가 더욱 심각해지는 등의 경제적 위기 상황을 가속화하는 요인으로 유만주가 들고 있는 것은 사치와 도고(都庫)다. 이 둘은 모두 재화가 균형 있게 유통되지 못하는 데 따른 경제적 병리 현상에 해당한다. 요컨대 그는 재화의 부족이 아니라 재화의 편중을 국가 경제에서 중요한 문제로 보고 분배 정의의 실현을 촉구한 것이다.

10_ 「화식전」(貨殖傳): 『사기』의 한 편인데, 재물을 많이 모아 부자가 된 사람들의 이야기를 엮어 놓았다.

수레가 다니기 어려운 까닭

1785년 6월 17일 더웠다. 오늘은 대서(大暑)다.

민경속(閔景涑)이 이런 얘기를 해 주었다. 강세황[1]이 안탁(案卓: 탁자) 하나를 새로 제작했는데, 날마다 쓰는 문방구를 나란히 올려 둘 수 있도록 만들었으며 중국 제도를 본뜬 것이라 한다. 대체로 우리나라 사람들은 둔하고 서툴기 때문에 이미 있는 것을 본떠서 새로운 물건을 제작하지 못할 뿐만 아니라, 그렇게 만든 것에 대해 다들 비웃기나 한다. 이내 수레 제도에 대해 이렇게 말했다.

"일상생활에서 물건을 나르거나 길을 다니거나 하는 데엔 수레만큼 편한 게 없지요. 그런데도 우리나라 사람들은 쓰지 않습니다."

민경속이 전해 준 바에 따르면 근자에 중국 사람이 가벼운 수레를 하나 만들었는데 작동 기관이나 바퀴 축 등이 잘 갖춰져 있어 500리 밖에서도 시신을 운구해 올 수 있고 가마로 옮기는 것보다 편하다고 한다. 일찍이 이광려[2]도 걸음을 대신할 수 있는 수레를 제작한 적이 있거니와, 근자에 어떤 재상이 북경에 사신으로 갔다가 돌아와서 일상생활에 쓸 수 있는 수레를 만들었는데, 부인들의 가마를 연결하여 갈 수도 있고 나귀를 매어 끌게 하여 장작을 나를 수도 있는 것으로서 몹시 가볍고 편하며 비용도 적게 든다고 한다.

1_ 강세황(姜世晃): 1713~1791. 조선 후기의 문인 서화가이자 평론가. 안산에 거주하며 남인 지식인들과 교유했고 1781년에는 정조의 초상화 제작을 주관했다.

2_ 이광려(李匡呂): 1720~1783. 조선 후기의 실학자로, 고구마의 재배와 보급 및 수레의 제작에 일정한 공로가 있다. 인품이 훌륭하고 문장이 뛰어났으며 해박한 지식까지 겸비했던 인물로 평가된다.

그러나 사람들이 그런 걸 본 적이 드문지라 어김없이 비웃는다. 또 들기로 고인이 된 각학[3] 집안에도 걸음을 대신할 수 있는 조그만 수레가 있었는데 몹시 빠르고 종 한 사람이 뒤를 따르며 몰기가 어렵지 않았다 한다. 나는 이런 말을 했다.

"우리나라 사람에게도 처음부터 수레가 없었던 것은 아닙니다. 그러나 우리나라의 수레라는 것은 본디 표준도 척도도 없고 근본이 되는 작동 원리도 갖춰져 있지 않으며, 공연히 둔중하고 크기만 할 뿐이지요. 곡식 섬이라도 실으려면 반드시 살찌고 건장한 소 두세 마리를 매어 끌게 하고 나서야 수레바퀴가 움직이기 시작합니다. 만약에 진흙탕이나 턱이 있는 곳에 다다르면 그저 소에게 채찍질을 하는 수밖에 없고 그래야 소가 죽을힘을 다해 간신히 움직이는 거지요. 내가 늘 생각해 보면 수레를 끄는 소는 하루에도 몇 번이나 저승 문턱에 이르는지 알 수가 없으니 정말 불쌍하기 짝이 없어요. 우리나라의 수레 제도가 이러니 우리나라 사람이 수레를 일상적으로 쓰려고 들지 않는 것도 당연할 뿐이지요."

이렇게도 말했다.

"수레 제도에 대한 책이 필시 있었을 텐데 전부 제목뿐이라서 아직 보지 못했습니다. 대체로 수레를 이용하는 전법(戰法)이 사라진 지도 이미 오래되었지요."

3_ 고인이 된 각학(閣學): 규장각 직제학(直提學)을 역임했고 1784년에 사망한 정지검을 가리키는 듯하다.

당시 중국의 선진 문물을 접한 지식인 중에는 박지원이나 박제가와 같이 수레 제도를 배워 편리하게 이용할 것을 촉구하는 이들이 적지 않았다. 중국에 가 본 적 없는 독서인인 민경속이나 유만주 같은 이들이 수레의 보급을 지지하며 그 장애 요인이 되는 후진적 기술 체계라든가 낯선 것에 대한 관습적 거부감 등을 언급하고 있는 것으로 보아, 수레를 중심으로 한 기술혁신의 문제가 당대 조선의 중요한 화두 가운데 하나였음을 알 수 있다.

여기, 조선의 사람들

여종 미정

근래에 이런 이야기를 들었다. 옥천에 살던 정 씨(鄭氏)의 딸이 상주의 선비에게 시집을 갔는데 한 해도 되지 않아 남편이 천연두로 죽었다. 정 여인은 뒤따라 자결하기로 마음먹고 그날로 음식을 끊었다. 시집 식구들이 하도 권해서 억지로 먹기는 했어도 따라 죽기로 한 뜻은 변함이 없었다. 그렇게 종상(終祥: 삼년상)이 지나자 시누이들에게 이렇게 말했다.

"오늘은 마음이 몹시 답답하니 잠깐 나가 노닐며 풀었으면 좋겠어요."

시누이들은 그 마음을 위로하려고 함께 울 밖의 탁 트인 곳으로 나갔고 정 여인의 여종 미정(美貞)이 그 뒤를 따랐다. 그런데 이들이 자리를 옮겨 물가를 지나게 되었을 때 정 여인은 물가에 앉은 채 좀처럼 일어나지 않았다. 시누이들은 모두 어려서 정 여인에게 이상한 낌새가 있는 줄 몰랐으나 미정은 유독 이상하게 생각하고 곁에서 지키며 반걸음도 떨어지지 않았다.

잠시 후 비탈진 언덕길을 지나가는 사람이 보이기에 미정은 그 행인더러 저쪽으로 돌아가라고 했다. 그러느라 잠깐 한눈을 팔았다가 곧장 돌아보니 정 여인이 몸을 날려 물에 뛰어든 것이었다. 시누이들은 당황해서 통곡하는데 미정은 정 여인을 따라 곧장 몸을 날려 물에 뛰어들었다.

길에 있던 사람들이 강가에서 우는 어린아이들을 보고 놀라서 그쪽으로 모여들었다. 사람들은 그 까닭을 듣고 곧장 물속으로 헤

엄쳐 들어가 정 여인을 구하려고 했다. 잠시 후 한 여자가 수면에 떠올랐는데 누군가가 물속에서 부여잡고 내보내려 하고 있는 듯한 형상이었다. 사람들이 건져내어 정 여인은 살아날 수 있었다. 물에 들어가 정 여인을 부여잡고 내보낸 이는 바로 미정이었다. 미정의 시신이 발견된 것은 며칠 뒤였다.

무릇 주인과 종의 관계는 임금과 신하의 관계와 같다. 임금을 위해 죽는 것도 참으로 어려운 일인데 종이 주인을 위해 죽는 것이 어찌 어렵지 않겠는가? 미정이 하늘을 저버리지 않아 함께 죽기를 꺼리지 않고 주인을 죽음에서 구했으니 신하로서 불충한 자들은 부끄러워할 일이다. 아, 어진 사람이다. 지방 관원이 이 일을 상주 목사에게 보고하니 그 역시 감탄하고 기이하게 여겨 장차 관찰사에게 보고하고 법에 따라 표창하도록 요청할 것이라 한다.

여러 등장인물 가운데 오직 주인공인 하층계급 여성 '미정'만이 호명되고 있는 점이 인상적이다. 남편이 병사한 것이 원인이 되어 그 아내가 자살을 시도하고, 이에 그 아내의 여종이 죽음에 이르게 된 상황을 '미정'이라는 이름을 중심축에 두고 연쇄적으로 나열한 구조를 통해, '미정'이라는 이름에 부과된 성별과 신분이라는 이중의 억압이 뚜렷해진다.

정순왕후의 어느 추운 날

1787년 3월 1일 가끔 흐리고 비가 뿌렸다. 오후가 되니 바람이 막 불고 더웠다. 저녁에 또 비가 오더니 밤까지 계속됐다.

　재상 이사관[1]이 아직 한미하던 시절의 일이다. 그는 몹시 추운 날 호서(湖西) 지역으로 가다가 길에서 어떤 일행과 마주쳤다. 그 일행의 가마는 제대로 가려지지 못해 들판의 바람이 숭숭 들이닥쳤고, 가마를 따르는 이는 솜 하나도 두지 않은 홑옷을 입은 채 겨우겨우 나아가고 있었다. 이사관은 마음속으로 측은하고 안됐다는 생각이 들었다. 함께 주막에 머물게 되었기에 가마를 따르던 이에게 물었다.

　"어디 가십니까?"

　"서산에 갑니다."

　"행색이 너무 허술하네요. 이렇게 모진 추위에 그래가지고 어떻게 가시려고요?"

　"그렇긴 하지만 어쩔 수 있나요."

　이사관은 곧 흰색의 고운 두루마기를 벗어서 그에게 주며 말했다.

　"나는 이게 없어도 춥지 않습니다. 우선 이걸 입고 모진 추위를 넘기세요."

　가마를 따르던 이가 받으려 들지 않자 이사관은 이렇게 말했다.

　"그렇군요. 아까 길에서 듣자니 가마 안에서 응애응애 우는 소

1_ 이사관(李思觀): 1705~1776. 조선 후기의 관료문인으로 우의정 등을 역임했다. 정순왕후가 1745년생이므로 이 이야기는 이사관이 40대 초반일 때 있었던 일로 추정된다.

리가 나던데 이렇게 모진 추위에 어린것은 더욱 감기 들기 쉽습니다. 이 옷은 속옷처럼 몸에 닿는 옷과는 다르니 아기를 감싸서 추위를 면하게 하세요."

가마를 따르던 이는 비로소 알았다고 하며 받고는 고마워하며 떠났다.

그 뒤로 이들은 서로의 소식을 듣지 못했는데, 나중에 알고 보니 가마를 따르던 이는 바로 선왕(先王)의 국구(國舅: 임금의 장인) 오흥부원군(鰲興府院君: 김한구)이고 가마에서 응애응애 울던 아기는 바로 명선태비[2]였다. 그래서 세상에 전하기로는 이사관이 이 때문에 이름을 얻어 대광[3]의 지위에 이르렀다고 한다.

통속적 사극에서 주로 정조(正祖)와 대립하는 서슬 퍼런 귀부인으로 등장하는 정순왕후(貞純王后)의 가난한 유아 시절을 담고 있는 보기 드문 이야기다. 이사관의 출세를 설명하는 후일담처럼 맺어진 감이 있지만, 추위 우는 아기를 위해 자신의 좋은 외투를 선뜻 벗어 주고, 염치 때문에 받기를 주저하는 아이 아버지의 마음까지 배려하는 이사관의 친절은 그 자체로 충분히 따뜻하다.

2_ 명선태비(明宣太妃): 정순왕후를 가리킨다. 『조선왕조실록』 정조 11년(1787) 1월 8일 조에 왕대비에게 '명선'이라는 존호를 올렸다는 기록이 보인다.
3_ 대광(大匡): 대광보국숭록대부(大匡輔國崇祿大夫), 조선 시대 정일품(正一品) 문무관(文武官)에게 주던 최고 품계이다.

친절한 의원 임태후

1778년 9월 17일

임태후[1]는 근세의 이름난 의원이다.

그의 이웃에 어떤 사람이 있었는데, 막 잠이 들 즈음에 갑자기 온몸이 꼬이면서 잠깐 사이에 죽을 것 같았다. 그래서 그 집안사람이 급히 임태후의 집 문을 두드리며 적당한 처방을 해달라고 했지만, 밤이 이미 깊은지라 임태후는 곧장 깨어나지 못했다. 그 사람이 여러 번 소리를 질러 시끄럽게 불러대자 임태후는 일어나지 않고 다음과 같이 웅얼웅얼 했다.

"그냥 가서 얼른 동변(童便: 약재로 쓰는 남자아이의 소변) 한 사발을 생강 한 종지와 섞어 데운 다음에 한번 복용해 보시오."

그러고는 곧 다시 잠들었다. 그 사람이 급히 돌아가 그 말대로 했더니 얼마 후 증세가 점차 사라졌고, 곧 아무렇지도 않게 다 나았다. 다음날 아팠던 사람이 와서 고맙다고 인사를 하니 임태후는 의아해하며 말했다.

"밤에 누가 날 찾아왔는지 나는 잘 모르겠소."

곁에 있던 이가 어떻게 된 일인지 알려주자 임태후는 말했다.

"내가 잠결에 대답을 했나 본데 나쁘진 않았군요. 그 증세는 기(氣)가 갑자기 막혀서 순탄하게 통하지 못했기 때문에 일어난 것입니다. 기를 통하게 하는 데는 생강이 좋지요. 온몸이 꼬이는 것은

1_ 임태후(任泰垕): 1708~1776. 경상도 풍기에 살던 유명한 의원이다. 유만주의 백부인 유한병도 그에게 진료를 받기 위해 서울에서 풍기까지 먼 길을 간 적이 있다.

풍(風)이 들어서 그런 건데 동변은 풍을 쫓는 데 적당합니다. 그러니까 당연히 차도가 있었겠지요."

하루는 다 떨어진 옷을 입은 어떤 사람이 문밖에 앉아 있었다. 그는 입을 꾹 다물고 아무 말도 없이 계속 그렇게 있었다. 집안사람이 이상하게 여겨 임태후에게 알리니 그는 나가 보고 이렇게 말했다.

"이 사람은 필시 귀머거리 벙어리 병에 걸린 것이다."

임태후는 그 사람에게 글을 써서 왜 왔는지 물었다. 그러자 그 사람은 소매 속에서 쪽지 하나를 꺼냈는데 그것은 병록(病錄: 병의 증상과 경과에 대해 기록한 것)이었다. 그 기록 중에 이런 구절이 있었다.

'7~8년 전 유행성 전염병에 걸린 뒤로 갑자기 귀머거리 벙어리가 되었다.'

임태후는 다시 이렇게 글을 썼다.

'돈이 있으면 병이 나을 수 있습니다.'

이에 환자는 다음과 같이 글을 썼다.

'집이 원체 가난해서 쌀 한 톨, 돈 반 푼도 없으니 죽을 수밖에 없겠습니다.'

임태후는 그가 측은하여 마음이 아팠다. 그래서 돈 세 꿰미를 찾아 주고는 또 이렇게 글을 썼다.

'내가 당신을 보니 마음이 매우 아프오. 이 병을 고치려면 사람 젖을 써야 하오. 그러니 이 300푼으로 쌀과 미역을 얼마간 사다가 젖먹이 아이가 있는 이웃 아낙에게 나눠주고 간절히 애걸하여 젖을 얻어먹으시오. 한참 먹으면 마땅히 효험이 있을 것이오.'

그 사람은 돌아가 임태후의 말대로 젖을 얻어먹었으나 서너 달이 지나도 효험이 없었다. 그래서 언제나 드러누운 채, 살지도 죽지도 못하겠다며 끙끙거렸다. 그의 아내는 걱정이 되고 마음이 어지러워 등불 아래에서 언문(諺文) 소설을 보다가 갑자기 내던지며 이렇게 한탄했다.

"팔자도 고약하다. 집은 이렇게 가난하고 남편도 또 저러니! 불러도 대답이 있나, 뭐라고 할 말을 하나. 아이고, 슬퍼!"

그런데 아픈 남편이 갑자기 그 말을 듣고 곧 이불 속에서 무어라 소리를 내는 것이 아닌가.

"슬퍼 마시오. 내 인제 들을 수도 말할 수도 있소."

아내는 크게 놀라고 기뻐서 말했다.

"이게 꿈인가, 진짠가?"

그 환자는 나중에 병이 다 낫자 직접 임태후를 찾아가 그 일을 이야기했다고 한다.

병을 앓아 귀머거리에 벙어리가 된 환자와 소통하기 위해서 세심하게 필담을 나누고, 가난하여 어쩔 수 없다는 환자를 위해 큰돈을 내어 주며 자상하게 치료 방법도 일러 주는 임태후는 분명 친절하고 유능한 의사이다. 특히, 잠을 자던 중에 잠꼬대로나마 즉시 정확한 처방을 내리는 그의 모습은, 의사로서의 사명감과 전문성이 무엇인지 단번에 보여 준다.

효임이라는 여자

1777년 8월 14일 비가 왔다.

술해의 아내 효임이 대역부도(大逆不道) 판결을 받고 군기시(軍器寺) 앞길에서 처형되었다 한다.

1779년 5월 14일

세상에 이런 이야기가 전한다.

홍계희[1]의 아내는 판서 김취로(金取魯, 1682~1740)의 딸인데, 아직 시집가기 전에 이상한 꿈을 꾸었다.

꿈에서 김 씨는 이미 시집을 가서 아들을 여럿 낳았고 며느리도 하나 들이게 되었다. 그런데 그 며느리가 앉은 곳을 보니 갑자기 한 줄기 검붉은 피가 뿜어져 내려오는 것이었다. 그 피는 온 몸을 적셔 더럽혔고, 계속해서 마구 흘러내려 여러 아들들까지 죄다 더럽게 적셨다.

김 씨가 깜짝 놀라 깨어 보니 한갓 꿈이었지만 마음속으로는 혐오감이 들었다. 그 후 김 씨는 홍씨 가문에 시집을 오게 되어 오래도록 호화로운 생활을 누리고 아들을 다섯이나 낳아 연달아 며느리를 보게 되었다. 그때마다 김 씨는 전에 꾼 꿈을 생각하며 새로 온 며느리를 찬찬히 살펴보았으나 꿈속에서 본 여자와 닮은 이는

1_ 홍계희(洪啓禧): 1703~1771. 조선 후기의 고위 관료로서 병조판서 등을 역임했다. 그가 죽은 후 아들 홍술해(洪述海) 등이 정조 즉위 직후 역모 사건에 연루되어 멸문의 화를 당하면서 그 자신도 관직이 삭탈되었다.

없었다.

그런데 둘째아들 술해가 상처(喪妻)를 하고 후처를 얻게 되었으니 그가 바로 효임이었다. 혼례를 하던 날 김 씨가 절을 받으며 효임의 얼굴을 보니 완연히 꿈속에서 본 그 사람이었다. 김 씨는 문득 마음이 떨려오는 것을 느꼈고 그 뒤로 언제나 효임을 혐오하여 비록 와서 문안을 드리려 해도 별로 환대하는 말이 없었다. 그럼에도 오랫동안 흉하거나 해로운 일이 없었고 홍술해 역시 동경(東京: 경주)과 해서(海西: 황해도) 등지에서 극히 순탄하고 영화롭게 벼슬살이를 했다. 그러다 정유년(1777)에 효임이 결국 극악한 역적질을 하여 홍씨 가문은 온통 붉은 피로 물들게 되었다.

이 역시 아마도 전생에 이미 정해진 일이었나 보다.

1777년 7월 28일 밤, 정조가 존현각에서 글을 읽고 있는데 이상한 기척이 있었다. 대궐에 도둑이 든 것이다. 이후 이 사건은 '정조 시해 미수 사건'으로 기록되게 되었으니, 아버지 홍술해의 귀양에 불만을 품은 홍상범(洪相範)이 호위군관과 자객 및 궁녀 등을 매수하여 정조를 암살하려다 실패했다는 일이 바로 그것이다. 이 사건으로 홍상범은 책형(磔刑: 시체를 거리에서 찢어 죽이는 형벌)을 당했고 연루된 인물 대다수가 사형됐는데, 그중에는 홍상범의 어머니 이효임(李孝任)도 있었다. 위의 이야기는 이 사건에 대해 '홍씨 집안에 며느리가 잘못 들어와 멸족이 되기에 이르렀고, 그것은 미리 정해진 운명이었다'고 하여 통속적이고 비합리적인 해석을 하고 있는데, 아마도 이런 식의 소문이 당시에 무성했을 것이다. 어마어마한 역모 사건 및 그에 따른 피의 숙청으로 공포에 휩싸인 서울의 분위기를 짐작케 한다.

이광사의 글씨

1780년 3월 24일

이광사는 유배지인 외딴 섬에서 박씨를 심었다. 박이 열리자 속을 파낸 다음 옻칠을 해 단단하게 만들어 두고, 비단이며 종이에 쓴 자신의 글씨 작품 하나하나에 낙관을 찍고는 둘둘 말아 그 박 속에 넣었다. 그리고 다시 단단하고 질긴 물건으로 구멍을 봉하고 옻칠로 틈을 메워 바닷물에 띄워 보냈다. 그렇게 한 것이 수십 개였다. 바다는 천하에 통하지 않는 곳이 없으므로 이것들이 닿는 외국 각지에 자기 서법(書法)을 널리 퍼뜨리고자 한 것이다.

1782년 8월 22일

혹자는 이광사의 서법을 추존하여 곧바로 이사의 전서[1]나 장욱의 초서[2]에까지 비견하기도 한다.

들자니 이광사의 글씨 19첩을 이성원[3]이 3만 푼이나 주고 사들여 자식과 조카에게 나눠 주면서 이렇게 말했다고 한다.

"지극한 보물을 오로지 쌓아 두기만 하면 불길하니 이렇게 흩어지도록 하는 것이다."

1_ 이사(李斯)의 전서(篆書): 이사는 진(秦)나라의 승상이다. 진시황의 중국 통일 후 이사가 정돈하여 제정한 표준 글자체가 전서의 시초 격이 된다. 전서는 둥글고 길며 가지런한 느낌을 주는 글자체로서, 이사 자신의 글씨가 이 서체의 모범으로 여겨지고 있기도 하다.
2_ 장욱(張旭)의 초서(草書): 초서란 붓으로 빠르게 휘갈겨 쓴 글씨체이다. 장욱은 당나라의 서예가로 초서의 성인(聖人)이라고까지 일컬어진다.
3_ 이성원(李性源): 1725~1790. 유만주가 위의 언급을 할 무렵 병조판서, 평안도 관찰사 등의 현직에 있던 고위 관료였다.

혹자는 이렇게 말한다.

"이광사가 귀양을 가지 않았더라면 그의 글씨가 기이하게 되지 않았을지도 모른다. 북쪽으로 귀양을 간 후 비로소 기이하게 되었고 남쪽으로 귀양을 간 후에 더욱 기이해진 것이다."

그런데 우리나라에 전해지는 그의 글씨는 많지 않다. 역관들이 그의 글씨를 사들여 서화첩으로 만들어서는 청나라로 가 북경의 서화점에다 두 배의 값을 받고 팔기 때문이라는 것이다.

이광사의 글도 몹시 기이하여 평범한 말을 쓰지 않는데 이러한 그의 글로서 세상에 전하는 것이 많다. 이를테면 "사나운 여울에 고기가 재빨리 움직이고, 위태한 가지에 새가 수선스레 깃든다"는 등의 구절이 있다.

이광사(李匡師, 1705~1777)가 평탄한 삶을 살았다면 그렇게 특이하고 멋진 글씨를 쓰지 못했을지도 모른다는 말이 눈에 띈다. 그는 소론 계열의 문인으로, 영조 때 이 당파에 대한 정치적 공세가 이어지는 와중에 멸문의 화를 당하고 간신히 살아남아, 함경도 부령과 전라도 신지도 등 궁벽한 유배지를 전전하다 여생을 마쳤다. 그런데 이와 같은 고통스러운 삶이 그의 타고난 재능을 더욱 아름답게 만들었으리라는 인식을 당대 사람들이 공유하고 있었던 듯하다.

이광사의 막내딸

1779년 12월 14일

이광사의 서녀[1]가 쓴 전서와 예서는 당대에 으뜸으로 꼽힌다. 그 여자가 지금 이문내[2]에 살며 부친상을 치르는 중인데, 나이는 바야흐로 열여덟이라 한다.

1786년 1월 16일

이광사의 딸이 누구에게 시집을 가서 지금 어디에 있는지 물어보았다. 전하는 말에 따르면 이광사의 딸은 글씨를 잘 쓰고 글도 잘 짓는데, 그 작품은 비록 무성한 소문만큼은 아니라도 대체로 아름다워 좋아할 만하다고 한다.

듣기로 이광사는 평생 그 딸을 몹시 사랑하여 자신의 서예 작품 가운데 마음에 드는 것은 모두 딸에게 주었다고 한다. 그래서 이광사가 쓴 글씨 가운데 세상에 보이지 않는 것, 보인다면 절등한 보배가 될 만한 것들은 모두 그 딸에게 있다는 것이다.

그 딸은 이광사의 소실에게서 났다. 그러나 글을 잘 짓고 글씨를 잘 쓰므로 만약 중국에서 태어났다면 응당 풍류를 아는 박식하고 아취 있는 선비의 짝이 되어 그의 운취(韻趣)를 도울 수 있었을 것이다.

1_ 이광사의 서녀(庶女): 이 여인은 아버지의 유배지인 함경도 부령에서 태어났고, 이름은 '주애'(珠愛)라고 알려져 있다. 『병세재언록』(並世才彦錄) 등 기존의 기록에는 이 여인이 아버지를 모시고 신지도에서 살다가 그곳에서 생을 마친 것으로 되어 있지만, 이하에 기술된 바와 같이 부친상을 당한 후 상경하여 계속 서울에 거주했을 가능성이 높다.
2_ 이문내: 서울 중부에 있던 마을 이름이다. '이문안'이라고도 한다. 지금의 종로구 공평동 일대이다.

마치 전겸익에게 유여시가 있고 공정자에게 고횡파[3]가 있어 그렇게 했던 것처럼 말이다.

그런데 이광사의 딸은 이제 중서(中庶: 중인과 서얼)의 무뢰배이자 잡류인 자의 아내가 되어 그저 초라하게 흔적도 없이 사라졌으니, 유독 운치 없는 일이라 사람으로 하여금 혀를 차며 한탄하게 한다.

앞서 이광사의 전서와 예서가 높은 평가를 받고 있다는 언급을 보았는데, 그 재능을 그의 막내딸이 고스란히 이어받은 것으로 보인다. 유만주는 이 재능 있는 소녀가 자신과 같은 서울에 살고 있다는 소식을 듣고 관심을 보였고, 그의 삶을 궁금해했다. 보잘것없는 남편에게 시집가 자신의 재능을 펼치지 못하고 사라져 갔다는 그 후일담에 애석해하는 유만주에게서, 척박한 처지의 조선 여성에 대한 공감과 연민의 태도가 엿보인다.

3_ 전겸익(錢謙益)에게~고횡파(顧橫波): 전겸익과 공정자(龔鼎孳)는 모두 명말 청초의 대가로 꼽히는 걸출한 문인이다. 유여시(柳如是)는 전겸익의 첩이었고, 고횡파는 공정자의 연인이었다. 이 두 여인은 시와 서화에 능했고, 용모도 아름다워 명말의 8대 미녀 가운데 꼽혔다.

고결한 이인상

1779년 12월 3일 맑고 추웠다.

『능호집』(凌壺集: 이인상의 문집) 2책을 보았다. 올해 초가을 7월에 평양부윤(平壤府尹) 김종수(金鍾秀)가 간행하고 발문을 썼다. 옛사람이 이런 말을 했다. "세계를 움직여 나가야지, 세계에 의해 움직여져서는 안 된다."[1]

1779년 12월 19일

원령(元靈: 이인상의 자)의 도(道)는 성색(聲色: 음란한 음악과 여색)과 화리(貨利: 재물과 이익) 네 글자를 붓 끝에 붙이지 않는 것이었다. 붓 끝에 붙이지 않을 뿐만 아니라 입에도 붙이지 않았다. 입에 붙이지 않을 뿐만 아니라 마음에도 붙이지 않았다. 이 세상에 성색과 화리를 도외시하고 스승과 벗과 시문(詩文)과 서화(書畵)를 목숨으로 삼는 자가 몇이나 될까?

1782년 10월 26일 오후쯤 되자 비가 조금 내렸다. 밤에 비가 왔다.

이인상의 『능호집』을 다시 읽었다.

1784년 윤3월 13일

이원령을 비롯한 여러 사람들은 그림에 마음을 붙여 유희한 이

1_ 세계를~안 된다: 『능호집』 소재의 「송문흠에게 보낸 편지」(與宋士行書)에 나오는 말이다.

들이다. 그러므로 비록 몇 길이나 되는 족자나 여러 폭의 화축(畵軸)이라 할지라도 기이한 소나무와 커다란 바위, 거대한 폭포와 괴상하게 생긴 나무들을 많이 그렸을 뿐, 산수와 인물, 정원이나 연못, 새나 길짐승 같은 구구한 것들은 그리지 않았다.

혹자는 이원령의 작품 가운데 도사가 바위 위에 칼을 꽂고 기대 앉아 구름을 보는 그림이 있는데 몹시 기이하다고 한다.

1784년 5월 16일

비가 조금 멎어 연동(蓮洞: 종로구 연지동)에서 곧바로 사동(社洞: 종로구 사직동)으로 가 점심을 먹고, 함께 능호(凌壺: 이인상의 호)의 글을 읽었다. 이런 이야기를 했다.

"혜숙야와 완사종2_의 무리는 모두가 영웅이다. 그러나 그들의 마음자리는 지나치게 광달(曠達)했으니, 그로 인한 폐해가 동진(東晉)의 부허(浮虛)한 청담(淸談)의 풍속을 이루게 되었다. 이 때문에 사대부는 세도(世道)를 걱정하는 심장이 없어서는 안 된다. 그래야지 품행이 온전하게 되는 것이다. 능호, 단릉, 송 공, 청수3_ 이 네 분의 문집을 모아 한 질로 온전하게 엮어서 『성색과 화리를 벗어난 책』이라고 제목을 달면 조금 멋질 것이다."

2_ 혜숙야(嵇叔夜)와 완사종(阮嗣宗): 혜강(嵇康)과 완적(阮籍)이다. 동진(東晉) 때의 고사(高士)로서 죽림칠현이라 일컬어진다.

3_ 능호, 단릉(丹陵), 송 공(宋公), 청수(淸修): 이인상과 이윤영(李胤永), 송문흠(宋文欽), 오찬(吳瓚)이다. 이 네 사람은 서로 지향이 같고 예술적 취향이 일치하는 벗이었다.

이인상(李麟祥, 1710~1760)은 조선 후기의 대표적인 문인화가다. 가난하고 병약했지만 고결하고 강직하게 살았으며, 그의 시와 서화 작품에도 그런 삶이 녹아들어 특유의 미의식을 이루었다. 그는 뜻이 맞는 몇몇의 벗들과 평생 아름다운 우정을 나누었던 것으로도 잘 알려져 있다. 적어도 사대부라면 혼자만의 맑음을 지키는 데 그쳐서는 안 되고 세상의 나아갈 길에 대해 걱정하는 '심장'이 있어야 한다는 말을 눈여겨 볼 필요가 있다. 이인상과 그의 벗들이 죽림칠현 같은 고매한 괴짜 선비들과 구별되는 이유도 여기 있을 것이다.

조선의 다재다능한 사람들

1775년 12월 26일

경기도 여주에 현헌(玄軒: 신흠의 호)의 서얼 후손이 사는데, 아홉 살짜리 철이[鐵]와, 일곱 살짜리 석이[石]다. 두 아이 모두 재주가 뛰어나 해서와 초서를 큰 글씨로 잘 쓰고, 아홉 살 난 철이는 과거 시험에 쓸 만한 시도 잘 짓는다 하니 기이하다.

나는 성균관에서 구슬이[璧]라는 여자 아이를 본 적이 있다. 그 애는 고작 다섯 살에 큰 글씨를 잘 썼는데 그 필획은 철근과 같았다.

1780년 12월 24일

들으니 호남에 사는 어떤 월성 김씨(月城金氏)가 포도를 잘 그린다고 하였다.

청풍 김씨(淸風金氏) 집의 어린아이 하나는 나면서부터 거문고 음률을 알아들어 벽 너머에서 거문고 소리가 들리면 그것이 무슨 곡조인지 살펴서 그대로 본떠 연주했는데 원래의 악보와 똑같이 했다 한다.

화가 최북(崔北)의 젊은 아내는 미인도를 잘 그렸는데 그 그림을 본 사람이 많다고 한다.

지금 세상에도 인재가 없는 것은 아니다. 그러나 한 가지 재주와 기예에 능하다고 하여 자신의 몸을 삼가지 않으면, 잡류(雜流)로 흘러 버리기 쉽다. 한번 잡류와 관계되면, 재능이 뛰어나면서도 박식하고 아취 있는 선비가 되었던 옛사람들과 너무나도 멀어져 버리게 된다.

1785년 3월 4일

들으니 정석치(鄭石癡: 정철조)는 수를 잘 놓았다고 한다. 이상하고도 신기한 재주라고 할 수 있겠으니, 참으로 겉만 보고는 알 수 없는 노릇이다.

1785년 8월 23일

들으니 중부1_에 있는 정 씨(鄭氏) 집의 예전 종 가운데, 혼자서 묘지의 상석을 짊어지고 산 위로 성큼성큼 올라갈 수 있을 만큼 힘이 센 자가 있었다 한다. 이렇게 남보다 월등하게 힘도 센 데다가 충성스럽고 효성스러웠으며, 정직하여 남을 속이는 것을 몹시 싫어했다 한다. 미천한 사람이 되레 이와 같으니 기남자(奇男子)며 쾌남자(快男子)라 할 만하며 허다한 벌레 같은 놈들을 부끄럽게 만든다.

1786년 9월 1일

조영순의 둘째 아들인 정철은 제주도로 귀양을 가서 양대2_를 엮어 먹고 사는데, 재주가 좋아 아주 잘 만든다고 한다. 지금 호남 곳곳에서는 '정철 양대'라고 하면 아주 인기가 높단다. 무릇 세간에서 숭상하는 것이 일정할 수 있겠는가.

1_ 중부(中部): 한성부의 행정구역인 5부 중의 하나로서 도성의 중심부에 해당된다. 수진방, 서린방 등 8개 방(坊)을 포함하고 있었다.
2_ 양대(凉臺): 갓양태. 갓모자의 밑 둘레에 붙어 있는 둥글넓적한 차양 부분을 가리킨다.

정철조(鄭喆祚, 1730~1781)는 과학에 대한 식견이 풍부하고 다방면에 재능을 보인 지식인인데, 유독 벼루를 잘 만들었던 것으로 알려져 있다. 조정철(趙貞喆, 1751~1831)은 대단히 현달한 가문 출신이었으나 정조 시해 미수 사건에 연루되어 제주도에서 오랜 귀양 살이를 하던 중이었다. 최북은 자신의 눈을 찌른 것으로 유명한 화가인데, 그의 젊은 아내가 미인도를 잘 그렸다는 것은 이제껏 들어 보지 못한 이야기다. 그 외 글씨를 뛰어나게 잘 쓰는 어린이들이라든가 포도를 잘 그린 부인, 절대음감을 지닌 어린이, 충직하고 씩씩하며 의로운 노복 등 조선에는 성별과 나이와 신분에 상관없이 예술적 재능이나 훌륭한 품성을 지니고 있던 고수들이 퍽 많이 숨어 있었을 것이란 생각이 든다.

「승가」를 지은 남휘

1781년 6월 14일

들으니 남휘라는 이는 부평 사람이라 한다. 기이한 재주가 있어 글을 몹시 잘 쓰고 책략도 풍부했다. 그러나 낙척불우(落拓不遇)하여 그 재주를 펼치지 못하고 죽었다. 남휘는 「승가」를 짓기도 했다. 「승가」는 온 나라의 기생들이 모두 전해 부르는 노래인데 중국의 잡극과 같은 것이다.

남휘는 빈궁하여 영락하게 되었음에도 재산을 불리는 데 지혜를 써서 만석꾼이 되고야 말겠다고 기약했다. 급기야 만년에 이르러서는 해마다 거둬들이는 곡식이 9천여 섬이나 되었으나 1만 섬을 채우지는 못했다.

한편 그는 집에 담장을 세우지 않고 해송(海松: 잣나무)을 가져다가 여러 아들들에게 빙 둘러 심게 했다. 이 나무들이 자라서 숲을 이루자 빈틈없이 빽빽하고 견고하게 되어, 좀도둑이 들어갈 수 없음은 물론 큰 도둑도 방비하기에 충분했으니 마치 작은 성곽과 같았다 한다.

남휘(南徽, 1671~1732)는 사대부 남성이 여승에게 구애한다는 내용의 「승가」(僧歌)라는 한글 가사의 작자로 알려져 있다. 유만주의 동시대인인 임천상(任天常, 1754~1822)의 기록에 따르면 남휘는 몹시 아름다운 여승을 만나 「승가」라는 노래를 지어 유혹했고 마침내 집으로 데리고 와 첩으로 삼았다고 한다. 유만주는 이 구애의 노래가 대화체인 것에 주목하여 중국의 잡극과 비슷하다 한 것이다.

여종 정월과 귀신

1781년 7월 14일

지금 덕산현(德山縣: 충남 예산)의 관아에 귀신의 변고가 있다고 한다. 대낮에도 귀신이 멋대로 소란을 피우며 행랑을 돌아다닌다는 것이다.

어떤 사람이 이런 얘기를 전해주었다. 신경조가 순창 군수로 재임할 때 어떤 괴이한 것이 관아의 안채에서 온갖 소란을 피우는지라 사람들이 감당을 할 수 없었다. 어떨 때는 커다란 돌로 장독을 깨뜨리기도 하고, 어떨 때는 밥솥을 뽑아다 문에 내던져 놓기도 했으며, 어떨 때는 밭고랑의 진흙을 가져다가 볏짚에 섞어 대청에다 흩어 놓기도 했고, 어떨 때는 숯불을 처마에 빙 둘러 놓아 불을 놓기도 했으니, 거의 반년이 되도록 괴이한 일이 그치지 않았다. 어떤 사람이 이렇게 말했다.

"정월(貞越)이 몹시 이상합니다. 이 괴이한 것이 정월에게 빙의한 것 같습니다."

원래 신경조는 그전에 예천 군수로 부임했을 때 기생 하나를 첩으로 두었는데, 그 기생에게 예천 토박이 여자 정월을 사다가 여종으로 삼으라고 주었기에 이 여자가 따라와서 관아 안에 있게 된 것이다. 사람들이 보기로는 간혹 정월이 나가면 괴이한 일이 그때마다 일어난다는 것이었는데, 한번 시험해 보니 참으로 그랬다. 그래서 정월을 예천 땅의 압예¹에게 돌려보냈다. 그런데 그가 마침 일이 생겨 정월과 함께 서울로 올라갔다가 정월을 신경조의 아들 신개(申愷)의 집에 남겨 두고 오게 되었다. 이때 부엌에서 밥을 하는데 갑자기 가마솥이 아궁이에서 들썩거리더니 공중으로 한 길 남짓 솟구쳐 올라가서는 천장에 척 들러붙는 것이었다. 그러고는 잠시 후 아무렇지도 않게 전에 있던 자리로 내려앉았다. 밥을 하던 여종들은 모두 깜짝 놀라 달아났다. 이에 신개는 황급히 정월을 예천으로 보냈다. 한편 정월이 떠나고부터는 순창군 관아 부엌에서 일어나던 괴이한 일들도 딱 끊어졌다 한다. 끝내 무슨 이치인지 알지 못하겠다.

또 이런 얘기도 들었다. 김범행이 안의 현감으로 근무할 때 내아(內衙)에 건넌방이 있었고, 그 방 뒤쪽에는 뜰이 이어져 있었으며 그 뜰에는 호두나무가 두 그루 있었다고 한다. 그런데 그 건넌방에 괴이한 것이 있었다. 어느 날 밤 한 여종이 등불을 켜고 문을 열려고 하는데 갑자기 항아리만 한 푸른 불이 얼굴에 부딪쳐 왔다. 여종은 기절해 쓰러졌다가 간신히 살아났으며 이 일이 있고부터 그 건넌방에는 부녀자들이 감히 거처할 수 없게 되었다. 그런데 그 괴이한 것이 점차 방자해져서 다른 방까지 습격하게 되었는데, 오직 그 집 둘째아들이 소리를 지르면 금방 조용해졌다. 둘째아들이 시험 삼아 그 방에 혼자 묵어 보았더니 몇 달이 지나도 괴이한 물건이 나타나지 않았다. 다만 방에 도배를 몹시 꼼꼼하게 했는데도 날마다 굼벵이가 수북이 쌓여, 쓸어도 쓸어도 또 생겼다. 또 한 번은 새벽에 자다가 깨어 보니 달그림자가 환히 비추는데 웬 개 한 마리가 방구석에 쭈그리고 있었으며 겁에 질려 벌벌 떠는 모습이 역력했다. 사방을 돌아봐도 창문은 여느 때와 마찬가지로 굳게 잠겨 있었다. 그 개는 곧 일어나 나갔다. 다음 날 방 안에 있던 등잔걸이가 없어졌는데

1_ 압예(押隸): 노비를 관리하는 일을 맡은 자로 보인다.

우연히 뜰을 걷다가 그 등잔걸이가 담장 위에 거꾸로 세워져 있는 것을 발견했다. 그 등잔걸이가 곁에 무슨 지탱할 것도 없이 그렇게 서 있는 것은 이상했지만 다른 이상한 일은 없었다. 안의현에서 전하는 말이, 옛날에 어떤 현감이 그 호두나무 아래에서 종복(從僕) 두 사람을 살해했기에 이로부터 관아 안에 간혹 괴이한 일이 있게 된 것이라 한다.

신경조(申景祖)는 1764년에는 예천(醴泉) 군수로, 1768년에는 순창(淳昌) 군수로 재임했던 것이 확인되는 실존 인물이다. 그의 여종에게 귀신이 붙어 여러 가지 초자연적인 현상이 일어났다는 이야기인데, 일어난 일들이 대체로 도깨비장난이라 할 수 있는 것들이라 그다지 심각해 보이지는 않는다. 다음의 이야기는 예전에 안의현(安義縣) 관아에서 살해된 종의 원혼이 후임 사또의 재임 중에 이상한 일들을 일으킨 것이라는 낯익은 서사를 보여준다. 다만 도깨비불로 여종을 기절시킨다든가 방에 굼벵이를 뿌려 둔다든가 하는 식으로 소심한 복수를 하는 점이 어쩐지 가엾고, 방에 들어와 벌벌 떠는 개의 유령이 그 살해된 종의 혼령이 아니었을까 하는 생각도 든다. 김범행(金範行)은 1752년부터 1754년까지 안의 현감으로 있었다. 귀신도 어쩌질 못했다는 그의 둘째아들은 김이용(金履鏞)인데 당시 스물 남짓 된 청년이었다.

장수 노인 정이천

1782년 1월 11일 하늘이 컴컴하게 흐려 비가 올 것 같았고, 바람도 요란하게 불었다. 저녁에 설핏 개어 밤에는 달이 밝았다. 오늘 하루는 참으로 근심스러운 날씨였다.

인생은 또 얼마나 되나. 그런데 도무지 마음이 환히 개는 날이 없다.

정이천[1]이란 사람이 묵동(墨洞: 서울 중구 묵정동 일대)에 산다. 젊을 적에는 군대에 소속되어 있었다. 그는 현종 무신년(1668)에 태어나 경신대출척,[2] 기사환국,[3] 갑술환국,[4] 신임사화,[5] 무신년

1_ 정이천(鄭二千): 『일성록』 정조 6년(1782) 1월 1일 조에 노인들에게 세찬(歲饌: 설날 선물)을 하사했다는 기록이 있는데, 그 가운데 "남부(南部)에 사는 정이천은 나이가 111살인데, 일찍이 선조(先朝: 영조) 때에 이 사람을 매번 입시(入侍)하라고 명하고 선물을 내리시는 것을 내가 직접 보았다. 이 사람이 지금까지 병이 없으니 어찌 희한한 일이 아니겠는가"라는 언급이 있는 것으로 보아 이 장수 노인은 당시 서울에서 퍽 유명했던 것으로 보인다.

2_ 경신대출척(庚申大黜陟): 1680년(숙종 6) 남인이 정권에서 축출되고 서인이 정권을 잡은 사건. 경신환국이라고도 한다.

3_ 기사환국(己巳換局): 경신대출척으로 실세했던 남인이 1689년 희빈 장씨 소생의 원자를 세자로 책봉하는 문제에서 지지하는 입장에 서며 이에 반대했던 서인을 몰아내고 다시 정권을 잡게 된 일을 말한다.

4_ 갑술환국(甲戌換局): 1694년에 폐비 민씨(廢妃閔氏: 인현왕후)의 복위를 반대하던 남인이 정권을 잃고, 소론과 노론이 재집권하게 된 일을 말한다.

5_ 신임사화(辛壬士禍): 1721년(경종 1)과 1722년에 걸쳐, 왕위 계승의 정통성 문제와 관련하여 소론이 노론을 숙청한 사건을 말한다.

6_ 이인좌(李麟佐)의 난(亂): 1728년(영조 4) 3월, 정권에서 배제된 소론과 남인의 과격파가 연합해 무력으로 정권 탈취를 기도한 사건. 이인좌는 소론 쪽 인물로서 반란을 주도했다.

7_ 나주벽서사건(羅州壁書事件): 1755년에 소론에 속하는 윤지(尹志)라는 인물이 노론을 공격할 목적으로 나주 객사의 벽에 나라를 비방하는 글을 붙인 사건이다.

8_ 임오화변(壬午禍變): 1762년에 사도세자가 뒤주에 갇혀 죽은 일을 말한다.

(1728) 이인좌의 난,6- 을해년(1755) 나주벽서사건,7- 임오화변8- 등
여러 사변을 목격했으며 올해 115세다. 이제 장수한 노인에게 내리
는 명예직으로서 동지중추(同知中樞) 벼슬이 더해졌으며, 나라에서
여러 차례 쌀과 고기를 베풀어 주고 있다.

만약에 이 사람이 좋은 집안에 태어나 두루 박식해지도록 공부
를 할 수 있었더라면, 그리하여 그가 경험하고 보고 들은 것을 기록
하여 책으로 만들 수 있었더라면 참으로 볼만했을 것이다. 퇴역 군
인으로 그저 오래 살기만 한 것이 애석할 따름이다.

비올 것 같은 날씨가 비 오는 것보다 더 서글프다. 지혜 없는 것
이 지혜 있는 것보다 낫다.

유만주는 자신이 경험하지 못한 정치적 격변기를 관통하고 있는 정이천의 생애에 주
목하면서, 이 노인이 자기 견문을 기록할 만한 역량과 식견을 지니지 못한 데 대해 아쉬워
했다.

성스러운 윤 씨 소년

1782년 3월 1일

들자니 이성(尼城: 충남 논산)에 살던 윤 씨(尹氏) 소년은 날 때부터 이치를 깨우친 아이였다 한다. 그는 영조 임신년(1752)에 태어나 열두 살 되던 계미년(1763)에 세상을 떠났다. 그의 말과 행동은 모두 성인의 가르침에 합당하여, 그를 본 부형(父兄)들은 자신들의 잘못된 마음을 바로잡았고 이웃 역시 감화되었다 한다. 이에 당시 그를 성스러운 아이라 불렀다는 것이다.

아아! 성인(聖人)이란, 사람 가운데 가장 순수하여 잡되지 않고, 가장 맑아서 혼탁함이 없는 존재다. 세운(世運)이 쇠퇴하고 경박하게 되었으며 세도(世道)가 지워지고 상실된 이 세상에 윤 씨 소년과 같이 날 때부터 깨우친 사람이 어찌 머무를 수 있겠는가.

성스러울 정도로 착하디착한 소년이 오래 머물 수 없는 이 세상이란 얼마나 혼탁하고 추악한 곳인가.

역적 민홍섭 가족의 몰락

1783년 11월 22일

혹자가 이런 말을 했다. 민홍섭이 역적으로 죽고 난 후, 그 모친과 친동생 부부가 안산(安山) 향리의 전장에 가서 살았다. 전장의 앞에 옛 전답이 있었으니 값은 7천여 냥에 해당했다.

역적이 된 뒤로는 전답에서 거둬들이는 양이 점점 줄었으나, 역시 감히 큰 소리도 못 내고 그냥 받았다. 혹시 뭐라고 조금 말을 할 것 같으면 사나운 노비의 무리가 여지없이 크게 성을 내며 "역적 집에 전답이 다 뭐냐?"고 했다.

사나운 노비의 무리는 전장 주인을 제거할 계획을 내어 역적 집안이 법을 어겼다고 날조하고 유당¹⁻을 종용했다. 유당은 역적을 토벌하는 것으로 자임하고 있던 터라 곧 역적 집안의 사람들이 풍악을 벌이고 뱃놀이를 하고, 향리에서 토호(土豪) 노릇을 한다고 나라에 아뢰었고, 이에 집안사람들은 먼 섬으로 귀양을 가고 그 집에는 마침내 고부(姑婦)만 달랑 남았으니, 이미 아무도 눈여겨보지 않게 되었다.

하루는 며느리가 남은 밥을 데워 먹은 후 잠깐 사이에 급사했는데, 살펴보니 중독된 흔적이 낭자했다. 아마도 전장의 노비 무리가 독을 넣은 것일 터이나 또한 아무도 감히 누구인지 물을 수 없었다. 이에 혼자 남은 시어머니는 황급히 서얼인 친족에게 애걸하여 2천

1_ 유당(柳戇): 1723~1794. 정조 즉위와 더불어 출세가도를 달렸던 관료. 이 무렵 사간원 대사간으로 역적을 성토하는 상소를 여러 차례 한 바 있다.

여 금을 받고 그 전장을 죄다 팔아치우고는 도망치듯 떠나 타향에서 삶을 도모하게 된 것이다.

나는 이 이야기를 듣고 이렇게 말한다.

"사람의 마음이 어쩌면 이다지도 악한가. 저 집이 역적으로 처벌된 것은 참으로 그럴 만한 이유가 있지만 비록 역적이라 한들 저들이 돈으로 산 땅이니 거기서 나는 것으로 죽을 때까지 먹고 사는 것이 또 남에게 무슨 해가 된단 말인가. 그런데 저 사나운 노비와 같은 악독한 종자는 형세가 움직이는 것을 따라 감히 상전을 능멸하여, 외딴 섬에 귀양 가게 만들고 독을 넣어 죽이기까지 했다. 방자한 짓을 당연한 일 하듯 하며 아무렇지도 않게 먹고 사는데 사람들은 그런 것을 이상하게 여기지도 않는다. 천하에 어찌 이런 일이 있단 말인가!"

민홍섭(閔弘燮, 1735~1777)은 영조 때 부귀를 누린 관료였으나 정조 즉위 후 역모에 가담했다는 혐의로 처형된 사람이다. 혼자 남게 되어 논밭을 헐값에 팔고 달아나듯 떠난 그의 모친은 이조판서 권혁(權爀)의 딸이다. 유만주는 몇 십만 평의 전장을 소유했던 사람이 금세 드난살이 처지가 되는 일이 비일비재하다며 사회가 극히 불안정하다는 데 대해 지적한 적이 있는데, 민홍섭 집안의 몰락을 보면 그 이유 가운데 하나가 혼란한 정치적 상황이었음이 짐작된다. 한편, 노비들이 권력의 부침(浮沈)을 파악하여 주인의 몰락을 조종하고 심지어는 암살하기까지 하는 비정한 세태는 유만주와 같은 양반 계층의 공포를 자아내기에 충분했을 것이다.

안과 의원 이 노인

1784년 6월 12일

수서(水西)의 나귀를 타고 동쪽 조산동(造山洞: 서울 중구 방산동)으로 안과 의원 이 씨 노인을 찾아가 눈병을 치료하는 비결을 물었다.

"어떻게 하면 지금부터 늙을 때까지 책을 몇 만 권 읽기를 일각도 그치지 않으면서도 눈이 흐리거나 침침하지 않아 달빛처럼 환하게 볼 수 있겠소이까?"

노인은 이렇게 말했다.

"첫째, 매일 아침 더운 물로 낯을 씻어 따뜻한 김을 눈에 쐽니다. 둘째, 내가 만든 붉은 가루약을 매일 밤 약간씩 젖에 타서 눈에 찍어 넣습니다. 셋째, 책을 읽지 않습니다. 넷째, 육식(肉食)을 절제합니다. 이 네 가지 처방이 있어요.

첫째 처방을 잘 따르면 책을 볼 때 달빛처럼 환하게 됩니다. 뿐만 아니라 현기증을 치료하는 신결(神訣: 신기한 비결)도 되지요. 둘째 처방을 잘 따르면 눈자위가 부석부석하고 뻑뻑한 것과 눈동자에 흐릿하게 백태가 낀 것이 깨끗이 제거될 겁니다. 만약에 셋째 처방을 첫째 처방이나 둘째 처방과 함께 쓰면 눈을 못 쓸 지경까지는 이르지 않을 거예요. 책을 즐겨보는 건 눈을 해치는 가장 주된 원인이니까요. 넷째 처방은 대체로 몸의 열이 위로 솟구쳐 은해(銀海: 눈)를 공격할 우려가 있기에 나온 것입니다. 그렇지만 육식을 안 하기가 어찌 쉽겠어요. 절제하면 되는 거지요.

저 시속의 의원들이 쓰는 약은 모두 눈에 병을 주는 것이지 고칠 수 있는 게 아니에요."

나는 마음이 시원해지며 신통하다는 생각이 들어 그 약을 달라고 했다. 그리고 책을 안 보고 각방을 쓰는 것을 오늘부터 시작하여 그믐까지로 기한을 삼고, 안약을 넣는 것은 오늘부터 시작하며 더운 물에 씻는 것은 내일 아침부터 시작하여 효과를 기대해 보기로 했다.

노인은 또 말했다.

"일반적으로 체한 걸 내려가게 하는 데는 신결이 있지요. 특별한 처방은 필요 없고, 그저 꺼리는 일을 물리치고 마음속에 아무 생각도 없게 하면 될 뿐이에요."

일기를 쓴 지 사흘째 되던 날인 1775년 1월 3일에 이미 '눈이 시큰거리고 아파 괴롭다'고 적고 있는 것으로 보아 유만주의 안질은 소싯적부터의 고질병이었던 듯하다. 그는 안질 외에도 소화불량, 치질, 치통 등 여러 가지 지병이 있었지만, 책벌레인 그에게 눈이 아프고 침침한 증상은 무엇보다 안타까운 것이었다. 이에 서울에서 제일 용하다는 안과 의사 이 씨를 찾아간 것인데, 그의 장광설에 완전히 설득되어 그가 만든 안약을 사고 그의 말대로 하기로 결심하는 모습이 재미있다. 이후 유만주는 그 안약을 열심히 눈에 넣지만 큰 효험을 보지는 못한다. 안과 의사가 신통치 못했던 걸까, 책 읽기를 그만두지 못한 것이 문제였을까.

홍대용의 유택(遺宅)

1783년 10월 24일

담헌 어른의 부음[1]을 들었다.

사람의 평생은 그저 잠깐일 뿐이다. 눈앞에서 즐거운 일을 찾아야 마땅할 것이다.

1784년 11월 11일

난동의 춘주[2]에게 좋은 의원을 아는지 물어보았다. 의원 변 씨의 기술이 자못 정밀하다며 조만간에 한번 만나보라 한다.

담헌 어른이 사시던 집에 가 보니 누대와 정자와 연못에 아직도 고인의 운치가 남아 있다. 강남 사람들이 써 준 시의 표제가 나란히 걸려 있고, 집 안에는 거문고와 책과 자명종과 천문 관측기구 등이 갈무리되어 있다. 보관되어 있던 강남 사람들의 시와 그림, 척독(尺牘: 짧은 편지) 등을 보았는데 모두 오래된 비단으로 싸서 상자에 가득 채워 두거나 책상 위에 넘치도록 얹어 두고 있었다.

들기로 담헌 어른은 본디 성품이 과거 보는 것 따위를 내켜하지

1_ 담헌(湛軒) 어른의 부음: '담헌'은 홍대용(洪大容, 1731~1783)의 호. 홍대용이 세상을 떠난 날짜가 10월 23일이니 유만주는 그다음 날 부음을 들은 것이다. 홍대용의 거처인 유춘오(留春塢: 봄이 머무는 언덕이라는 뜻)가 유만주의 집과 같이 남산 기슭 명동 부근에 있었으므로 그는 이웃에 사는 이 어른을 생전에 가끔 뵈었을 것이다.

2_ 난동(蘭洞)의 춘주(春柱): '춘주'는 유만주의 종형제인 유춘주(兪春柱, 1762~1838)다. 그는 홍대용의 사위인데, 유만주는 1776년 11월 24일 난동에서 있었던 춘주의 혼례에 참석했다고 적은 바 있다. 그해 여름 『담헌연기』(湛軒燕記: 홍대용의 중국 여행기)를 탐독한 유만주는 그 저자가 종형제의 장인으로 서 있는 걸 눈여겨보았을 것이다.

않았고 다만 누대와 꽃과 나무의 사이에서 마음을 비우고 고요히 거닐기를 좋아했으며, 거문고와 책과 오래된 기물(器物)을 즐길 따름이었다 한다. 음직(蔭職)으로 몇몇 고을의 벼슬을 지냈지만 언제나 그만두고 고향으로 돌아가려는 생각을 지니고 있었으며 결국은 벼슬을 버리기에 이르렀다. 역시 여유롭고 고상한 운치가 있으며, 품격도 뒤따르는 분이었을 것이다.

그의 후사로 세워진 이[3]는 곧 과거 시험에 뜻을 붙이고는 광달한 거조나 맑은 즐거움 같은 것은 한만한 일이라 치부하여 다시는 일삼지 않았으니 이 또한 세대의 변화라 하겠다.

'사람의 평생은 잠깐일 뿐'이라는 언급으로 보아 홍대용의 부음은 돌연한 것이었던 듯하다. 실제로 홍대용은 갑작스런 중풍으로 상반신이 마비되어 죽음을 맞았다고 전한다. 유만주에게 홍대용은 가까이서 흠모할 만한 동시대의 선배였고, 그의 1주기 즈음에 그 유택을 찾아간 것도 그런 맥락에서 이해된다.

3_ 그의 후사(後嗣)로 세워진 이: 홍대용의 아들 홍원(洪薳)을 가리킨다.

홍익한이 죽지 않았다면

1785년 9월 25일

들자니 삼학사 가운데 한 분인 화포(花浦) 홍충정공(洪忠正公: 홍익한)은 청나라 조정에서 죽은 게 아니라 한다. 근래에 주청사신(奏請使臣)으로 보내진 재상 김익[1]을 따라 청나라에 갔던 사람이 책방에서 운남성[2] 독무(督撫: 지방관)가 쓴 공문서를 보았는데, 충정공이 당시에 살해되지 않고 먼 남쪽 지방으로 유배된 것 같다는 것이다.

청나라 사람이 붉은 당지(唐紙: 중국 종이)에 써서 비밀리에 보관해 둔 문서가 있고 그 가운데 삼학사가 죽지 않았다는 문건이 들어 있다는 말을 예전에 들었을 때 나는 믿지 않았다. 그런데 지금의 공문서는 진짜인 것 같으니 충정공은 본디 청나라에서 처형되지 않았던 것이다. 죽지 않았다는 것은 참으로 충정공의 절의를 손상시키는 것이 아니며 그 일을 더욱 기이하게 한다.

생각해 보면 아이가 태어난다는 이 한 가지 일은 참으로 조물주의 대권(大權)에 관계된 것이다. 그런 대권은 성스럽고 지혜로운 사람이라고 꼭 얻는 게 아니며, 평범하고 어리석은 사람이라고 꼭 얻지 못하는 게 아니다. 왕족과 높은 벼슬아치라고 꼭 얻는 게 아니며, 가난하고 미천한 사람이라고 꼭 얻지 못하는 게 아니다. 젊고 한

1_ 김익(金熤): 1723~1790. 조선 후기의 문신으로, 1784년에 우의정으로 있으면서 진주 겸 주청사(陳奏兼奏請使)의 정사(正使)가 되어 청나라에 다녀왔다.

2_ 운남성(雲南省): 중국 남서쪽 변경에 있는 성. 라오스, 베트남과 인접해 있다.

창인 사람이라고 꼭 얻는 게 아니며, 머리가 허옇게 센 노인이라고 꼭 얻지 못하는 게 아니다. 대체로 천고에 걸쳐 세상의 모든 나라에서 태어난 인간의 수는 불가사의에 이르니, 이들의 삶에서 일어나는 변화와 기괴한 일들로는 없는 것이 없으리라.

삼학사(三學士)는 병자호란이 끝난 후 척화파에 대한 응징을 요구하던 청나라의 뜻에 따라 심양(瀋陽)으로 끌려가 처형된 홍익한(洪翼漢), 윤집(尹集), 오달제(吳達濟) 세 사람이다. 그러나 그 이후 조선에서는 이들의 죽음에 대해 정확히 알지 못하고 있었다. 이에 당시 조선 사람들 사이에서 이들이 살아 있을지도 모른다는 소문이 오랫동안 돌았던 듯하다. 처형을 당했든 유배를 보내졌든 이미 이 세상 사람이 아닌 홍익한의 여생에 대해 유만주는 깊은 관심을 보이는데, 그 관심은 먼 타국에서 이방인으로 살아갔을지도 모르는 홍익한의 알려지지 않은 생애에 대한 소설가적 상상력과 맞닿아 있다.

이용휴와 이단전

1779년 10월 24일 아침에 안개가 꼈다가 개었다.

명동의 권상신(權常愼)에게 들렀다가 이인상의 『묵희』[1] 한 권을 보았다. 돌아오는 길에 남공철[2]의 집을 방문했다가 이단전을 만났다. 저물녘이 다 되어 집으로 돌아왔다.

1779년 11월 21일 흐림. 아침에 일어나니 얼어붙은 눈이 보였다.

이단전이 자작시를 암송했다.

산을 보니 도(道) 절로 고요해지고
물소리 들으니 마음 그저 텅 비누나.

우짖는 바람에 고목은 슬퍼하고
무겁게 서리 내려 시든 꽃 흐느낀다.

가을의 사념은 몽환에 잠겨 들고
새벽 달빛에 벌레 소리 또렷하다.

강물 소리 울리는데 배는 절로 가고

1_ 『묵희』(墨戲): 문인이 취미삼아 그린 수묵화. 기법에 구애받지 않는 자유로운 기풍이 특징이다. 이인상이 남긴 화첩 중 제목이 '묵희'인 것이 있으나 그것인지 확실하지 않다.

2_ 남공철(南公轍): 1760~1840. 유만주의 교유 인물 중 한 사람. 대제학을 지낸 관료문인 남유용(南有容)의 아들로서 문장을 잘했다.

숲이 고요하니 새는 날기를 잊네.

시린 새벽달 더 희게 빛나고
여위어 가는 가을 산 푸른빛이 덜하네.

긴 강에 해 지는데 외로운 배 하나
연기 이는 먼 숲엔 마을이 또 하나.

강산에 밤이 드니 일천 점 별빛
천지에 가을 오니 기러기 울음 한 번.

1784년 1월 13일 추웠다. 추위가 풀리고 쌓인 눈이 비로소 녹으려 한다.

　밤에 진태구에 빗댄 '단' 자와 육농사를 본뜬 '전' 자로 이름을 삼은 자³⁻가 갑자기 찾아왔다. 그는 이런 이야기를 했다.

　"혜환⁴⁻의 시 100여 편은 마땅히 시축(詩軸)으로 만들어 읽어 봐야 할 겁니다."

3_ 진태구(陳太丘)에~삼은 자: 이단전을 가리킨다. 진태구는 동한(東漢)의 명사로 태구현에서 벼슬을 했던 진식(陳寔)을 가리킨다. 진식의 이름자인 '식(寔)'은 '진실로'라는 뜻이고 이단전의 이름자인 '단(亶)' 자 역시 '진실로'라는 뜻인바, 이 점에서 진태구에 빗대었다 한 것이다. 한편 농사(農師)는 송나라 학자 육전(陸佃)의 자다. 육농사(陸農師)를 본떴다는 것은 그의 이름자인 '전(佃)'을 가져왔다는 말이다.

4_ 혜환(惠寰): 이용휴(李用休, 1708~1782)의 호다. 이단전은 당대의 문장가인 이용휴를 찾아가 인정을 받은 것을 계기로 이후 그를 스승으로 섬기게 되었다. 이용휴는 "어떤 소년이 시를 가지고 나를 찾아왔는데 이름을 물으니 '이단전'이라 했다. 특이한 명명법이라 의아했다. 그의 시집을 펼치니 빛나고 괴이하고 현란하여 뭐라 형용하기가 어려웠고 생각했던 바나 의도를 벗어나는 점이 있었다"고 그에 대해 언급한 바 있다.

혜환 이 사람의 문장은 극도로 기괴하다. 산문에서는 '지'(之)나 '이'(而) 같은 어조사를 전혀 사용하지 않고 시에서는 '지'나 '이' 같은 글자를 전혀 피하지 않고 섞어 쓴다. 결단코 남들과 다르게 쓰고자 하는 것이다. 이런 것은 본디 일종의 병이지만, 역시 하나의 기이한 점이기도 하다.

혜환의 장서가 퍽 풍부하다는데, 가지고 있는 것 모두가 기이한 책들이며 평범한 책은 한 권도 없다고 한다. 그의 기이함은 실로 천성인 것이다.

이단전(李亶佃, 1755~1790)은 18세기 서울에서 활동한 시인이다. 그의 어머니가 종이었으므로 사람들은 그를 노비 시인이라 불렀고, 그 역시 '필한'(疋漢: 하인놈)이라는 자호(自號)로 '그래, 나는 종놈이다!'라는 자의식을 드러냈다. 유만주는 동갑내기 시인인 이단전을 오랜 시간에 걸쳐 지켜보고 있었으며 그의 시를 기억했는데, 그 시구들에는 아름다움의 추구를 통해 자신의 불우함을 초월하려는 시인의 적막감과 비애가 슬며시 깃들어 있다.

잔인한 인간 이명

1786년 1월 11일

이명은 인조 때 재상이다. 본성이 모질고 사나운데 집에는 재산이 많았다.

그는 아침저녁 밥을 먹다가 혹 돌이 나오면 반드시 그 밥을 지은 여종을 죽이는 것을 법으로 삼았다. 그래서 이명이 밥을 먹을 때마다 밥을 한 여종이 창밖에 서서 기다리고 있었다.

하루는 밥에서 돌이 나오자 이명이 시종더러 법에 따라 여종을 죽이라 했다. 시종은 말이 떨어지자마자 나와서 여종을 잡으려 했으나 이미 간 곳이 없었다. 샅샅이 찾았으나 찾지 못하고 하루가 지나고 한 달이 지나도 찾지 못하여 그냥 두었다.

한 해가 지나고 우연히 대청마루를 고치느라 마루 밑 짧은 축대를 허물려는데 갑자기 그 사라진 여종이 보였다. 형형히 눈을 뜨고 그 안에 쭈그려 앉아 있는 것이었다. 이에 크게 놀라 끌어내니 잠깐 사이에 곧 쓰러졌고, 비로소 애초에 살았던 게 아니라는 걸 알았다.

아마도 그 여종은 본디 이명의 포악함을 알고 있었기에 그 몸에 두려움이 축적되어 있었을 것이다. 게다가 법대로 하자면 죽게 생겼으니 하늘에 솟아도 땅으로 꺼져도 면할 수 없게 되었고, 이에 온 정신이 다만 죽음의 공포에 오로지 휩싸였다. 어디로 가야 할지 헤아리지 못해 그저 어디든 파고 들어갔고 들어가자마자 숨이 끊어졌다. 그러나 혼백과 기운이 꽁꽁 묶인 듯 모여서 그 육신에 머물며 흩어지지 못하고 있다가 사람들이 시끄럽게 움직이니 육체와 정신이 마침내 스러지게 된 것이다. 이치가 과연 그럴 것 같다.

　　이명(李溟, 1570~1648)은 호조판서를 지내며 국가 재정을 관리하는 데 특출한 재능을 보였다는 평가를 받은 조선 중기의 인물이다. 그런데 사적으로는 자기 집에서 부리는 사람의 목숨을 하찮게 여긴 잔인한 인간일 뿐이다. 이명의 여종은 전부터 자기 주인의 잔혹함을 보고 들으며 마음속에 공포가 축적되었고, 자신이 죽을 줄 알게 되자 오로지 공포에 압도되어 숨이 끊어졌다. 죽고 나서도 사라지지 않은 공포는 이 여성을 쭈그리고 앉은 채 눈도 감지 못한 귀물(鬼物)의 형상으로 속박했다. 유만주는 여종의 몸과 마음을 휘감은 공포의 감정을 연민에 찬 시선으로 들여다보고 있다.

치질 의원 장 씨

1784년 7월 7일

아침에 이웃 홍 씨(洪氏)를 방문해, 의원 장 씨(張氏)를 만나게 해 달라고 했으나 만나지 못했다. 우연히 들으니, 그는 맥을 잘 짚고, 침을 잘 놓고, 죽고 사는 것을 잘 알고, 옛날 처방에 지나치게 구애받지 않고, 가난한 자를 구휼하고 부자를 가벼이 여길 수 있는 의원이라 한다. 그렇다면 참으로 편작과 화타라 할 것이다.

1786년 3월 3일

알려 주는 말씀을 듣고 곧장 상지하(上之下: 유만주의 친척집 중 하나)로 가서 의원 장 씨를 만나 봤다. 그는 지난밤에 거기서 잤다고 한다. 비로소 치질을 치료하는 처방을 물었다.

"치질에는 약이 없다는데 정말이오?"

그는 이렇게 대답했다.

"치질도 병인데 어찌 약이 없겠습니까? 다만 진짜 의원을 만나지 못한 탓일 뿐이지요. 물고기 가운데 4월 20일 즈음에 나는 놈이 있습니다. 이름은 '웅에'(雄患)라 하고 사투리로는 '두렁허리'[1]라고도 하지요. 아산(牙山)과 평택(平澤) 등지에서 아주 흔하게 나는지라 구하기도 쉬워요. 이걸 살아 있는 놈으로 구해다가 갈라서 구운

1_ 두렁허리: 길이 40센티미터가 넘는 길쭉한 민물고기로서 우리나라의 논이나 도랑 등에 흔했으나 지금은 거의 멸종되었다. 가슴과 배에 지느러미가 없어 뱀과 비슷한데, 이런 외형 때문에 식용은 꺼렸다고 한다. 지역에 따라 두렁이, 웅어, 웅애 등 다르게 부른다.

다음에 치질 자리에 붙이면 좋습니다. 치질이 우선 악화되지 않도록 하고 나서 대여섯 마리만 더 쓰면 곧 나을 겁니다. 대체로 치질은 기름진 음식 때문에 생기는 것이지요."

치질이란 소화불량으로 인한 배변 장애와 관련된 질병으로, 앉아 있는 시간이 긴 사람에게 자주 발생하는 편이다. 자주 체하는 체질에다 독서광이었던 유만주가 치질을 앓았던 것도 이상한 일은 아니다. 치질은 건디기 힘든 통증을 수반하는 병이라 유만주는 부지런히 여러 의원을 만나 보고 각종 민간요법을 시도했다. 그 가운데 만나게 된 의원 장 씨는 '치질은 불치병이 아니'라며 두렁허리를 구워 환부에 붙이라는 처방을 제시했다. 의원 장 씨를 방문하기 며칠 전인 1784년 6월 13일의 일기에 '어떤 사람이 유의(儒醫) 장덕해(張德海)를 추천해 주었다'고 한 것으로 보아 그는 장덕해로 추정된다. 유만주의 동시대인 중 의원 장덕해를 언급한 이로 정약용을 들 수 있다. 20세의 정약용은 1781년 겨울, 각혈 증세를 겪다가 장덕해가 처방한 약을 먹고 나았다고 했다.

이연상 어머니의 모진 세월

**1784년 7월 29일 아침에 흐리고 비가 오려 했다. 저녁에 비가 오기
시작하더니 밤새도록 장맛비가 내렸다.**

신임옥사 때 화를 입은 사람들 가운데 한상¹의 경우는 더욱
참혹했다.

한상의 며느리 모씨의 질녀 중에 윤성시²의 며느리가 된 이가
있었기에, 모씨는 그 질녀를 통해 윤성시에게 자신의 시아버지가 죄
를 덜 입게 해 달라는 청을 넣었다. 그러나 결국 그 청이 이뤄지지
못하여 소론의 당인들은 한상을 죽였으며, 모씨는 연좌되어 관비
(官婢)가 되기에 이르렀다. 모씨는 떠나기에 앞서 윤성시의 며느리에
게 절교를 고하며 이렇게 말했다.

"너는 원수 집안 사람이다. 어찌 차마 얼굴을 보겠느냐?"

나중에 한상은 신원(伸寃)되었고 모씨도 풀려 돌아오게 되었
다. 그리고 무신년(1728)이 되자 이번에는 윤성시가 형벌을 받아, 그
처자가 연좌형을 받고 집의 재산이 몰수되었다. 이에 모씨의 질녀도
관비가 되었는데, 모씨는 질녀가 떠나려 할 때 비로소 만나 보고는
이렇게 말했다.

"너는 원수 집안 사람이니 만나지 않는 게 의리고, 절교하는 게

1_ 한상(寒相): 한포재(寒圃齋: 이건명의 호) 재상. 신임사화 때 숙청된 노론사대신(老論四大臣) 중
  의 한 사람인 이건명(李健命, 1663~1722)을 말한다.
2_ 윤성시(尹聖時): 소론의 소장 세력으로 김일경(金一鏡), 목호룡(睦虎龍) 등과 함께 신임사화를
  주도했던 인물이다.

당연하겠지. 그렇지만 이렇게 떠난다고 하니 차마 만나 보지 않을 수가 없구나. 우리 집안3 딸이 또 이렇게 떠나는 게 애통해서 그런 가 보다."

돈 수천 푼을 꺼내 주며 가는 길에 보태 쓰라 하고는 이렇게 말 했다.

"여기서부터 또 너와는 영영 끝이다. 이승에서는 만나지 말자 꾸나."

이연상4이 바로 그 모씨의 아들이다.

이연상의 어머니는 시아버지와 남편의 비참한 죽음을 목도했을 뿐만 아니라 그 자신 은 관노비가 되어 전라도 옥구현에 배속되었다. 『조선왕조실록』 1725년 4월 19일 조를 보면 당시 옥구 현감 이태화라는 이가 이 여성을 몹시 모욕하고 협박한 데 대해 소급하여 성토 하는 내용이 나와 있어 그 정황이 짐작된다. 명문가의 규수로 재상가의 며느리가 되어 곱게 살던 젊은 여성이 그런 세월을 견딜 수 있었던 것은 아마도 서너 살밖에 안 된 어린 아들 이 연상 때문이었을 것이다.

3_ 우리 집안: 이연상 어머니의 친정인 경주 김씨 가문을 가리킨다. 그 친정아버지가 영의정을 지낸 김흥경(金興慶)인데, 그는 바로 추사 김정희의 고조부다.
4_ 이연상(李衍祥): 1719~1782. 경상도 관찰사와 성균관 대사성 등을 지낸 유력한 관료이다. 그의 아버지 이술지(李述之)는 이건명의 셋째아들인데 신임사화 때 아버지에 이어 처형되었다.

한 극빈층 양반의 일생

1787년 4월 28일 더웠다.

오늘이 이중 형의 장지(葬地)를 파토(破土: 무덤 자리의 풀을 베고 흙을 파는 것)하는 날이라 한다.

이중 형의 제문(祭文) 초고를 썼다. 그 내용은 다음과 같다.

옛날에 예문절공[1]_은 이런 말을 했다.

"가난하고 하찮은 처지의 사람은 가진 게 하나도 없기 때문에 임종할 때가 되면 '염'(厭: 지겹다)이라는 한 글자를 벗어 버린다. '염'이라는 한 글자를 벗어 버리길 마치 무거운 짐을 내려놓듯 하는 것이다."

이제 당신은 영영 떠났다. 과연 누거운 짐을 내려놓고 벗어 놓듯 하여 더 이상 마음에 남은 번뇌와 한스러움이 없을까? 아니면 기쁨이 적었던 한평생을 떠올리고 새벽도 오지 않을 컴컴한 땅속에서 슬퍼하며 그 근심스러운 영혼에 잊지 못할 어떤 것이 남아 있을까?

아아! 당신의 평생을 나는 부득이 알고 있다. 당신의 삶은 가난으로 시작하여 가난으로 마쳤다. 가난이란 선비가 본디 지켜야 할 것이지만 그래도 너무 심했다.

사람이 이 세상에 태어나 어찌 모두가 다 영광과 명예를 얻고

1_ 예문절공(倪文節公): 예사(倪思, 1147~1220). 남송의 학자로, '문절'은 그의 시호이다.

출세할 수 있겠는가?

하늘이 사람에게 내린 운명이, 어찌 꼭 교묘하게 말을 잘하고 민첩하게 시세를 좇은 다음에라야 자기 뜻을 이룰 수 있도록 한 것이겠는가?

당신은 선하고 도탑고 넉넉하고 평온했으며, 마음가짐이 각박하지 않았다. 비록 지극히 가난하고 하찮은 처지에 있었지만 외려 의롭지 않은 일은 하지 않았다. 당신의 천성이 본디 그랬던 것이다. 세상에서는 당신을 두고 명분과 행실 및 예학을 갖춘 법도 있는 가문의 후손이라 일컬었다. 세상이 변하고 쇠퇴한 지 이미 오래 되었으니 당신의 운수도 마땅히 트일 수 있을 것이라 했다. 그렇지만 당신은 가난이라면 옛사람에게도 없던 그런 가난을 맛보았고, 곤궁이라면 오늘날 세상에서 둘도 없는 곤궁을 겪었다. 그러느라 허둥지둥 지난날을 보냈고, 고뇌하며 현재를 살았다. 이것은 과연 운수가 몹시도 막혀 있어 아무래도 트일 수 없었던 탓인가?

아아! 인생은 역시 짧다. 으리으리한 저택과 장식한 창[2]과 많은 재산과 높은 신분을 다 가지고 기세등등하게 연방 말을 달리고 종을 울리고 나서 밥을 먹던 자도 죽고, 재능이 많고 세상과 원만히 잘 어울려서 남들에게서 영향력 있는 사람이라 평가받고 스스로도 영웅이라 인정하던 자도 죽는다. 울멍줄멍한 그들의 무덤을 보게 된다면 누가 영화롭고 누가 쓸쓸하다 하겠는가? 홰나무 둥치 개미집 곁에서 일생 부귀영화를 누린 꿈을 꾼 일이나 사슴을 잡아 파초로 덮어 두었다가 잊어버리고 꿈을 꾼 것으로 치부해 버린 일처럼, 인

2_ 장식한 창: 아름답게 조각하여 장식한 창. 공훈이 있는 자에게 황제가 하사하는 물품 중의 하나다.

생은 부질없는 꿈과 같아 돌이킬 수 없다.

그렇지만 죽음은 사람에게 가장 큰 이별이다. 지금 여기서 떠나면 내년에도 내후년에도 돌아오지 않는다. 당신의 모습과 그림자는 끝내 다시 볼 수가 없고 당신의 말과 웃음도 끝내 다시 들을 수 없다. 나는 800년 살았다는 팽조(彭祖)와 요절한 어린이를 뒤섞어 놓고 온갖 다른 존재들을 똑같다고 여기며 현상의 이면을 꿰뚫어보는 사람이 못 된다. 그러니 지금 이 이별을 두고 어떻게 서러운 통곡이 터져 나오고 눈물이 줄줄 흐르며 심장이 쪼개지지 않을 수 있겠는가?

아아! 나는 당신과 고종사촌으로, 서로 시마복3_을 입어야 할 친척간이다. 그러나 같은 마을의 같은 집에 살면서 어려서부터 장성할 때까지 헤어지지 않고 서로 함께 다니며 의지했으니 친형제와 다를 바 없었다.

당신의 가난한 살림이 갈수록 몹시 어려워지는 데 대해 탄식하고, 당신의 얼굴과 정신이 점점 더 시들어 가는 것을 보며 걱정했지만, 그래도 당신이 이렇게 서둘러 올해 돌아갈 것이라고는 생각지 못했다.

아아! 다섯 가지 혼탁함4_에 휩싸인 말세에 중생들이 맞닥뜨리게 되는 간난신고가 또 어찌 끝이 있겠는가? 당신은 거기서 벗어나지 못했으니 강물은 끊어지고 산이 앞을 가로막은 듯 한 걸음도 나

3_ 시마복(緦麻服): 상복의 일종. 8촌까지의 친척이 죽었을 때 3개월간 입는다.

4_ 다섯 가지 혼탁함: 말세에 나타나는 다섯 가지 혼탁한 사회상을 말한다. 겁탁(劫濁: 전쟁, 전염병 등 시대의 혼탁), 견탁(見濁: 사상의 혼탁), 번뇌탁(煩惱濁: 인간 개개인의 탐욕 등으로 세상이 탁해지는 것), 중생탁(衆生濁: 인간의 자질이 저하되어 사회악이 증가하는 것), 명탁(命濁: 환경이 나빠져 인간의 수명이 점차 짧아지는 것) 등이다.

아갈 수 없어 정신이 녹아 사라지고 마멸되었던 것이다.

내가 당신을 곡하는 것은, 당신의 빈궁한 일생을 곡하는 것이며, 당신을 이제 다시 볼 수 없음을 곡하는 것이다. 당신은 이미 미세한 티끌과 부질없는 물거품처럼 한순간에 가뭇없이 저 아득한 하늘의 별자리로 사라져 있으리니, 또 무슨 괴로움과 즐거움과 기쁨과 슬픔을 말하겠는가? 그렇다면 당신의 떠나감은 진정 해탈이나 마찬가지니 더 이상 헤아리고 따질 필요가 없다 하며 이렇게 슬픔을 누그러뜨리고 살아가도 되는 것일까? 이제 당신의 무덤 자리가 이미 만들어졌고 당신은 곧장 먼 길을 떠나야 하는데, 나의 슬픔은 끝내 누그러지지 않는다. 서성이며 생각하노라니 만사가 모두 서럽기만 하다.

좀 전에 가난한 사람은 죽을 때 지겨운 삶의 짐을 내려놓게 된다는 옛사람의 말을 인용해 억지로 아무렇지도 않은 듯 이야기를 했던 것은, 진정 당신의 운명이 슬퍼서이고 또 나의 서러움을 위로하기 위해서다. 그러니 저승과 이승으로 영영 갈리게 된 지금 그저 아무것도 돌아보지 않고 한번 통곡할 뿐, 하릴없이 쓰는 이 글은 되레 남아도는 말이라 할 수 있으리라.

아아! 슬프다. 당신은 이런 나의 마음을 비추어 보시려나.

김이중(金履中)은 유만주의 고종사촌형이다. 아우 김이홍(金履弘)과 함께 어린 나이에 고아가 되어 외삼촌 유한준(兪漢儁)의 도움으로 성장했다. 김이중 형제는 병자호란 때 강화도에서 순절한 김상용(金尙容)의 후손으로 명망 있는 양반가의 구성원이었지만 평생 경제적으로 자립하지 못하고 외삼촌 주변에서 이런저런 일을 하며 근근이 살아갔다. 유만주는 가난으로 시작하여 가난으로 끝난 고종사촌형의 삶을 보며 과거 시험 외에 별다른 출구가 보이지 않는 사대부 계층의 앞날에 대해 암담한 전망을 갖게 되고, 양반에게 가난이란 사형선고라는 결론에 이른 바 있다.

낯선 곳에서 쓴 일기

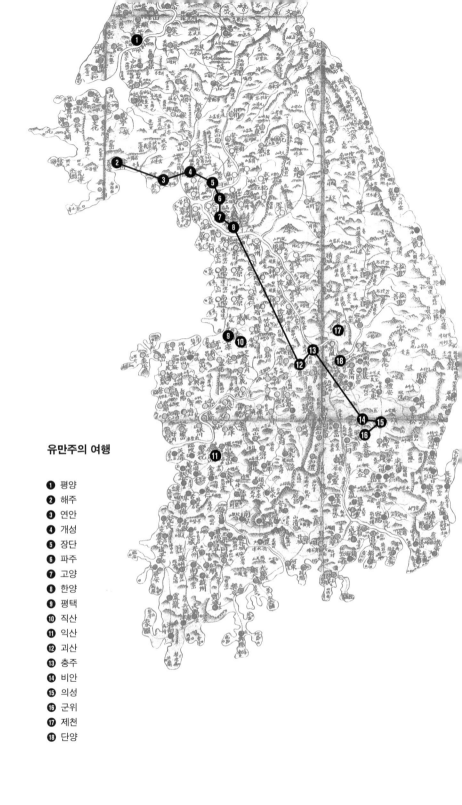

유만주의 여행

1 평양
2 해주
3 연안
4 개성
5 장단
6 파주
7 고양
8 한양
9 평택
10 직산
11 익산
12 괴산
13 충주
14 비안
15 의성
16 군위
17 제천
18 단양

서울을 떠나 군위까지

1777년 8월 22일 오늘은 추분이다. 절기 시각[1]은 축정 삼각(丑正三刻: 오전 2시 40분)이다.

동틀 녘에 고유다례[2]를 지냈다. 술과 과일을 가묘(家廟)에 올리고 신주를 요여[3]에 봉안했다.

아침에 조상을 모신 사당에 절을 했다.

밥을 먹고 짐을 꾸려 군위(軍威)의 관아로 출발했다. 빙호(氷湖: 서빙고동 부근의 한강)를 건너고 팔량향(八良鄕)을 거쳐 저녁때 신원(新院)의 주막에 이르러 묵었다. 오늘은 30리를 갔다.

1777년 8월 29일 맑고 화창했다.

이른 아침에 태봉[4]의 주막을 출발하여 배를 타고 삼탄[5]을 건넌 후 광덕[6] 고개를 넘었으니 50리쯤 갔다. 예천 읍내의 심천(深川) 주막에서 점심을 먹은 다음 배를 타고 비안(比安: 경북 의성 비안면)의 후천(後川: 비안면 용천리에 있는 시내)을 건너서 밤중에야

1_ 절기 시각: 절입(節入) 시각이라고도 하는데, 해당 절기가 시작되는 시간이다.
2_ 고유다례(告由茶禮): 중요한 가내사를 사당에 아뢰기 위해 지내는 다례. 여기서는 서울 창동 유만주의 본가에 있던 조상의 신위를 아버지 유한준의 임지인 군위로 모셔 가게 된 일을 아뢰기 위해 지낸 것이다.
3_ 요여(腰輿): 신주(神主)를 모시고 옮길 때 쓰는 작은 가마.
4_ 태봉(胎峰): 충북 충주시 엄정면 괴동리에 경종(景宗)의 태를 봉안한 태실이 있는데 이곳인 듯하다.
5_ 삼탄(三灘): 충북 충주시 산척면 명서리를 흐르는 여울.
6_ 광덕(光德): 충북 괴산군 문광면 광덕리(光德里).

비안 읍내에 이르러 묵었다. 50리를 갔다.

1777년 9월 1일

밥을 먹고 나서 망북정(望北亭)에 올라 조금 앉아 있다가 주막으로 돌아왔다. 오후에 떠나서 검암[7]을 지나며 절벽에 새겨진 글자를 봤다. 30리를 가서 군위현에 도착했다. 신위를 봉안하고 삭향(朔享: 매달 초하루에 지내는 제사)을 지냈다. 준희루[8]를 보았다.

『적라지』(赤羅志: 군위현의 읍지)를 보았다. 경주가 나라의 도읍이었을 때 벼슬아치들이 이 고을에 많이 살았다. 관직에 재임한 자들이 진홍빛 도포를 입고 있었는데, 백성들은 그 색깔이 별스럽고 이상하다 여겨서 "비단옷이 빨강네"(羅衣赤兮)라는 노래를 지었고, 여기서 고을의 이름이 비롯되었다고 한다. 혹자의 말에 따르면 고을 경내에 적라산(赤羅山: 군위 남쪽에 있는 산)이 있어서 그것으로 고을 이름을 삼았다고도 한다. 동쪽으로 의성의 경계까지 9리, 서쪽으로 선산(善山)의 경계까지 16리이며, 남쪽으로 의흥(義興)의 경계까지 24리, 북쪽으로 비안의 경계까지 20리이다.

유만주가 부친의 임지인 군위에 처음 온 것은 그가 스물세 살 되던 해였다. 그는 1년여의 시간을 군위에서 책방 도령으로 지내면서 경향 간의 현격한 문화적 차이를 느끼고, 서울내기인 자신을 돌아보는 한편 지역적 불균형이 부당하다는 생각을 하게 된다. 그로 하여금 이런 생각이 들게 한 사람들은, 가난하지만 순박하며 문학에 대한 열의를 가지고 있던 군위의 이름 없는 문인들이었다. 9년이 지난 후 유만주는 우연히 군위에서 온 이를 만나

7_ 검암(儉岩): 경북 의성군 비안면 장춘리 남쪽 절벽에 있는 바위. 이황(李滉)이 이 지역 사람들의 사치를 경계하고자 여기에 '검암'이라고 써 주었다 한다.
8_ 준희루(畯喜樓): 1753년 무렵 군위 현감이던 남태보(南泰普)가 세운 누각. 지금은 남아 있지 않다.

그곳 소식을 전해 듣고 "어린이는 어른이 됐고, 어른은 노인이 되었다. 없던 이가 태어났고 있던 이는 사라졌다. 참으로 사람은 세상을 겪고 세상은 사람을 겪는 것이다"라고 하여 지난 세월을 자못 감상적인 어조로 회고하고는 "만약 그들을 다시 만나게 된다면 무척 기쁘겠지만 나는 아마도 다시는 그곳에 갈 수 없을 것이다"(1786년 2월 28일)라 하여 군위 시절에 대한 서글픈 그리움을 표했다.

단양의 풍경

1778년 3월 28일 맑고 바람이 거셌다.

제천을 출발해 영춘(永春: 충북 단양 영춘면)으로 향했다. 이때 들녘의 보리는 푸르스름하고 산꽃은 붉어지려 하고 있었다. 마침 너럭바위 밑에 푸른 시내가 있어 문득 내려가 앉아 있었다. 서쪽 골짜기를 따라 걷다가 중치(中峙)를 넘어 임현(任縣: 단양 어상천면 임현리)의 창고에 이르렀다. 여기는 영춘 땅이다.

몇 리를 가다 보니 문득 거친 산허리께에 우뚝 솟은 층층바위가 보인다. 그 형세가 불탑 같아 모양이 몹시 기이했는데 천연적으로 이루어진 탑이다. 이 층층바위 때문에 여기에 입석[1]이라는 지명이 붙게 된 것이다.

풀과 나무들은 푸릇푸릇하고 시냇물은 졸졸 흘러가며 버들에는 초록물이 들었고 꽃들은 드문드문 피었고 시골 마을에는 안개와 연기가 감돌았다. 문득 눈앞이 환히 열리는 듯했다. 말을 천천히 몰아 지나가노라니 곁에 있는 산에는 진달래가 군데군데 붉게 피어 산길을 비춰 주었다. 노은치(爐銀峙: 단양 어상천면에 있는 고개)를 넘으니 맑은 강물이 아득히 흐르고 깨끗하고 하얀 모래밭이 펼쳐진 광경이 문득 눈에 들어왔다. 성긴 버드나무들이 문을 이루고 있는 사이로 마을의 집들이 숨었다 보였다 했다. 바라보니 몹시도 그윽하고 희미했다.

1_ 입석(立石): 현재 제천시 송학면 입석리에 있는 선돌. 일곱 개의 돌을 3단으로 쌓아 올린 모양이다.

1778년 3월 29일

영춘현의 읍내로 들어가니 사의루2_가 있다.

옛날 병인년(1746)에 종백조부3_께서 이 고을에 부임하셨더랬다. 선친께서 상중(喪中)에 병이 위독하시어, 이 근방의 이름난 의원 임태후에 대해 듣고 찾아오시기도 했다.4_

강물을 마주하여 배를 타고 북벽5_을 찾아 물을 거슬러 올라갔다. 증조부와 종백조부, 종숙부6_께서 정묘년(1747)에 이름을 새겨 놓으신 게 보인다.

배를 돌릴 때 갑자기 북벽 입구쯤에 몹시 커다란 둥근 구멍이 있는 게 보였다. 배를 멈추고 올라가서 조금 들여다보니 컴컴해서 아무것도 분간할 수가 없다. 그 안에는 박쥐가 사는 모양이다. 다시 배를 저어 절벽을 끝까지 보고 배를 돌렸다.

대체로 이 절벽의 형세는 쟁반을 겹겹이 쌓아 놓은 것 같기도 하고, 병풍을 쫙 펴서 둘러놓은 것 같기도 하며, 높다랗게 솟은 갓과 같기도 하고, 빽빽하게 창을 세워 놓은 것 같기도 하다. 가끔 불쑥 솟아올라 봉우리가 되기도 하고 때로는 툭 트여 동굴이 되기도 하

2_ 사의루(四宜樓): 단양군 영춘면 상리에 있는 누각. 1708년에 신축했다고 하며, 원래는 영춘현 관아의 부속 건물 중 하나였다.

3_ 종백조부(從伯祖父): 유언탁(兪彦鐸, 1690~1763). 유만주의 할아버지 유언일(兪彦鎰, 1697~1747)의 맏형이다.

4_ 선친께서~했다: '선친'은 유만주의 양부이자 백부(伯父)인 유한병(兪漢邴, 1722~1748)을 가리킨다. 유한병은 27세이던 1747년에 부친상을 당했고 상중에 건강을 해쳐 위중했는데, 당시 종숙부인 유언탁이 재임하고 있던 영춘 근방인 풍기에 임태후라는 용한 의원이 있다는 말을 듣고 서울에서 영춘까지 찾아갔으나 결국 의원을 만나지 못하고 객사했다.

5_ 북벽(北壁): 단양군 영춘면 상리에 있는 절벽. 그 아래 남한강이 흐른다. 단양팔경의 하나로 꼽히기도 한다.

6_ 증조부와 종백조부, 종숙부: 유광기(兪廣基, 1674~1757)와 그의 맏아들 유언탁, 그리고 유언탁의 맏아들 유한소(兪漢蕭, 1718~1769)를 각각 가리킨다.

는데, 지붕이 높다란 집과도 같고 우뚝 솟은 용마루 같기도 하니 그 기이한 모양이 한 가지가 아니다. 이곳의 형세는 곳곳이 웅장하다는 점에서는 같지만, 준수한 빛은 좀 적다. 그래도 굴곡이 도드라진 바위의 뿌리 부분이 깊은 물속에 꽂힌 채 초록 물결에 잠겨 있는 모습은 북벽 전체가 모두 그러한데, 이 때문에 장엄한 광경을 이룬다.

남굴7_은 북벽에서 5리 떨어져 있다. 바위 문이 뻥 뚫려 있다. 강물이 여기까지 오게 되면 점점 모래나 자갈 같은 것이 덜 섞여 들게 되면서 절벽의 바위 사이를 휘감고 쏟아져 굴 속으로 흘러든다. 드디어 편한 옷에 간단한 차림을 하고 바위의 입구로부터 횃불을 비추고 물에 젖어가면서 들어갔더니 그저 가운데쯤에 둥글고 큰 궁륭(穹窿)만 보였다. 사방으로 바윗부리가 겹겹으로 빽빽하게 드리워져 있었는데, 돌인가 흙인가 싶었다. 색깔도 뭐라 정의할 수 없는 데다 특히 모양이 괴상해서, 보기에 놀랍고 심장이 두근거렸다. 어둠침침하고 음산한 게 꼭 이승의 밝은 세계를 잃어버릴 것 같은 기분이 들어 더럭 겁이 나고 오래 머물 수 없었다. 이 동굴에 있는 틈이 금병산의 풍혈8_과 이어진다고 한다.

1778년 3월 30일 보슬비가 종일 내렸다.

밥을 다 먹고 나서 배를 타고 도담9_을 향했다. 도담이 점점 가

7_ 남굴(南屈): 단양군 영춘면 하리에 있는 천연 동굴이다. 지금은 온달동굴이라는 이름으로 알려져 있다.

8_ 금병산(錦屏山)의 풍혈(風穴): 제천시 청풍면 교리 금병산의 아래에 암혈이 하나 있어, 여름에 찬 바람이 나왔다 한다. 충주댐이 건설되면서 수몰되었다.

9_ 도담(島潭): 도담삼봉(島潭三峰). 단양군 단양읍 도담리의 명승이다. 단양팔경 중 으뜸으로 꼽히기도 한다. 남한강이 휘돌아 이룬 깊은 못에 기이한 모양의 석회암 봉우리 셋이 우뚝 솟아 있다.

까워지자 기이하게 생긴 작은 바위들이 수면 위에 솟아 있는 것이 먼저 보였다. 어떤 것들은 하나씩 점점이 있고 어떤 것들은 쌍쌍이 있으며, 어떤 것들은 난간 모양이고, 어떤 것들은 우뚝 솟은 섬과 같으며, 어떤 것은 계단과 같다. 오른편으로 바위 절벽이 여기저기 겹겹으로 서 있는 게 보였는데 웅장하고 수려한 점은 북벽보다 나았다. 강물 위에서 절벽의 형세를 바라보니 마치 오그라든 것처럼 오목하게 숨어들어 간 곳이 문득 보이기에 뱃사람에게 물어보니 은주암[10]이라고 한다. 배에 탄 채로 절벽을 쳐다보니 수레바퀴 같기도 하고 구불구불 서려 있는 것 같기도 한 모습이 거대한 동천(洞天)과 같다. 그 높이가 천 길이나 되니 온통 기세로 가득하며, 돌구멍이 번갈아가며 뚫려 있어 하늘빛이 숨었다 나타났다 한다. 배를 타고 석문[11]을 지나가니 돌다리 같은 것이 공중을 가로질러 거대한 문을 이루고 있는데, 그 높이란 끝이 없어 보였다. 그 아래에는 풀과 나무들이 푸르게 우거져 새들이 날아 모여든다. 예로부터 전하길 그 위에는 신선이 왕래했다고 한다. 여기까지 왔는데도 아직 도담 제3경에 이르지 못했다.

드디어 도담에 이르렀다. 강물이 여기에 이르러 깊고 맑은 소(沼)를 이루었는데, 바위 봉우리 셋이 소 가운데에서 우뚝 솟아났다. 그 위에는 한 길 되는 나무조차 없고 다만 세 개의 괴이하게 생긴 바위뿐이다. 서로 나란히 붙어 있는 것이 아니라 드문드문 외따

10_ 은주암(隱舟岩): 단양군 매포읍 하괴리에 있는 바위. 배를 숨길 수 있을 만큼 넓은 굴이 패여 있다.

11_ 석문(石門): 단양군 매포읍 하괴리에 있는 명승인데, 단양팔경 중 하나다. 저절로 생겨난 구름다리 모양의 거대한 돌기둥이 독특한 아름다움을 자아낸다.

로 떨어져 있는지라, 신령한 용이 깊은 물 아래로 잠겨 들었다가 그 뿔을 물 밖으로 내놓은 채로 노닐고 있는 것 같다. 대략 높고 낮은 차이가 있는데, 내가 올라가 봤더니 준수하고 정결한 동굴인 듯하며 이끼 무늬가 점철되어 있어 완연히 세 덩이의 태호석[12] 같다. 그 중 높은 데에 올라가니 휘파람 불며 우화등선하는 기분이다.

다시 배를 타고 도담의 물을 건너 양쪽의 산 사이를 따라 나와 단구(丹丘)로 향했다. 갑자기 모래밭이 드러나고 강물이 눈앞에 다가오니 바로 도담의 하류이다. 벌써 해가 지고 캄캄해져 단양 읍내에서 잤다.

1778년 4월 1일 비가 왔다. 오후 늦게 잠깐 개었다가 곧 비가 왔다.

단성(丹城: 단양군 단성면)으로부터 물길을 따라 운선동천[13]까지 갔더니 초서로 붉은 글씨를 새겨 놓은 것이 있었다. 여기를 지나니 물이 더욱 맑고 돌은 더욱 희며 산은 더욱 깊고 그윽하고 절벽은 더욱 층층이 깎아지른 듯했다. 더 깊이 들어가니 물과 바위가 몹시 기이했다. 여기에 꽃과 나무들이 어리비치고 한적한 시골집들이 어울리니 마치 그림 속 같았다.

시냇물을 따라 사인암[14]까지 왔는데 그 높이가 열 길은 될 것 같다. 이때 비가 잠깐 그치고 햇빛이 나타났다가 숨었다가 했다. 저 홀로 솟은 그 절벽은 자로 그은 것처럼 똑바르고 깎아지른 모습이

12_ 태호석(太湖石): 중국 강소성(江蘇省) 태호(太湖)에서 많이 나는 돌이다. 구멍이 많고 모양이 기이한 석회암이라 정원 등에 놓고 관상용으로 많이 쓴다.
13_ 운선동천(雲仙洞天): 단양군 대강면에 있는 골짜기.
14_ 사인암(舍人岩): 단양군 대강면의 기암절벽. 단양팔경 중 하나다.

며, 그 기세가 마치 하늘을 향해 꽂혀 있는 듯하다. 우뚝하면서도 층층이 반듯하여 사람이 획을 그어 새겨 놓은 것 같다. 겹겹의 바위가 깎은 듯 솟아 있는데 모서리가 유난히 도드라져 보이고 돌의 색깔 또한 씻은 듯 깨끗하고 희다. 겹겹의 절벽이 물속에 뿌리내린 모습이 마치 계단과 같은데 맑은 물결이 밑바닥까지 흐르며 때로 휘돌고 때로 부딪쳐 오기도 한다. 바위 여럿이 평탄하게 깔려 있으니 그 위에 앉아 낚시를 할 수도 있겠다. 옛날에 사인 벼슬을 한 이[15]가 늘상 이 위에 거처했다 한다.

사인암은 사람에 비기자면 평범한 부류와는 거리가 멀다. 허공에 뜬 것처럼 가파르게 서 있는데 바위의 색깔이 단정하고 준수하다. 준수하면서도 단정하고 장엄하니 공경의 마음이 일어 함부로 가까이할 수 없다. 나는 사인암에게 '옥용릉'(玉舂稜: 우뚝하고 서슬 푸른 옥)이라는 자(字)를 지어 주었는데 이 말이 가깝지 않을까 싶다.

동쪽에 바위문이 있는데 붙잡고 올라갈 만해서 가 봤더니 사방 두 길 정도 되는 땅에 서벽정이 있다. 이명소가 창건한 곳이다.[16] 그 위에 열 명이 앉을 수 있는데, 사방이 벽으로 막혀 내다보이는 것은 없고 하늘이 우물 속에서 올려다보듯 조그맣게 보인다. 깊숙하고 외따로 있으며 그윽하고 미묘한 느낌이 들고 온갖 소음이 모두 멎은 듯해 낮에 앉아 있어도 고요한 밤과 같다.

절벽에는 이명소와 이원령(李元靈: 이인상)이 새겨 둔 전각(篆

15_ 사인(舍人) 벼슬을 한 이: 우탁(禹倬). 그는 고려 말에 사인 벼슬을 지냈으며 사인암에서 자주 노닐었다고 한다.

16_ 서벽정(棲碧亭)이~곳이다: 서벽정은 단양군 대강면 사인암리에 있던 정자이다. 서벽정을 창건한 이명소(李明紹)는 문인화가 이윤영(李胤永, 1714~1759)으로, '명소'는 그의 자(字)다.

刻)이 많이 있다. 단구(丹丘)의 어떤 선비는 "사인암은 이명소 덕분에 더욱 알려졌다. 그가 섬돌을 쌓아 초가집을 처음 세웠고, 잡초를 베어 내고 아름다운 나무들을 심어 가꾸었으며, 바둑판을 새겨 넣고 바위문을 열어 윤이 나게 했고, 바위에 글을 새겨 그 숭고함을 찬미하고 정자에 대한 글을 써서 그 특별한 아름다움을 잘 드러냈다. 이명소는 이 사인암에 대해 사람으로서 할 수 있는 모든 솜씨를 다하여 거의 하늘의 조화(造化)에 이르도록 한 이라 하겠다"고 글을 썼다.

절벽 사이에는 소나무와 상수리나무가 많고 석창포도 많고 철쭉도 많은데 마침 꽃이 한창 피어나 완연히 하나의 그림병풍이다.

서벽정에서 내려와서 보니 벽면에는 옛사람과 요즘 사람들이 이름을 새겨 놓아 거의 온전한 구석이 없다. 이름 쓸 곳을 한 군데 찾고는, 종을 시켜 도끼를 빌려 와서 나무 사다리를 만들게 하여 벽에다 지탱시켜 놓았다. 6촌형은 사다리로 올라가서 먹물을 뿌리며 이름을 쓰고 글도 열 줄이나 썼다. 내가 쓴 것은 '모혜백취'인데 모혜는 경주의 옛 이름이다.[17]

아래를 보니 너럭바위 위에 바둑판이 그려져 있고 그 곁에 '난가대'라고 새겨져 있다.[18]

운암(雲巖)을 향했다. 운암은 설산령(雪山嶺)의 동쪽에 있다. 조

17_ 내가~이름이다: 자신이 이곳 사인암에 왔다 갔음을 표시한 것이다. 유만주의 본관인 기계(杞溪)의 옛 이름이 '모혜'(芼兮)인데, 이곳은 경주의 한 현이었다. '백취'(伯翠)는 유만주의 자다.
18_ 너럭바위~새겨져 있다: '난가대'(爛柯臺)란 '도끼자루가 썩는 대'라는 뜻이다. 어떤 나무꾼이 깊은 산속에서 바둑을 두고 있는 신선들을 만나 한참 구경하다 보니 아주 오랜 시간이 흘러 도끼자루가 썩었다는 이야기가 있는데, 사인암이 그 이야기와 어울리는 곳이라는 생각에 누군가가 그 근방의 바위 위에 바둑판과 '난가대'라는 문구를 새겨 놓은 것이다.

금 북쪽으로 올라가면 수운정[19]이 있다. 수운정은 본래 조신의 별장이던 곳에 유서애(柳西厓: 유성룡)가 지은 정자인데,[20] 지은 지 오래되어 허물어진 것을 근래에 오대익[21]이 중수했다 한다. 산과 들 사이에 자리잡고 있으며 높지도 깊지도 않은데 울창한 수목에 가려져 있다. 올라가 보니 사방의 여러 봉우리들이 모두 다 보인다. 그 꼭대기에선 개울물이 솟아 평평한 들 위를 흐르는데 도중에 세차게 여울지는 일 없이 구불구불 지세(地勢)를 안고 가며 열 걸음마다 한 번 또는 두 번씩 꺾어진다. 처음에는 서쪽으로 흘렀다가 돌아서 북쪽으로 가고, 북쪽으로 흘렀다가 또 돌아서 동남쪽으로 흘러 수운정에 이른다. 정자 앞의 시냇물은 활등처럼 휘었고, 뒤로는 띠를 두른 것 같으며 아래로는 가락지처럼 동그랗다. 곁에 있는 언덕은 모두 가파른 절벽인데 흙산이 끼어 있기는 하지만 암벽이 더 많다.

삼선암[22]은 소백산 가운데에 있다. 겹겹의 봉우리가 하늘을 향해 꽂히어 구름을 가로지르고 삐죽삐죽한 바위들이 여기저기 솟아 있으며 계곡물이 흩어지며 흐르고 있고 1만 그루 소나무가 빽빽하게 늘어선 사이로 드문드문 붉은 꽃이 피어 있는데 보슬비가 뿌리

19_ 수운정(水雲亭): 단양군 대강면 직티리에 있는 정자로, 운선구곡(雲仙九曲)의 하나에 해당한다.

20_ 조신(曺伸)의~정자인데: 조신(1454~1529)은 성종조의 역관이자 문인으로, 조위(曺偉)의 서제(庶弟)다. 유성룡(柳成龍)은 「운암에 쓰다」(題雲巖石上)라는 자작시의 서문에서 "단양 장림역(長林驛)에서 남쪽으로 계곡을 따라 들어가면 운암(雲巖)이라는 곳이 있는데 경치가 매우 뛰어나다. 예전에 조신이라는 이가 그곳에 살며 수운정을 지었는데 난리 후에 버려지게 되어 내가 호피(虎皮) 한 장을 주고 구입했다"라고 했다.

21_ 오대익(吳大益): 영조 때 교리(校理)를 지낸 인물인데, 수운정을 중창하면서 그 근처의 승경에 운선구곡(雲仙九曲)이라는 이름을 붙였다고 한다. 정약용(丁若鏞)은 오대익의 71세 생일을 축하하는 글에서 그가 단양에 은거하며 신선과 같은 모습으로 운암과 사인암 사이를 노닌 것에 대해 언급했다.

22_ 삼선암(三仙岩): 상선암(上仙岩), 중선암(中仙岩), 하선암(下仙岩)을 가리킨다.

니 온통 아스라한 모습이었다.

중선암[23]_을 지나 돌길을 따라 선암사[24]_에 올랐다. 절의 이름
은 수일암으로, 고요하고 깊은 곳에 있고, 한수재 권상하 선생이 그
편액을 썼다.[25]_ 절에서 백 걸음 남짓 되는 곳에 상선암이 있다. 큰
바위가 무너져 흐르듯 하고 거대한 절벽이 미친 듯 거꾸러져 있어
기세가 웅혼하니 만만하게 볼 수 없다. 상선암에서 북쪽으로 시냇
물을 건너 동쪽으로 2리 남짓 가서 중선암에 이르렀다. 바위가 마치
집을 지어 놓은 것 같고 또 모두 불쑥 일어나 있는데 물이 그 가운
데까지 닿아 있다. 흐르는 냇물의 크기는 상선암의 열 배이고 높이
는 다섯 배인데, 아래에 깊이 한 길 쯤 되는 작은 연못을 이루었다.
바위가 언덕을 이루었는데 그 색깔이 몹시 희고 너비는 한 길 남짓
되며 간혹 몇 길 되는 곳도 있고 긴 곳은 열 길로 헤아릴 수 있는 곳
도 있다. 꺾어지는 곳마다 흙이 덮여 있는데, 한 치가 씻였건 한 척
이 쌓였건 흙만 있으면 반드시 아름다운 나무가 자란다. 나무는 대
개 소나무고 풀 중에는 패랭이꽃이 많다. 바위에는 글자가 많이 새
겨져 있다.

하선암은 대체로 깊고 그윽한 느낌이 중선암보다 낫고 평탄하
고 아늑한 느낌은 상선암보다 낫다. 물가의 바위가 쪼뼛하며 골짜기
가 깊고 아늑한데, 물소리에 젖어들어 있었다.

이때 가랑비가 여전히 내리고 어두워질 기색이 벌써 닥쳐왔기

23_ 중선암: 단양팔경의 하나로, 단양군 단성면 가산리(佳山里)에 있다.
24_ 선암사(仙巖寺): 상선암에 있는 절. 상선사(上仙寺)라고도 한다.
25_ 절의~썼다: 한수재(寒水齋) 권상하(權尙夏, 1641~1721)는 송시열을 계승한 성리학자다. 그는
　　벼슬을 사양하고 단양으로 내려와 상선암에 수일암(守一菴)을 짓고 학문에 매진했다 한다.

에, 충분히 노닐고 구경하지 못하고 발길을 돌렸다. 1만 그루 소나무
가 우거진 위태로운 돌길을 지나 해질 무렵에야 묵을 만한 시골집에
겨우 도착해 그냥 잠들었다.

1778년 4월 2일 아침에 흐리고 비가 약간 내렸다. 저녁 무렵 개었다.

아침을 먹고 비를 무릅쓰고 출발하여 다시 자운동천(紫雲洞天)
에 들어가 하선암을 찾아갔다. 겹겹이 쌓인 큰 바위가 절로 층계를
이루었다. 색깔과 모양은 상선암이나 중선암에 비해 조금 희고 평탄
한 편이고 아래쪽으로 물이 휘감아 달려가고 있다. 큰 바위 아래에
는 모두 조약돌이 겹겹이 지탱하고 있는 것처럼 보이는데 어찌나 교
묘하게 쌓여 있는지 사람이 일부러 그렇게 해 둔 것 같다. 바위 위에
는 전서로 '태시설'[26] 세 글자가 새겨져 있고 또 해서로 "높은 강물
가파른 협곡에 우렛소리 싸우는 듯/고목과 푸른 등넝쿨에 해와 달
이 어둑하네"[27]라는 1연의 시가 적혀 있는데 글자가 한 말[斗]이나
되게 크다. 또 커다란 바위 하나가 불쑥 솟은 게 있다. 바위 둘이 서
로 맞닿아 있는 아래에 바위 하나가 지탱하고 있으며 아래쪽은 휑
하게 비어 있다. 바위 가운데 '명소단조'[28] 네 글자가 새겨져 있다.

하선암에 머물러 구경하다가 이내 길을 떠나 망치(望峙)를 넘었
다. 고개가 몹시 높고 험했는데 정상에 오르니 단양 고을을 굽어볼

26_ 태시설(太始雪): 태곳적부터 쌓여 있던 눈. 당나라 시인 두보(杜甫)의 시 「철당협」(鐵堂峽)에 "태
　　곳적의 눈은 영롱하여라"(嵌空太始雪)라는 구절이 있다.

27_ 높은~어둑하네: 원문은 "高江急峽雷霆鬪, 翠木蒼藤日月昏"인데, 두보의 시 「백제」(白帝)의 한
　　구절이다.

28_ '명소단조(明紹丹竈): '명소(이윤영의 자)가 단약(丹藥)을 달이는 아궁'이라는 뜻이다. 이 전서
　　체 글씨는 아직도 하선암에 남아 있다.

수 있었다.

봉서정29_에 가서 『단구지』(丹丘志: 단양군의 읍지) 1책을 보았다. 발길을 돌려 이요루에 올랐다. 안평대군이 그 현판 글씨를 쓴 것이 정통 9년인데 이개가 그 일에 대해 기록했다.30_

밥을 조금 먹고 출발하여 구담31_을 향했다. 지나가며 우화비를 보았는데 그 비문은 소화산인이 지은 것이다.32_ 돌아서 구담의 동구(洞口) 쪽으로 갔다. 이때 비가 약간 내리다가 갑자기 하늘이 개더니 해가 났다. 강산의 풍경이 따스하고 환해졌다. 여러 산들은 짙푸르게 그윽했고 맑은 강은 잔잔히 흘렀으며 모래밭이 빙 둘러 있었다. 이런 곳을 10여 리 가다가 강가에 바위 하나가 서 있는 곳을 만났으니 바로 강선대33_다.

호천대(壺天臺)로부터 돌길을 따라 절벽으로 올라가니 아버지와 종숙부께서 이름을 써 두신 것이 보였다. 옛사람과 요즘 사람들이 새겨 둔 글씨가 몹시 많은데, 그중에는 곡운(谷雲: 김수증), 퇴우(退憂: 김수흥), 문곡(文谷: 김수항), 농암(農巖: 김창협) 네 분의 이름도 있었다.

29_ 봉서정(鳳棲亭): 단양 관아에 있던 유명한 정자. 1602년에 단양 군수 이준(李峻)이 창건했고 20세기 초반까지 남아 있었다.

30_ 발길을~기록했다: 이요루(二樂樓)는 단양에 있던 누각으로 정통(正統) 9년(1444) 단양 군수 이달(李達)이 짓고 안평대군(安平大君)의 글씨를 받아 편액을 걸었다. 이개(李塏, 1417~1456)가 「이요루기」(二樂樓記)에서 이 일에 대해 썼다.

31_ 구담(龜潭): 구담봉(龜潭峰), 단양군 단성면 장회리에 있는 명승지. 절벽 위의 바위가 거북 모양이다.

32_ 우화비(羽化碑)를~것이다: 우화비는 우화교신사비(羽化橋新事碑)로서 1753년 단양 군수 이기중(李箕重)이 단양천에 우화교라는 돌다리를 놓고 그 사실을 기념하기 위하여 세운 비이다. 소화산인(少華山人)은 남유용의 호인데, 그가 쓴 「우화교비」(羽化橋碑)가 그의 문집 『뇌연집』(雷淵集)에 전한다.

33_ 강선대(降仙臺): 단양군 적성면 성곡리에 있는 커다란 바위.

돌아서 창하정[34]에 이르렀다. 창하정은 가은봉(可隱峯) 아래에 있으니 구담의 북쪽 언덕이다. 영조 계유년(1753)에 창건한 것이며 섬락공[35]이 그 일을 기록했다. 창하정 난간에 기대어서 보니 구담 절벽이 온전히 눈앞에 펼쳐진다. 그 기세가 웅장하고 대단하며 그 됨됨이가 엄중해 보이는데, 깊고 넓은 물에 우뚝하니 꽂혀 높다랗고 늠름하다.

배를 돌려 가려는데 봉우리 하나가 물러나 숨고 봉우리 하나가 언뜻 나타난다. 순식간에 열렸다 닫혔다 하는 듯하고 기이한 것과 반듯한 것이 맞물려서 연달아 좇아오고 거듭 번갈아가며 다가오는 것 같다. 마치 좋은 친구와 헤어지고 나서 또 아름다운 손님을 연이어 만나는 것 같고 서산의 해를 보내자마자 동산의 달을 이내 맞이하는 것 같다. 손이 닿지 않는 그 풍경에 황홀해졌다.

구담의 물은 깊고 푸르며 바닥이 보이지 않는다. 뱃사람의 말이, 바람이 자고 물결이 잠잠하면 그 밑바닥까지 맑고 환하게 들여다보이는데, 주변의 멋진 풍광을 거울처럼 하나도 빠짐없이 비추어 물속에다 봉래산(蓬萊山)과 같은 신선 세계를 이루어 낸다고 한다. 바람이 일어 물이 솟구치니 안타까울 따름이다. 삼연(三淵: 김창흡)이 이곳에 대해 "한강에는 이런 절벽이 없고 금강산에는 이런 강물이 없다"고 평한 바 있는데, 빈말이 아니다.

배를 타고 내려가다가 또 빼어난 절벽을 만났다. 절벽에는 "푸른 물과 붉은 산의 경계/청풍의 명월루라네./신선을 기다릴 수 없

34_ 창하정(蒼霞亭): 이윤영이 지은 정자. 구담봉의 풍경을 잘 볼 수 있는 곳에 있었다 한다.
35_ 섬락공(蟾樂公): '섬락'은 경기도 여주군 근동면 섬락리를 가리킨다. 섬락공이란 이곳이 고향이라 호를 섬촌(蟾村)으로 삼았던 민우수(閔遇洙)로 추측된다.

어/서글피 배 타고 홀로 돌아가네"라는 오언절구가 새겨져 있으니 퇴도(退陶: 이황)의 필치다. 글씨가 좀 마멸되었지만 필획의 형체는 대략 알아볼 수 있다. 그 밑에도 이름을 새긴 것이 많고, 또 "푸른 물과 붉은 산의 경계"라는 구절을 가지고 시를 써서 새겨 둔 것이 허다하다. 그 곁에는 진달래 한 떨기가 바위틈에 홀로 돋아 있는데 높아서 올라가 볼 수는 없었지만 보기에 몹시 사랑스러웠다.

배가 옥순봉(玉箏峯) 아래에 이르렀다. 굽은 데 없이 곧장 솟아오른 천 길의 봉우리인데, 쳐다보니 다만 빼어난 바위가 셋 있다. 곁에 이어진 봉우리가 있는데, 이어진 봉우리 역시 순수하게 돌로 되어 있다. 못의 가운데에서 바라보니 죽순 돋아나듯 늘어섰으며, 각각의 봉우리마다 반드시 그 꼭대기를 누르고 있는 아기바위가 있는데, 그 모양이 흡사 조그만 죽순이 어미 죽순으로부터 나오는 것과 같다. 옥순봉이라는 이름도 여기서 온 깃이리라.

오나라 계자(季子)가 주나라에 가서 소소(韶箾: 순임금의 음악 이름)의 음악과 춤을 보고 들은 후에 "덕이 지극하다! 이보다 더 성대할 수는 없으리라. 이제 그만 봐야겠다. 만약 다른 음악이 있다 해도 나는 감히 청하지 않으리라!"라고 했다는데, 내가 사군(四郡: 영춘, 제천, 단양, 청풍)을 둘러보다가 구담에 오니 역시 이렇게 말하고 싶다.

예전에는 구담과 옥순봉 사이에 이원령의 구옥정(龜玉亭)이 있었다는데, 지금은 그저 그 터만 가리킬 수 있을 뿐이다.

누군가의 글에서 하선암의 바위 빛은 눈빛이지 돌빛이 아니라고 했으니, 몹시 희다는 말이다. 지금은 바위가 모두 비에 젖어 눈처럼 하얀 빛을 잃었으니 무척 안타깝다.

이때 날이 벌써 저물어 자세히 구경할 수 없었다. 횃불을 밝혀 언덕을 내려와서는 남쪽으로 꺾어 들어 괴실(槐室: 충북 단양군 매포읍)의 시골집에 묵었다. 괴실은 청풍 땅이다.

　유만주는 1차로 닷새 동안 단양 유람을 한다. 그는 북벽과 온달동굴, 도담삼봉(島潭三峰), 사인암, 구담봉, 옥순봉 등의 명승지를 하나하나 찾아보고 눈앞에 펼쳐진 아름다움에 형언할 수 없는 기쁨을 느낀다. 그는 배를 타고 지나가노라니 마치 여러 봉우리들이 번갈아가며 자신에게 다가오는 것 같다고 했다. 좋은 친구와 기분 좋게 헤어지고 나서 또 아름다운 손님을 연달아 만나는 것 같고, 서산의 해를 보내자마자 또 동산의 달을 맞이하는 것 같다 하여, 각각의 스쳐 가는 풍경이 주는 황홀감을 표현했다. 이 가운데 가장 깊은 인상을 준 것은 장엄하고 단정하며 준수한 느낌을 주는 사인암이었던 듯하다.

다시 옥순봉을 찾아서

1778년 4월 3일 아침에 흐림

아버지가 지난 그믐날(3월 30일) 군위 관아에서 보내신 편지를 봤다.

아침을 먹고 나섰다. 옥순봉에 아직 미련이 있어서다. 다시 배를 타고 물을 거슬러 올라가 옥순봉 아래에 이르렀다. 옥순봉의 그림자가 물에 거꾸로 꽂혀, 깎아놓은 옥이 뜬 채로 일렁거리니, 물에 비친 모습이 진짜보다 훨씬 아름다웠다. 절벽이 하나 있는데 정밀하고 넓어서 글을 새길 만했다. 배를 몰아 휘돌면서 물속 맑은 곳을 굽어보니 거대한 바위가 물속에서 산줄기처럼 이어진 채로 펼쳐져 있어 완연히 수중 세계에 산수 자연의 풍경이 있는 것 같다. 누군가 그런 말을 했다는데 괜한 말이 아니다.

아침 햇빛에 배를 타고 도화동[1]에 갔다. 삼지탄[2]을 지나 부용벽(芙蓉壁)을 감상하고, 마침내 구담의 동구로 나와서 청풍(淸風) 읍내를 향했다. 여기에 이르니 강과 산의 풍경이 전에 지나온 곳들에 비해 조금 평탄하고 탁 트인 듯한 느낌이다.

배를 타고 가며 한 줄기 야트막한 산을 바라보니, 강을 마주하여 준수한 빛을 보여 주고 있었다. 그리고 꽃과 나무들이 양쪽의 강둑에 우거져 희미한 사이로 멀리 용마루 하나가 복사꽃빛에 어리비

1_ 도화동(桃花洞): 충북 제천시 청풍면 도화리에 있는 골짜기. 경치가 아름다웠다고 하는데 충주댐이 생기며 수몰되었으나, 갈수기(渴水期)에는 간혹 모습을 드러낸다고 한다.

2_ 삼지탄(三芝灘): 청풍을 흐르는 강여울. 이황의 산수유기에는 삼지탄(三智灘)이라 되어 있다.

쳐 아스라하게 보였다. 물어보니 한벽루3_란다. 붉은 층층 난간의 집
이 잔잔한 호수를 굽어보고 있으며, 앞쪽으로는 금병산(錦屛山)을
마주했는데, 낮지도 높지도 않은 집을 나무들이 울창히 에워싸고
있어 경치에서 느껴지는 분위기가 화창했다. 풍혈(風穴)과 수혈(水
穴)이 금병산에 있다 하나 바람이 심해 찾아가 보지는 못했다.

한벽루 남쪽에 걸린 편액은 화양노인(華陽老人: 송시열)이 썼다
고 되어 있다. 동편에 새로 걸린 커다란 편액에는 '제일강산'(第一江
山)이라고 씌어 있는데 주지번4_의 글씨를 모사한 것이라 한다. 누각
위에 글씨를 새겨 놓은 것이 여기저기 나열되어 있는데 그중에 청호
(靑湖) 이일상(李一相)의 시가 있다. 그는 대제학일 때 사서(史書)를
태백산에 보관하는 일을 하면서 청풍에 들렀으며, 당시 청풍 부사
였던 아우 정관재(靜觀齋) 이단상(李端相)에게 칠언율시를 써 주었
다. 이단상의 아들인 지촌(芝村) 이희조(李喜朝)가 그 일에 대해 적
은 바 있다.

응청각5_에서 점심을 먹었다. '응청각'이라는 편액 글씨는 곡운
(谷雲: 김수증)이 썼다.

저녁에 관아 안팎을 둘러봤다. 집무실은 관수당6_인데 벽에 농
암(農巖: 김창협)의 시 「고을 관사에서 가을날 든 생각」7_ 여섯 수가

3_ 한벽루(寒碧樓): 청풍현 객사 동쪽에 있던 누각. 고려 말에 처음 세워졌고 조선 시대에 여러 차
   례 중수되었다. 1972년에 홍수로 파손되었다가 복원되었고, 1983년에 충주댐이 건설되며 제천군
   청풍면 물태리로 이전되었다.
4_ 주지번(朱之蕃): 명나라의 관료문인이자 서화가로 1606년에 조선에 사신으로 왔던 인물이다.
5_ 응청각(凝淸閣): 한벽루 왼쪽에 있던 2층 누정. 1983년 충주댐이 건설되면서 한벽루와 함께 제천
   군 청풍면 물태리로 이전되었다.
6_ 관수당(觀水堂): 현재 한벽루 뒤편에 '관수당'이라는 편액이 걸려 있는데 원래 거기 있던 것인지
   는 알 수 없다.

131

새겨져 걸려 있다.

밤에 다시 한벽루에 올랐다. 배 띄우고 낙화 놀이[8] 하는 걸 보다가 응청각에서 잤다.

1778년 4월 4일

한벽루에서 아침을 먹고 청풍관[9] 을 지나서 나왔다. 안동 김씨 3세 유애비(遺愛碑: 선정비)에 들러 보고 남당서원[10] 에 갔다. 이 서원에서는 퇴계(退溪)를 배향하고 있는바 나무 신주에 '퇴도 이선생'(退陶李先生: 이황)이라 써 놓았다. 명교당(明敎堂)과 익청재(益淸齋)를 보고 방명록에 이름을 적었다.

낮에 제천으로 들어갔다. 제천 읍내의 동쪽에서 중치(中峙)까지가 20리고, 중치부터 임현리(任縣里: 단양군 어상천면의 마을)까지가 10리며, 임현리에서 영춘 읍내까지가 40리고 영춘 읍내에서 북벽까지가 5리다. 북벽에서 배를 타고 가서 남쪽으로 10리 되는 곳에 남굴이 있고, 남굴에서 향산리(香山里: 단양군 가곡면의 마을)를 따라서 배를 타고 도담까지 가는 것이 15리다. 도담에서 단양군의 읍내까지가 30리고, 단양군 읍내에서 사인암까지가 30리고, 사인암에서 선암사까지가 20리며, 선암사에

7_ 「고을 관사에서 가을날 든 생각」; 원제는 '군재추회'(郡齋秋懷)다. 김창협(金昌協)은 1687년에 청풍 부사로 부임해 있으면서 이 시를 썼다.

8_ 낙화(落火) 놀이: 긴 줄에 한지로 싼 뽕나무와 숯, 소금 뭉치 등을 100여 개 매달아 불을 붙여 차례로 타들어가며 불꽃을 내도록 하는 일종의 줄불놀이다.

9_ 청풍관(淸風館): 원래 제천군 청풍면 읍리에 있던 관아 부속 건물인 금병헌(錦屛軒)의 내부에 '청풍관'이라는 편액이 걸려 있는 것으로 보아 이 건물을 가리키는 듯하다. 금병헌은 1983년에 제천군 청풍면 물태리로 이전되었다.

10_ 남당서원(南塘書院): 퇴계 이황을 배향한 서원. 제천시 화산동에 있었으며 1870년에 훼철되었다.

서 상선암까지가 3리고, 상선암에서 중선암까지가 5리며, 중선암에서 가차촌(加次村: 단양군 단성면의 마을)까지가 5리고 가차촌에서 하선암까지가 5리며, 하선암에서 망치를 넘어 봉서정에 이르기까지가 10리고, 봉서정에서 구담까지가 20리며, 구담에서 괴실까지가 5리고, 괴실에서 배를 타고 거슬러 올라 옥순봉에 이르기까지가 5리며, 옥순봉에서 한벽루까지가 30리고, 한벽루에서 제천까지가 30리다. 모두 300리 남짓이다.

사람들은 처음 북벽을 보고는 곧 뛰어난 경치라고 여기다가 도담을 보고는 곧 북벽보다 낫다 하고, 옥용릉(玉聳陵: 유만주가 사인암에 붙인 이름)을 보고 나면 곧 도담보다 낫다고 하며, 구담을 보고 나면 곧 옥용릉보다 낫다고 하는데, 이런 사람들은 산수(山水)를 안다고 할 수 없다. 산수에는 품격이 있고 모양과 기세가 저마다 다르다. 북벽은 북벽으로 봐야 하고 도담은 도담으로 봐야 하고 옥용릉은 옥용릉으로 봐야 하고 구담은 구담으로 봐야 한다. 비록 우열이 없다고는 못하겠지만, 또 어째서 이쪽을 가지고 저쪽에 흠집을 내며 억지로 평가를 해야 한단 말인가?

내가 보기에 옥순봉은 순수하게 바위만 늘어선 것이 희고 깎아지른 듯하니 이는 북벽이 가지지 못한 점이다. 북벽은 바위뿌리가 맑고 깊은 물에 꽂혀 있으며 흙모래가 섞여 들지 않았는데, 이는 구담이 가지지 못한 점이다. 구담은 절벽의 기세가 광대하고 웅장하며 기이한 봉우리가 번갈아 솟아 있으니, 이는 옥용릉이 가지지 못한 점이다. 옥용릉은 유독 깎아지른 듯 높이 솟아 있어 반듯하고 단정하니 이는 도담이 가지지 못한 점이다. 도담은 괴상한 바위가 세 봉우리를 이루어 깊은 물의 가운데에서 불쑥 솟아 있으니 이는 상선암 등이 가지지 못한 점이다.

혹자는 "사군(四郡)에서 노닐기에는 봄보다 가을이 훨씬 좋은데, 가을이면 온 산에 서리 내려 붉어진 잎들이 수면에 거꾸로 비치어 붉은 물결과 흰 바위가 서로 환히 비추어 주기 때문이다. 봄에는 그냥 철따라 피는 꽃들과 새로 핀 버들가지가 산과 강을 점점이 꾸며 줄 따름이다"라고 한다. 게다가 이번 유람은 일정을 너무 촉박하게 배치하여 바쁘고 경황없이 다닌지라 주마간산이라는 조롱에서도 벗어나지 못할 것이다. 그렇지만 강산의 비 오는 풍경은 오직 우리 일행만이 얻은 것으로, 이 때문에 남다른 경치가 하나 더 보태져서 더욱 멋진 모습을 본 것으로 느껴진다. 나는 그래서 유감이 별로 없다.

앞서 닷새간의 유람 막바지에 옥순봉에 도착하여 서둘러 보느라 아쉬움이 있었던 듯하다. 그래서 하루 더 날을 잡아 옥순봉을 찬찬히 보고 이튿날 제천으로 돌아와 단양 유람을 비로소 마무리했다. 이레 동안 단양의 풍경을 둘러본 유만주의 소감은, 각각의 풍경에는 저마다의 품격이 있으므로 우열을 비교하지 말고 고유한 아름다움이 무엇인지 들여다보아야 한다는 것이다. '나는 유감이 별로 없다'며 봄비가 촉촉이 내리던 산과 강의 풍경을 그리는 그의 말투에서 담담한 충만이 느껴진다.

김제에서 맞은 아침

1781년 9월 4일 맑게 개었다.

피금각(披襟閣: 김제 동헌의 부속 건물)에 묵으며 밤비 소리를 들었다. 대숲에 뿌리는 빗소리가 자못 요란하니 집 떠난 심정에 문득 쓸쓸해졌다. 오래 비가 내려 더욱 무료하게 잠들어야 했다.

그런데 해가 떠서 동창이 불그스레 환히 빛나니 몹시도 기분이 상쾌하여, 밖으로 나와 서쪽 누각에 올라가 보았다. 굽은 난간에 기대어 있자니 아침 기운이 몹시 투명하고 산들바람이 맑고 상쾌했다. 누각 밖의 푸른 나무들 중에는 한 아름이나 되는 것들도 있는데, 서로 함께 짙은 그늘을 드리우면서 가끔 누런 나뭇잎을 떨구었다. 옥이 부서지는 듯한 고운 새소리를 들으며 시도 짓고 책도 보느라 머뭇거리며 내려가길 잊어버렸다.

『한정록』(閑情錄: 허균이 편집한 청언 모음)을 펼쳐 읽었다.

"사람이 한 세상에 태어나 그저 한바탕 바쁘고 나면 곧 영영 쉬게 되는 것이다. 대체로 가정이 있는 사람으로, 살 만한 가옥과 먹을 만한 곡식과 쓸 만한 텃밭의 푸성귀가 있다면 이미 부유하다 할 만하다. 안타깝게도 사람들은 이런 걸 알지 못하니 만족할 줄 알고 즐겁게 사는 이가 적은 것이다. 사람들 중에 만족할 줄 아는 것의 즐거움을 깨달은 이가 드물기 때문에 다들 그저 한바탕 바쁘고 나면 곧 영영 쉬게 되는 것이다. 자기를 괴롭히는 것 중 무엇이 이보다 심한지 알지 못하겠다."

이는 양자호(楊慈湖)가 한 말이다.

"부귀한 선비는 산과 강물과 소나무와 대나무 사이에서 마음껏 즐겁게 지낼 수 없다. 바다와 산악과 안개와 구름의 풍경은 초야에 묻힌 채 아직 때를 만나지 못한 사람들이라야 가질 수 있는 것이다. 그러므로 천지간의 웅장하고 위대하며 범상치 않은 곳은 하늘이 현인(賢人)을 위해 마련해 두어 그들의 우울한 생각을 펼칠 수 있도록 한 것이다."

『지비록』(知非錄)에 나오는 말이다.

객지에서 빗소리에 쓸쓸히 잠들었다가 문득 맑은 아침의 햇빛을 맞이했을 때의 조그만 기쁨이 잘 표현되어 있다. 청량한 가을 아침을 더욱 빛나게 하는 것은 가끔 떨어지는 누런 나뭇잎과 비 갠 후 더욱 또렷한 새소리, 그리고 여행지까지 들고 온 허균의 『한정록』이다. 양자호(1141~1226)는 남송의 유학자로서 육상산(陸象山)의 제자다. 『지비록』은 명말 청초의 학자인 마부도(馬負圖)의 저술이다. 위의 두 인용문은 모두 『한정록』에 수록되어 있다.

여행과 소설

1781년 9월 17일 오후 늦게 바람이 불었다.

새벽에 출발했다. 달빛 속에 20리를 갔다. 아침에 성환역(成歡驛: 충남 천안 소재)을 지났다. 직산(稷山: 천안의 옛 이름) 땅이다. 주막에서 잠깐 쉬다가 소사(素沙)벌(평택에 있는 벌판)까지 와서 논두렁 사이로 구불구불 걸어 들어가 홍경사 터의 비갈[1]을 보았다. 고려의 내사사인(內史舍人) 최충(崔沖)이 교지를 받들어 기록했으며, 국자승(國子丞) 백현례(白玄禮)가 글씨를 썼다고 되어 있다. 귀부[2]가 유독 크고 만듦새도 정교하다.

소사에서 점심을 먹고 갈원(葛院: 평택 소재)과 진위(振威: 평택의 옛 이름) 읍내와 오매(烏梅: 평택 오매천) 장터를 지나서 중본(中本)에 닿았다. 해는 아직도 높이 떠 있었지만 사람도 말도 배고프고 기운이 빠졌기에 유숙했다.

예전에 소설을 읽다가 길 가는 나그네의 모습을 형용한 대목을 본 적이 있는데, 그 묘사가 거의 그림도 따라잡을 수 없을 정도로 빼어났다. 이를테면,

"오르락내리락 길들이 굽이굽이 꺾어진다. 사방의 들에서 바람이 불어와 좌우에서 어지럽게 더펄거린다."

1_ 홍경사(弘慶寺) 터의 비갈(碑碣): 충남 천안시 성환읍 대홍리의 홍경사지에 있는 고려 시대의 석비. 1026년에 건립되었다 하며, 현재 국보 7호로 지정되어 있다. 홍경사의 사적에 대해 해동공자(海東孔子) 최충이 글을 썼고 당대의 명필 백현례가 글씨를 썼다.

2_ 귀부(龜趺): 거북 모양으로 만든 비석의 받침돌.

"푸른 산과 초록 강물을 두루 다니노라면 들풀과 한가로이 핀 꽃들은 아무리 봐도 채 다 못 볼 정도다."

"가을이 깊어지는 때에 닭 우는 소리 들으며 일찍 길을 나서면 이른 새벽의 기운이 그저 좋다. 맑게 내리는 서리를 맞이하고 밝게 비치는 달을 본다."

"매섭게 추운 겨울날, 물방울이 똑똑 떨어지자마자 얼어붙는 그런 때에 길을 가다 보면 황량한 교외 들길의 고목에선 까마귀가 추위에 떨고, 앙상한 겨울나무 사이로 엷은 햇빛이 흐릿하게 비쳐든다. 저물녘에 눈발이 얼어붙고 구름 자욱한 속을 건너가는데, 산 하나 다 넘어갔다 싶으면 또 다른 산이 나오고, 뒷마을을 지나가고 나면 앞마을이 보일 따름이다."

"하늘엔 온통 이슬 기운이고 땅에는 서리꽃이 가득하다. 새벽별이 갓 떠오르고, 지는 달빛은 아직 밝다."

"어둑한 등불 아래 꿈속에 들지 못하고 있다. 스르릉 하고 바람이 허술한 창살을 지나가면 트르릉 하고 엷은 창호지가 울린다."

등이 있는데 모두 절묘하다.

가을날 평택을 지나 서울로 돌아가던 중, 여행길에 대해 묘사한 중국 책의 구절을 암송하는 대목이다. 『서유기』(西遊記)와 『금병매』(金瓶梅) 등의 소설과 『서상기』(西廂記)와 같은 희곡의 구절을 원래의 서술과 거의 다름없이 재현하고 있는 데서, 유만주가 예전에 이 책들을 얼마나 즐겁게 몰입하여 읽었을지 상상할 수 있다. 객점의 밤 창가에서 바람소리를 듣는 여행자의 고적한 모습을 묘사한 마지막 구절은 그 자신의 모습과도 겹쳐진다.

해주 가는 길

1783년 6월 3일 더웠다. 아침에 흐리더니 오후 늦게 가끔 비가 내렸다.

이른 아침에 일어나 해주 갈 차비를 했다. 윗집에 올라가 잠깐 하직 인사를 한 후 사당에 절을 하고 출발했다.

고양에서 점심을 먹고 청송 심씨가 대대로 장지(葬地)로 삼은 곳이라고 표시한 비석을 지나갔다. 혜음령[1]에서 비를 만났는데 조금 가다 보니 곧 그쳤다. 파주 읍내를 지나 임진에서 잤다.

물을 따라 동쪽으로 가며 깎아지른 골짜기를 굽어보았다. 늘어선 나무들이 빽빽하게 무리지어 있으니 마치 하늘이 없는 것 같고 얼기설기 풀덩굴이 촘촘하게 덮여 있으니 마치 땅이 없는 것 같다. 문득 마음이 고요하고 멍해졌다. 이물(異物: 초현실적인 존재)이라도 만날 것 같고 별세계에 이를 것 같기도 했다. 이내 방장산[2] 깊은 곳에 있는 듯 상상이 되고 이런 곳을 누군가 정돈해서 만들어 둔 것 같다는 생각이 들었다.

저녁에 임벽루(臨碧樓: 임진강가의 누각 이름)에 올랐다. 성에 기대어 물을 보았다.[3]

대저 세계라는 것은 둘이 있다. 세계 밖의 세계가 있고 세계 안의 세계가 있다. 세계 밖의 세계에서 할 수 있는 일로는 본디 많은

1_ 혜음령(惠陰嶺): 경기도 파주시 광탄면에 있는 고개. 서울에서 북쪽으로 갈 때 거쳐 가는 길목 중 하나였다.

2_ 방장산(方丈山): 신선이 사는 이상세계로서, 동해의 먼 곳에 있다고 전해지는 상상 속의 산이다.

3_ 성(城)에~보았다: 임벽루는 임진강 가의 군사시설인 진서문(鎭西門)의 위에 세워져 있다.

길이 있지만, 세계 안의 세계에 들어오면 오직 벼슬살이 외에는 논의의 대상이 될 만한 것이 없다. 대체로 세계 안의 세계에서는 그저 벼슬살이라는 한 가닥 길만이 세상에 태어난 사람에게 더할 나위 없는 순탄한 경로가 된다고 여긴다. 만약에 벼슬살이를 하고 높이 출세한 관리까지 되고 나면 그저 그것이 영예라고만 알 뿐 치욕이 된다는 것은 알지 못하고, 그런 사람을 그저 현명하다고만 여길 뿐 어리석다고는 여기지 않는다. 벼슬살이를 하지 않으면 정말 세계 안의 세계에서는 뭘 해 보기가 어려운 것이다.

1783년 6월 4일 흐리고 비가 내렸다.

아침에 임진강을 건넜다. 안개비가 자욱했다. 빗속에 임단관(臨湍館: 장단군 소재)을 지나 송경(松京: 개성)에서 점심을 먹었다. 남문을 따라 성 밖으로 나와 벽란교(碧瀾橋: 예성강 하구의 다리)까지 와서는 물가의 인가에서 쉬면서 배를 기다렸다. 강을 건너고 나서 또 강언덕 위의 인가에서 잠깐 쉬었다. 토은산(兎隱山)에서 말에게 꼴을 먹였다.

해질녘에 나서서 널따란 번지벌4_을 지나갔다. 사방을 돌아보니 옅은 초록색만 아득히 펼쳐져 있을 뿐이었는데, 그 풍경은 저녁때가 다 되니 더욱 멋졌다.

밤에 연안에 도착해서 그냥 읍내의 주막에서 묵었다. 오늘은 160리를 왔다.

빗속에 도롱이를 걸치고 밭 매는 이들을 길에서 보았다. 아버지

4_ 번지(翻芝)벌: 연안(延安)에 있던 너른 벌판.

와 아들과 어머니와 딸이 둘씩 셋씩 있는데, 저들은 일하는 게 참으로 즐거워 보였고 괴롭게 여기는 것 같지 않았다. 나도 덩달아 즐거워져서 그들이 미천한 사람이라 생각되지 않았다. 서울 거리를 하릴없이 쏘다니는 몇몇 무뢰배들은 그들을 하찮게 보아서는 안 될 것이다. 이 사람들이 그 무뢰배들보다 만만 곱절 나을 뿐이겠는가?

1783년 6월 5일 더웠다.

아침 일찍 출발했는데 안개가 잔뜩 끼어 길이 잘 보이지 않았다. 삼탄교5를 건너 청단에서 점심을 먹었다. 우연히 해주 관아에서 장계(狀啓)를 가지고 서울로 가는 심부름꾼을 만나서 편지를 부쳤다. 말이 다리를 절어서 종 하나를 먼저 보내 좋은 말을 보내 달라는 편지를 보냈다. 길에서 장작을 싣고 가는 해서(海西: 황해도)의 수레를 봤는데 서울 것보다 컸다. 가다가 명천의 길가에서 말을 바꾸어서 갔다.

해운정(海雲亭: 황해도 해주에 있는 정자)에 들어가 잠깐 쉬었다. 동정(東亭)이라는 편액이 걸려 있고, 그 밑에 초서로 '장원급제자 이희능6'이라고 씌어 있다. 연못에는 섬이 하나 있고 부평초가 부들을 뒤덮고 있었다. 푸른 언덕이 에워싸고 있고 우거진 나무들이 그늘을 드리운 데다 바람도 풍성하게 불고 햇빛도 서늘하여 전혀 더운 줄 몰랐다. 오른쪽에 비각(碑閣)이 있어 자물쇠를 풀고 들어가서 영조의 어필(御筆: 임금의 친필)을 우러러봤다. 앞쪽에는

5_ 삼탄교(三灘橋): 삼탄에 놓인 다리. 황해도 재령군과 신천군 부근에 삼탄(三灘: 세 여울)이라는 곳이 있다.

6_ 이희능(李熙能): 이택진(李宅鎭). 희능은 그의 자(字). 그는 1757년 정시문과에 장원으로 급제했다.

'표승첩기'(表勝捷基: 승전의 기틀이 된 곳을 기념함) 네 글자가 씌어 있고, 뒷면에는 '계축납월립'(癸丑臘月立: 1733년 섣달에 세움) 다섯 글자가 씌어 있다. 큰 글자는 음각으로 되어 있고 작은 글자에는 금사(金砂)를 채워 넣었으며 얇은 비단으로 덮개를 씌워 놓았다.

동쪽 문으로 나와 다시 큰길을 따라가다가 남쪽 문으로 들어가 관아에 도착했다. 아버지를 뵙고, 지금 편찮으셔서 계고(鷄膏)를 잡숫고 계시다는 걸 비로소 알게 되었다.

관아 안채의 왼쪽 방에 거처를 정했다. 접시꽃이 흐드러지게 피어 뜰에 붉고 흰 빛이 어리비치는 모양이 마치 하늘에서 내리신 꽃송이가 온 뜰에 흩날리는 것 같아 자못 완상할 만했다.

정말이지 마음이 이러하다면 거처하는 데에도 의미가 없고 꽃과 달에도 의미가 없고 시험의 일에도 의미가 없고 보고 듣는 것에도 의미가 없다. 그냥 툭 트인 마음으로 보면서 그것을 '과거경'(過去境)이라 부른다. 과거경이 현재경이고, 현재경이 과거경이다.

지금 유만주는 서울 집을 출발하여 아버지가 판관(判官)으로 부임해 계시는 황해도 해주로 가는 중이다. 울창하고 신비로운 숲을 지나가며 잠깐 현실을 벗어나는 상상을 하다가 이내 비약하여 '벼슬살이를 하지 않으면 이 세계 안에서는 뭔가 시도하기 어렵다'는 상념에 빠져들기도 하고, 빗속에서도 행복하게 자기 일을 하고 있는 화목한 농민 가족을 부러운 듯 바라보며 저들이 서울 시내를 하릴없이 쏘다니는 사람들보다 훨씬 훌륭하다고 판단하는 등 이 글은 해주까지의 노정만큼이나 그 길을 가고 있는 사람의 내면의식에 대해 알려주는 점이 많다. 달포 전에 또 낙방을 하고 분노와 원망, 우울과 좌절감, 주변에 대한 무관심 및 무력감 등에 휩싸여 시간을 보내고 있던 글쓴이의 처지가 투영되어 그럴 터이다.

생일날

1784년 2월 4일 새벽에 바람 소리를 들었다. 추위의 위세가 어제보다 몇 곱절 더하다.

가다 보니 나도 모르게 사람 없는 밤길을 10여 리나 가게 되었다. 꼭 그러려고 한 게 아닌데 눈과 얼음이 물결치는 벽란강을 건너가게 되었다. 그리 되기를 기대하지 않았는데 길에서 숨 막힐 듯한 바람과 손가락이 떨어질 듯한 추위를 만났다. 이렇게 된 게 마뜩하지는 않지만 눈보라 치는 주막에서 생일을 보내게 되었다.

사람은 모름지기 태어나서 한 가지 일이라도 겪지 않아서는 안 된다. 한 가지도 빠짐없이 겪어 봐야 인생을 알게 되는 것이다.

누군가 말하길, 옛날에는 백면서생(白面書生)이라는 말이 있었는데 지금은 흑면서생(黑面書生: 검은 얼굴의 서생)이 있다 한다. 이에 흑면서생도 나쁠 건 없다고 말해 본다. 고양 손문정공[1]은 강철 같은 얼굴에 칼과 같은 눈썹을 하고 수염은 창과 같았으니 그는 과거 급제하기 전의 시절에 흑면서생이었을 것이다. 이런 말도 해 본다. 노기(盧杞: 당나라의 간신)가 별 볼일 없던 시절에 남면서생(藍面書生: 푸르딩딩한 얼굴의 서생)이었다는데, 흑면이 남면보다 낫다.

늦은 아침에 비로소 출발했다. 바람이 몹시 불고 추워서 여정대로 나아갈 수 없었다. 연안에서 점심을 먹었는데 관아에서 보내

1_ 고양(高陽) 손문정공(孫文正公): 손승종(孫承宗, 1563~1638). 명말의 충신이자 장수로서 추앙받는 인물이다. '고양'은 그의 연고지이고 '문정'은 그의 시호다. 멸망한 명나라를 위해 저항하다 청나라에 포로로 잡혀 자결했다.

준 반찬 두 가지가 있었다. 바람을 피해서 가다가 신천(新川: 새내)에서 조금 쉬고 삽교(澀橋: 삽다리)에서 묵었다. 아직 저녁때가 되기엔 일렀다. 모두 50리를 갔다. 감기몸살 기운이 있어 저녁을 먹지 않기로 했다.

1755년 2월 4일생 유만주는 서른 살 생일을 추운 길에서 혼자 보냈다. 이런 경험이 서른 살 인생에 처음이었을 정도로 그의 삶은 안온하고 단조로운 것이었고, 이런 그에게 세상 물정 모르고 경험이 없는 사람을 일컫는 '백면서생'은 꼭 들어맞는 별명이다. 세상의 모든 일들을 경험하여 인생을 알고 싶어 하는 것, 검은 얼굴의 씩씩한 장수인 손승종을 동경하는 것은 백면서생인 스스로를 돌아본 데서 기인한다.

노국공주의 무덤가에서

1784년 2월 26일

아침에 출발했다. 바다 안개가 허공 가득 침침하고 아득하니 거의 지척도 분간할 수 없었다. 나는 마치 혼돈 속을 지나가는 것 같았다.

정릉1_ 가는 길을 물었더니 다들 잘 모르는 눈치다. 아름드리 나무들이 겹겹이 둘러싼 길을 간신히 지나 거의 10여 리를 돌아드니 쓸쓸한 산에 나무들이 제멋대로 서 있는 가운데 정릉이 나타났다. 바라보니 돌무더기가 눈이 어릿어릿할 정도로 많아 깜짝 놀랐다. 두 개의 무덤이 큰 언덕처럼 솟아올라 있다.

마침내 내려가 느긋이 둘러보았다. 정릉 못 미쳐서 풀숲께에 아로새긴 섬돌이 놓여 있는데, 모두 당시에 집과 대문이 세워졌던 터일 것이다. 그리고 삼 층의 대(臺)가 있어 각각의 층계를 수십 걸음 걸어야 제일 높은 대에 올라가 정릉에 다가갈 수 있다. 능의 가까이에 또 삼 층의 대를 만들어 두었는데, 아래층에는 무인석 두 쌍이 동쪽과 서쪽을 향하고 있고, 중간층에는 문인석 두 쌍이 동쪽과 서쪽을 향하고 있으며 위층에는 망주석 한 쌍이 나란히 있다. 두 개의 무덤은 그림을 새긴 돌병풍을 둘러 장식해 두었고 앞에는 커다란 혼유석2_을 설치해 두었다. 그 앞에는 또 장명석등(長明石燈)이

1_ 정릉(正陵): 고려 공민왕의 비(妃) 노국대장공주(魯國大長公主)의 능. 황해도 개풍군 해선리에 있다.

2_ 혼유석(魂遊石): 상석(床石) 뒤쪽 무덤 앞에 놓은 직사각형의 돌. 영혼이 나와 노닐도록 설치한 것이다.

있으며 범과 표범과 양과 말 등 여러 석물(石物)들이 주변을 에워싸고 있다. 삼면을 두른 굽은 담장은 모두 순전히 돌로만 만든 것이다. 대체로 석물이 굉장하고 거대하고 화려한 점에 있어서는 거의 온 나라에 둘도 없겠다. 돌담의 너비가 모두 23보(步)이고, 혼유석의 길이는 5선³이고 너비는 10선이며, 문무석의 높이는 거의 두 길 남짓이다.

예전에 회릉⁴을 보고 석물이 자못 장대하다고 생각했는데 여기 비하면 훨씬 아랫길이다.

이곳은 전조(前朝: 고려) 공민왕의 비 노국공주가 묻힌 곳이다. 『고려사』(高麗史)에서 정릉을 짓는 역사(役事)로 재력이 고갈되어 온 나라가 텅텅 비게 되었다고 적었는데, 지금 보니 정말 그럴 법하다.

이때 안개가 자욱하여 잠깐 돌담의 서쪽 끝부분에 앉았다. 이곳은 몹시 높다랗게 땅과 떨어져 있어 내려다보니 정신이 아뜩했다. 그 너머로 높고 큰 봉우리들을 쳐다보니 죄다 거대한 안개 속에 잠겨 들어 끝없이 아득한 모습이 온통 푸른 바다와 같고 넓디넓은 구름 물결 같기도 했다. 어둑어둑하고 으슬으슬하여 오래 머물 수 없었다.

대(臺)에서 내려와 동쪽을 보니 옛 비석 하나가 있는데 비록 글자의 형체는 대략 남아 있지만 온통 쪼아 놓아 글씨를 판독할 수는 없고 그저 윗부분에 '보제선사지비'(普濟禪師之碑)라고 전서체로 씌어 있는 것만 보인다. 비석 뒷면은 거울처럼 반들반들하고 좌우로는

3_ 선(扇): '문짝' 등에 쓰인 '짝'이라는 의존명사와 관련된 듯하나 정확히 얼마만큼의 수량을 나타내는지는 미상이다.

4_ 회릉(懷陵): 연산군의 어머니 폐비 윤씨의 무덤. 원래 서울 동대문구 회기동에 있었고, 1967년에 경기도 고양으로 옮겼다.

용무늬가 새겨져 있으며 아래에는 귀부(龜趺)가 없다. 비석 몸체는 짧고 널찍한데 만든 본새는 흡사 불비(佛碑) 같다.

앞길로 나와 둘러보았다. 들으니 정릉은 송경에서 20리 떨어져 있다 한다.

황량한 들판을 지나가노라니 또 불쑥 솟아난 무덤 셋이 있다. 모두 병풍석에 둘러싸여 있으며 앞에 석물들이 늘어선 것을 보니 옛적의 임금이 묻힌 곳인가 보다. 어쩌면 고려 시대의 왕릉인지도 모르겠다. 하지만 몹시 쓸쓸하고 보잘것없다.

생각해 보면 고려에서 나라를 세운 이래 물력(物力)이 풍부했던 점은 우리 조선이 거의 미치지 못할 바이다. 석물을 세운 것 하나만 봐도 알 수 있다.

내가 보기에 노국공주는 평범한 일개 오랑캐 여인으로 동쪽 제후국의 임금에게 시집을 와 더할 나위 없는 총애와 영화를 누리다가 태평한 시절에 세상을 떠난 사람이다. 살아 있는 동안 지정 연간의 난리5-와 공민왕의 시해, 고려의 운수가 끝난 것을 전혀 보지 않았을 뿐만 아니라, 죽은 뒤에 온 나라 제일가는 굉장하고 화려한 능묘까지 만들어져 몇 백 년 지난 지금까지도 이곳에서 나무하고 소 먹이지 못하도록 관에서 돌보고 있고, 무덤이 파헤쳐지는 화를 입지도 않았다. 살아 있는 동안 큰 죄과를 저지르지 않아 후세 사람들이 경멸하며 욕하거나 하는 일도 없다. 어찌 몹시 좋은 팔자가 아니랴?

5_ 지정 연간의 난리: 지정(至正)은 원(元) 혜종(惠宗)의 연호 중 하나이며, 원의 마지막 연호이기도 하다. 1341년부터 1370년까지 사용되었다. 지정 28년(1368)에 주원장이 명을 건립했을 때 원 혜종은 이에 저항하여 고토의 수복을 시도하다 실패했고 1370년에 사망했다. 지정 연간의 난리는 이러한 원의 멸망 과정을 가리키는 말로 보인다.

바다를 보고 나면 다른 물은 시시하게 보인다더니 정릉의 석물을 보고 나니 길가의 소소한 석물들을 마주칠 때마다 저게 무슨 애들 장난인가 싶은 생각이 든다.

고적을 답사하는 역사가의 태도로 노국공주의 무덤인 정릉의 상태에 관해 꼼꼼히 묘사했다. 그에게 가장 깊은 인상을 남긴 것은 정릉을 구성하는 석재 조형물의 규모와 수가 대단하다는 점이었다. 유만주는 정릉의 어마어마한 규모를 통해, 고려라는 국가의 물적 기반이 조선을 넘어설 만큼 탄탄하고 풍부했으리라는 추론을 한다.

평양 구경

1784년 윤3월 27일 느지막이 바람이 불었다.

아침에 출발했다. 배를 타고 석탄(石灘: 황해도 재령에 있는 강)을 건넜다. 이 강물은 대동강으로 곧장 통한다고 한다. 서쪽으로 바라보니 먼 산 한 줄기가 첩첩이 솟아 우뚝 드러나 있는데 바로 구월산[1]이란다. 몇 리를 가자 거칠고 거무스레하며 험준한 봉우리가 멀리 들판 밖에 늘어서 있으니 동선령[2]이라 한다.

구월산이 비로소 전모를 드러냈는데, 그 주변을 신천(信川), 송화(松禾), 문화(文化) 등 여러 고을이 에워싸고 있다. 먼 산이 사방을 에워싼 가운데 큰 들판이 서려 있고, 개울과 강물은 수풀 사이를 구불구불 관통하여 지나가며, 간혹 촌락 주변에는 숫돌마냥 평탄하고 너른 길이 있기도 한데, 여기가 이른바 강탄[3]이다.

배로 남검암(南黔巖)의 강물을 건넌 후 언덕 하나를 넘으니 문득 큰 평야 하나를 굽어보게 된다. 끝이 어딘지 아물아물하며 환하고 매끄러운 그 평야는 모두 물이 채워진 푸른 논인데, 그 사이 촌락의 집들이 다문다문 어리비친 모습이 완연히 한 폭의 신이한 그림이다. 여기는 봉산(鳳山)과 재령(載寧)의 평야다.

이윽고 정방산성(正方山城)을 지났다. 길가에 높고 험한 봉우리 하나가 있으니 원수(元帥) 김자점[4]이 예전에 근거지로 삼았던

1_ 구월산(九月山): 황해도 신천군 용진면과 은율군 남부면에 걸쳐 있는 산.
2_ 동선령(洞仙嶺): 황해도 정방산(正方山)의 동남 방향에 있는 험준한 고개.
3_ 강탄(江灘): 황해도 신계군에 있는 마을 이름.

곳이다.

황주5_에 도착하여 월파루6_에 올랐다. 이 누각은 산성의 동쪽 문루(門樓)인데, 강물이 구불구불 산성을 싸안고 흘러가는 가운데 누각이 산성을 마주하며 툭 튀어나와 있어 자리를 차지한 형세가 몹시 높아 보이며, 안으로는 온 성안의 마을을 내리누를 기세다. 월 파루는 영조 기해년(1779)에 중수(重修)했는데 단청이 무척 산뜻하 다. 바람이 심하여 곧 내려왔다.

내일이면 중화7_에 도착한다.

말을 타고 가다 「칙륵가」8_를 읊조렸다.

"칙륵은 음산(陰山: 내몽골에 있는 산 이름)의 기슭, 하늘은 천 막처럼 사방의 들판을 덮었다."

지금 이 벌판에 오니 그다지 광활하지 않은데도 이런 생각과 상 상을 하게 된다. 하늘과 벌판이 맞닿은 사이로 하나의 물건도 없이 드넓고 아득하기만 한 것을 보니 사람의 마음과 눈이 탁 트인다. 아 마도 사방의 먼 산이 바람 먼지와 안개와 모래 속에 희미하게 모습 을 감추고 있으면서 그 모양을 드러내지 않고 있기에 「칙륵가」와 비 슷한 느낌이 드나 보다.

4_ 김자점(金自點): 조선 중후기의 문신. 인조반정 때 공을 세워 영의정까지 되었으나, 효종이 즉위 한 후 파직당하자 앙심을 품고 조선이 북벌(北伐)을 계획하고 있음을 청나라에 밀고하여 역모죄 로 처형되었다.

5_ 황주(黃州): 황해도 황주군 가운데에 있는 읍. 군청 소재지다.

6_ 월파루(月波樓): 황해도 황주군 황주읍의 동쪽 덕월산 중턱 바위 절벽 위에 있던 누각.

7_ 중화(中和): 평안남도의 남부에 있는 군.

8_ 「칙륵가」(勅勒歌): 위진남북조시대 악부 민가의 하나. 칙륵은 내몽골 초원에 살던 고대 유목민족 의 이름이다.

1784년 4월 1일 가벼운 그늘이 졌다.

칠성문9-을 나와 몇 리쯤 가서 오른쪽으로 소나무 숲을 통과하여 100여 걸음 떨어진 곳에 누각이 하나 있는데 정자형(丁字形)인 것 같다. 누각의 문을 열고 북쪽으로 나가니 한 길 높이쯤 되는 돌계단이 있고 계단을 따라 올라가니 무덤이 하나 나온다. 돌계단의 지척에 있는 이 무덤은 몹시 큰데, 아래는 네모지고 위는 둥근 모양이다. 그 앞에 세워진 작은 비석엔 '기자묘'(箕子墓) 세 글자가 새겨져 있다. 글자 크기는 말[斗]만 했다. 비석 앞면에는 품(品) 자 모양으로 못을 박은 흔적이 있었다. 뒤쪽을 살펴보니 옛 비석의 위쪽 반이 잘려나가서 아래쪽 반에다 새 비석을 덧붙여 못으로 고정하여 세운 것이다. 아마도 옛 유적이 소멸되지 않도록 하려고 그렇게 했을 것이다. 그러나 자획은 이지러져 있었다. 무덤 앞에는 문무석10- 및 석양11- 한 쌍이 있다. 이 묏자리는 십자 기국12-으로 산줄기가 사방으로 높은데 무덤이 정중앙에 있고 십자의 네 모퉁이가 모두 아래로 함몰되어 낮게 흐르니 마치 그림의 여백 같았다. 기자 이후로 수천 년간 왕위가 계승된 것을 보면 이 무덤 자리가 좋다는 게 증명된다.

소나무 숲을 지나와서 저 건너 앞산을 바라보니 수많은 무덤들이 울룩줄룩 솟아 있는데, 마치 한나라 도읍에 있다는 북망산13- 같다. 저기가 이른바 선연동14-인데 모두 기생의 무덤이라 한다. 나

9_ 칠성문(七星門): 평양성의 내성 북문. 모란봉에 있다.

10_ 문무석(文武石): 왕릉이나 지체 높은 사람의 무덤 앞에 세우는, 돌로 만든 문무관의 형상.

11_ 석양(石羊): 돌로 만든 양 모양의 조각물로 왕릉 등의 앞에 세워 둔다.

12_ 십자(十字) 기국(奇局): 땅의 형세를 표현하는 풍수 용어다.

13_ 북망산(北邙山): 한나라의 수도인 낙양의 교외에 있던 산의 이름. 여기에 공경대부의 무덤이 많았다.

는 평양 토박이인 관리에게 이렇게 물었다.

"고금의 이름난 기생들을 죄다 여기 묻어 주고 못난 기생은 감히 여기에 매장하지 말아야지 선연동이라는 이름에 부합할 텐데 정말 그런가요?"

이렇게 대꾸한다.

"그냥 선연동이라고 부를 뿐이지, 실은 거기 안 묻히는 사람이 없습니다. 못난 기생은 물론 무뢰배 건달까지 모조리 그 가운데 섞여 있는데, '선연'이 뭔 상관이겠어요?"

마침내 충무사[15]-로 갔다. 건물의 앞에 있는 당(堂)에는 화양(華陽) 송문정공(宋文正公: 송시열)이 쓴 글을 적은 판이 걸려 있다. 당 앞에는 반송(盤松) 한 그루가 있는데 구불구불한 줄기와 가지가 둥글고 넓게 그늘을 드리운 모양이 서울에서도 보기 드문 것이었다. 섬돌을 따라 뒤로 가서 뜰에서 절을 하고 들어갔다. 사당 안에는 고구려의 대신 을지문덕과 진흥군 김양언[16]-을 봉안하고 있었다. 김양언은 복수장(復讐將)으로 정묘호란 때 죽어 신판(神版: 신위)이 마련되었다.

논두렁 사이를 따라 나와 인현서원[17]-으로 갔다. 개성문(開成門)으로 들어가 홍범당(洪範堂)에 앉았다. 홍범당에는 대제학 호곡

14_ 선연동(嬋娟洞): 평양 칠성문 밖에 있던 기생들의 공동묘지. '선연'이 곱고 아름다운 것을 의미하므로, 곱고 아름다운 이들의 골짜기라는 뜻이다.

15_ 충무사(忠武祠): 평양에 있는 사당으로, 을지문덕과 김양언을 배향한 곳이다.

16_ 진흥군(晉興君) 김양언(金良彦): 1583~1627. 조선 중기의 무신. 자신의 아버지가 강홍립(姜弘立)을 따라 후금의 군대를 공격하다가 심하전투(深河戰鬪)에서 전사한 이후 청나라에 대해 복수를 결심했고 변방의 수비를 자임했다. 정묘호란 때 안주(安州)에서 적과 맞서 싸우다 전사했다.

17_ 인현서원(仁賢書院): 기자(箕子)의 영정을 모신 서원. 평양 서정리에 있었다. 1576년에 창건되었고 1871년 흥선대원군의 서원철폐령이 내려지며 없어졌다.

(壺谷) 남용익(南龍翼)이 쓴 상량문이 걸려 있다. 뜰에는 은행나무 두 그루가 있어 초록 잎사귀가 짙은 그늘을 드리웠다. 벽 속의 감실에 기자의 진영(眞影)이 봉안되어 있다고 토박이 관리가 알려줬다. 잠근 것을 열어 꺼내게 하고 보자기를 풀어 보았다. 그중에 한 첩의 종이가 있기에 공손히 펼쳐서 보니 효종 임금의 친필인 '봉림대군'(鳳林大君) 네 글자가 있고 그 아래에는 날짜가 적혀 있다. 아마도 심양으로 들어가다 인현서원에 들러 쓴 것을 즉위 후에 이 서원에서 별도로 장정하여 보관해 둔 것이리라. 뜰에서 네 번 절을 하는 예를 행하고 들어가 기자상(箕子像)을 보았다. 초상은 몹시 작았다. 〈홍범도〉[18]- 1축(軸: 두루마리)을 꺼내 펼쳐 보았는데 그 끝에 서명응(徐命膺)의 발문이 있다. 전에는 이 서원에 조송설[19]이 그린 〈기자가 홍범을 전해 주는 그림〉(箕子傳洪範圖)이 있었는데 정묘호란 때 잃어버려서 서명응이 화공을 시켜 이 그림을 그려 보관하게 했다 한다. 대체로 기자의 초상과 〈홍범도〉는 몹시도 어린애 장난 같을 뿐 근엄하고 정대한 느낌이 없으니 결국 성인(聖人)을 함부로 대했다는 혐의를 면치 못했다. 홍범당을 나와 방명록에 이름을 쓰고 개래문(開來門)으로 나와 큰 들판을 거쳐 정양문(正陽門)을 지났다. 정양문은 성의 정남(正南)에 있는 성문이다. 이익(李瀷)의 글에서 이 외성(外城)을 온 나라 제일이라 했는데 이제 보니 정말 그렇다.

마침내 기자궁(箕子宮)으로 갔다. 이곳에 기자의 옛 궁터가 있었으므로 후세 사람이 담을 쌓고 비석을 세웠다고 한다. 앞문으로

18_ 〈홍범도〉(洪範圖): '홍범'은 중국 우(禹)임금 때 낙수(洛水)에서 나온 신령한 거북의 등에서 나타난 그림인데 그것을 본떠 그린 것인 듯하다.

19_ 조송설(趙松雪): 조맹부(趙孟頫, 1254~1332). 원나라의 뛰어난 서화가. '송설'은 그의 호.

들어가니 편액에는 '팔교'(八敎)라 적혀 있다. 안에 몇 층의 석대(石臺)가 있는데 주춧돌에 조각을 해 두었다. 사면이 반듯하고 돌의 앞면에 '구주단'(九疇壇)이라 새겨져 있다.

단(壇) 위에서 사방을 돌아보니 한없이 즐거워졌다. 멀리 에워싼 산은 나직하여 마치 없는 듯하고, 멀리 휘돌아 흐르는 물은 숨어 있어 마치 없는 듯하다. 즐겁게 볼 만한 산과 강물이 없이 다만 하나의 들이 펼쳐져 있을 뿐인데, 들의 형세가 탁 트이고 아득하니 변방에 있는 듯한 느낌이 든다. 들의 빛이 평탄하고 아스라하여 간혹 산만한 느낌을 주기는 하지만 눈이 가는 곳마다 흠이 하나도 없고 그저 좋기만 하다. 참으로 온 나라에서 제일가는 곳이라 하겠다.

또 가서 구삼원(九三院)에 이르러 기자의 우물을 보았다. 벽돌을 동그랗게 쌓아 우물을 지어 놓았는데 깊이는 거의 10여 길이고 크기는 한 아름밖에 안 된다. 물을 떠서 마시니 몹시 맑고 차가웠지만 별다른 점은 없었다. 궁궐에 있던 우물인데, 기자가 이 물을 마셨다고 전해진다. 우물 왼쪽에는 구주각(九疇閣)이 있고 동서(東西)로 각각 작은 문이 있다. 동쪽 문에는 '석보'(錫保)라 쓴 편액이 걸려 있다. 석보문(錫保門) 밖에는 서명응이 찬술한 「기자의 정전제에 대해 기록한 비」(箕子井田記蹟碑)가 있다. 서쪽 문에는 '대연'(大衍)이라 쓴 편액이 걸려 있다. 대연문(大衍門)을 지나 삼익재(三益齋)에 올랐다. 삼익재는 서종옥(徐宗玉)이 평안도 관찰사로 재임할 때 설치한 것인데 평양의 선비들이 학업을 하던 곳이다. 뒤이어 서명응이 관찰사가 되어 또 개축했는데, 이 일에 대한 기문(記文)과 서문(序文)이 있다.

삼익재에서 점심을 먹고 굽은 길을 지나 큰길에 들어섰으니, 바로 함구문대로[20]다. 내가 지나가 본 길로는 한양의 각도(閣道)가 있고,

경모궁의 새로 만든 길이 있고, 동쪽의 원릉[21] 길이 있고, 임단[22]에서 송경까지의 길이 있고, 장림[23]에서 대동강 강안(江岸)까지의 길이 있다. 대체로 이런 길들은 우리나라에서 가장 좋은 길이지만 함구문대로에 비한다면 훨씬 못 미친다. 이 함구문대로는 그 넓이가 그저 수레 두 대가 나란히 갈 수 있는 정도가 아니며[24] 평탄하기로 말하자면 정말 숫돌과 같다. 땅의 빛깔을 말하자면, 서울과 서울 시내 근방의 길은 대단히 희고, 서울에서 먼 교외의 길은 몹시 누래서, 간혹 먼지 같은 모래흙이 두툼히 깔려 있기도 하고 자디잔 자갈이 흩어져 있기도 하며, 그렇지 않다면 필시 가느다란 풀들이 온통 뒤덮여 산길 같은 모양이다. 그런데 함구문대로는 땅의 빛깔이 이상하다. 아주 누렇지도 희지도 않은 딱 중간 정도 되는 색깔인데, 먼지 같은 모래흙이나 자디잔 자갈도 없고, 싫을 정도로 밋밋하고 번들거리지도 않으며 고운 모래가 있어 넉넉히 경화(京華)의 품격이 있다. 이따금 초록 이끼가 있어 맑고 그윽한 느낌도 들고, 좌우로 간혹 숲이 그늘을 드리우고 집들이 점철되어 있으며, 그 밖은 아득히 끝없는 평야다. 하늘과 평야가 잇닿아 담담하고 아득한데, 그 가운데를 가노라면 환하고 상쾌하고 탁 트인 느낌이 들어 별도로 즐길 만한 멋진 풍경이 없는데도 저절로 마음이 즐거워지고 온몸이 쫙 펴지는 것 같다. 내가 이랬던 적은 함구문대로에서가 처음인데, 이

20_ 함구문대로(含毬門大路): 함구문은 평양성의 남문이다. 함구문으로부터 시작되는 큰길을 일컫는 듯하다.
21_ 원릉(元陵): 영조의 능으로 경기도 구리에 있다.
22_ 임단(臨湍): 경기도 마전(麻田)의 옛 지명. 지금의 경기도 연천 일대다.
23_ 장림(長林): 평양시 선교동에 있던 마을 이름. 대동강변을 따라 길게 뻗어 있는 푸른 숲을 끼고 있었기에 장림동이라 불렀다 한다.
24_ 수레~아니며: 요즈음으로 치자면 2차선 도로의 규모를 훨씬 넘어선다는 말이다.

길은 아무 흠잡을 것이 없다. 함구문은 중성(中城)의 남문(南門)이
다. 문으로 들어가서 또 몇 리쯤 가서 주작문루(朱雀門樓)에 올랐다
가 주작문으로 들어가 보았는데 이 문은 내성(內城)의 남문이다. 저
물녘에 돌아왔다.

기자묘와 선연동, 충무사, 인현서원, 기자의 궁궐이 있었다는 터와 우물 등 평양의 명
소들을 구경하고 있다. 지금은 아무나 가 볼 수 없고, 혹 간다 해도 이미 사라져 찾아볼 수
없는 장소들에 대해 손에 잡힐 듯 재현하고 있어 지금 우리의 공간적 상상력을 키우는 데
도움이 된다. 한편 유만주에게 가장 깊은 감명을 준 것이 여러 유물 유적이 아니라 '함구문
대로'라고 하는 평양의 넓고 평탄하고 아름다운 길이라는 점이 주목된다. 여행자로서 그는
공간과 공간을 이어 주는 길 자체에 매혹되어 있었다.

결성포의 물빛

1784년 4월 12일

아침에 옷을 갈아입었다.

아버지께서 금사[1]에 가셨다.

결성(潔城)은 해주 관아의 문으로부터 동쪽으로 10리 떨어져 있는데, 여기에는 관아의 창고와 백성들이 사는 집들이 있다. 앞을 바라보면 작은 산이 있는데 물이 가득 차면 들어갈 수 있다.

밀물이 들어 배를 타고 작은 산에 들어갔다. 이 섬은 대부분 돌로 되어 있으며, 이리저리 흩어져 있는 바위 위를 소나무가 뒤덮고 자라나 있다. 암벽의 동남쪽 굴곡진 곳에는 조금 평탄한 모래밭이 있는데 갯가의 여자 수십 명이 바위 사이에 옹기종기 붙어 앉아 칼을 들고 광주리를 끼고는 조개를 따서 살을 발라내고 있었다. 바위 사이 물이 차 있는 곳에서는 혹 굴을 따기도 하는데 속칭 석화(石花)라 한다.

비탈진 흙길을 따라 절벽의 꼭대기로 올라가니 그 위의 조금 평평한 곳에 소나무로 둘러싸인 공간이 있었다. 소나무 아래 오솔길로 내려오면 남쪽 어름에 언덕 줄기가 미미하게 이어지다가 불쑥 솟아난 곳이 있다. 그 위에 앉으니 삼면이 다 바다이고 물 너머로 낮은 언덕들이 간혹 멀고 가까운 곳에 구불구불 이어져 있어 마치 가림막 같았다. 그런데 유독 동남쪽만 가려지지 않고 곧바로 너른 바다

1_ 금사(金沙): 황해도 신천군 동령리 북쪽에 있는 마을. 과거 이곳에 채금장(採金場)이 있었다 한다.

로 통하니 먼눈으로 바라보아도 아득할 뿐이었다. 그 가없이 먼 곳에 마치 검푸른 색의 한 줄기 띠와 같은 것이 가로막아 경계를 표시하고 있는 것 같았다. 바다가 점점 멀어질수록 높아진 수평선이 하늘과 하나로 합쳐져서 서로 그렇게 비슷해지는 것이다.

불쑥 솟은 언덕 아래는 모두 우락부락한 바위인데 맨 위에는 흙이 덮여 있고 너비는 두세 간(間: 1간은 대략 181cm)에 지나지 않는다. 그런 곳에서 큰 바다를 온통 굽어보고 있노라니 오싹하여 오래 머물 수 없었다.

돌아와 소나무로 둘러싸인 곳에 이르렀다. 여기가 섬의 꼭대기에서 중앙이 되는 지점인데, 물빛이 번득번득 어리비치는 데다 훤하니 텅 비고 탁 트여 유독 기이한 맛이 있었다. 갑자기 뱃노래 부르는 소리가 섬의 해변으로부터 들려왔다. 어부들이 배를 타고 그물을 당기면서 고기잡이를 하느라 다가온 것이었다. 그 소리에 나 같은 사람도 즐거워졌다.

드디어 절벽의 가파른 흙길을 따라 내려와 남쪽 언덕의 석문(石門)으로 들어가서 물가의 바위 위에 앉았다. 그곳의 물을 먹어 보니 소금을 탄 것처럼 짠데, 아마도 썰물과 밀물이 왔다갔다해서 그런 것이리라. 짠물인데도 색은 흐린 기색 하나 없이 맑았고 마치 강물이나 호수의 물처럼 속이 환히 들여다보여서 꼭 밀물이 섞여들지 않은 것 같은데 이 점은 또 이상했다.

어부 10여 명이 몸에 아무것도 걸치지 않은 채 텀벙텀벙 물에 들어가서 그물을 두르고 물고기를 몰아대는 것을 보았다. 결국에는 아무것도 얻지 못했지만, 역시 볼만한 광경이었다.

조금 더 지체하다가는 배가 많이 흔들려서 물을 건너기 어렵다고 뱃사람이 말하기에 마침내 배를 타고 나왔다. 이때 벌써 바람이 불어 물 한가운데에서 파도가 솟구치고 배가 흔들거려 앉아 있기가 편치 않았다. 수면의 물결이 달려나갔다 모여들었다 하는 양을 바라보니 마치 무수한 형체가 어지럽게 뒤섞인 채 펼쳐져 있는 것 같다. 겨우 건너서 창고 건물에 들어가서 점심을 먹고 돌아왔다.

작은 산의 꼭대기 역시 노닐 만했다. 탁 트였으면서도 고즈넉한 맛이 있고 으슥하면서도 훤한 풍경을 마주하고 있다. 소나무와 삼나무가 위에 울창하고 풀꽃들이 아래를 촘촘히 덮고 있다. 원만하고 평탄하며, 깨끗하고 아늑하여 임화제도[2]의 상상을 펼쳐 나가기에 적당하다.

물속에서 펄떡거리는 가계어(家鷄魚: 참돔)나 새끼 복어 같은 것들이 가끔 보였다. 물가 바위의 물이 모인 곳에서 간혹 굴을 찾기도 했다. 속칭 '석화'라는 것인데, 바닷가의 백성들이 오로지 여기 힘입어 살아 나간다. 들으니 작은 산에는 배가 오가지 않는 날이 없고, 사람이 없는 날이 없다고 한다. 큰 섬이건 작은 섬이건 간에, 저 바다 먼 곳에 있는 외딴 섬에서 조물주가 되어 하고 싶은 일들을 펼쳐 나간다면 몹시 즐거울 것이라는 상상을 했다. 섬의 둘레가 100리가 넘는다면 모두가 백성들에게 먹고살 밑천을 마련해 주는 복된 땅이 된다.

생각해 보면 천하의 드물고 이상한 형체들은 전부 다 바다에 있다. 육지가 어찌 그 만 분의 일이나 당하겠는가.

서울 집에서 어제 부친 편지를 보았다. 구환[3]의 병이 더친 것이

2_ 임화제도(臨華制度): 유만주가 오랫동안 구상한 이상향의 이름이 임화인데 그곳의 구성 및 세부 사항에 대해 적은 글을 '임화제도'라 했다.

3_ 구환(久煥): 1773~1787. 유만주의 맏아들이다. 자세한 것은 이 책 '연꽃 같은 아이야' 참조.

나흘째 되었다 한다.

　대청에서 투호놀이를 했다. 통인(通引: 관아의 아전) 아이에게 순번을 정해 놓고 시를 짓게 했는데 한 순번 돌아가기 전에 벌써 다 지었다. 기이한 재주다, 기이한 재주야.

　달이 밝았다. '청'(靑)과 '정'(亭) 두 운자(韻字)를 불러 주고 통인 아이에게 시를 짓게 했더니 또 신기한 시어(詩語)가 나왔다.

　　현재 황해도 해주시 결성동의 남쪽에 결성포(結城浦)라는 곳이 있다. 결성(結城)은 마치 성을 축조한 듯 언덕이 길게 남쪽으로 뻗어 나간 곳에 위치해 있어 비롯된 지명이며, 과거에 이곳에 창고가 있어서 결창(結倉)이라 불렀다고도 한다. 결성포의 이런 점은 '관아의 창고가 있고 남쪽 어름에 언덕 줄기가 이어지고 있다'는 유만주의 언급과 부합하는바, 결성포는 위 글에 묘사된 결성(潔城)과 같은 곳으로 여겨진다. 상상력을 자극하는 바다의 풍경을 잘 포착해 낸 글이다.

해당화 핀 주막

1784년 4월 16일 흐리고 어둑했다. 단비가 내렸다.

비가 와서 주막에 머물러 있었다. 시간이 조금 지나 약간 그치기에 출발했는데 또 비를 만나 뿌옇게 자욱한 빗속에 길을 갔다. 파주에 이르러 말에게 먹이를 주고 비가 그치기를 기다렸다가 출발했다. 서울 집에 갔다가 해주로 돌아가는 심부름꾼을 도중에 만나 어머니가 어제 쓰신 편지를 보았다. 구환이 아직도 몹시 아프다는 것을 알았다. 잠깐 가마에서 내려 해주 관아의 아버지께 올리는 편지를 썼다.

비는 이내 그쳤다. 걸어서 혜음령을 넘다가 고개 위에서 묘지기 정 씨의 둘째아들을 만났다. 고양에서 점심을 먹었으니 선최락점[1]이라는 주막에서였다. 주막 뒤에는 작은 뜰이 있는데 해당화 서너 그루가 바야흐로 꽃을 활짝 피우고 있었다. 빼곡한 푸른 잎새 사이사이 짙은 빨강색 꽃 100여 송이가 주저리주저리 피어 있어 보기에 몹시 좋았다. 나는 예전에 해당화에게 '동해홍'(東海紅)이라는 이름을 붙여 준 적이 있고, 언제나 이 꽃나무 열 여남은 그루를 뜰에 심어 두고 꽃핀 걸 즐겨 보리라는 생각을 해 왔으나, 실제로 그렇게 하지는 못했다. 그래서 올여름에는 이 동해홍이 잔뜩 피어난 곳을 찾아가서 꽃놀이를 이어 나가려는 생각을 했다. 그런데 문득 여행 중에 주막에서 뜻밖에 이처럼 예쁘고 고운 모습을 만나게 되었으니 이제

1_ 선최락점(善最樂店): 주막의 상호(商號)가 '선최락'(善最樂)이라는 것인데, 이 말은 '착한 일을 하는 게 가장 즐겁다'는 뜻이다.

동해홍 구경은 여기서 그쳐도 되겠다. 서울에서 이 꽃이 잔뜩 모여 피어난 곳을 다시 찾아 볼 필요가 없겠다.

누군가 나에게 "세상에서 가장 마음 시원한 일은 무엇인가?" 하고 묻는다면 나는 이렇게 대답하리라. "그런 일이 있긴 하다. 그러나 참 어려운 일이다. 집안일을 잘 정돈해 둔 후에 자기 혼자서 여기저기 두루 돌아다니며 세상의 이야기를 물어보고 찾아다니는 것이다. 분장을 한다면 무뢰배가 되어도 좋고, 거지가 되어도 좋고, 장사꾼이 되어도 좋고, 탁발승이 되어도 좋고, 이인(異人)이 되어도 좋다. 내가 물어보고 찾아다니려는 이야기들은 과거에는 없던 것이리라. 그 이야기들을 적어 책을 만들어 내게 되면, 세상에서 이보다 신기한 책은 없게 될 것이다."

이 주막집을 개업하며 지어 올린 상량문(上樑文)은 다만 여덟 글자로 '효자충손계계번성'(孝子忠孫繼繼蕃盛: 효성스런 아들과 충성스런 손자가 끊임없이 번성하라)이다. 오오! 지극한 송가(頌歌)다. 예나 지금이나 여러 분들이 쓴 문집에 허다한 상량문이 있으나 네 글자와 여섯 글자로 대구를 맞춰 가며 쓴 이 글들은 도대체가 실속 없는 문구²ⁿ 느껴질 뿐이다. 꼭 필요한 말만 한 이 여덟 글자의 상량문만 못한 것이다.

걸어서 무악재를 넘는데 고개 언덕에 수많은 장막(帳幕)이 가로로 늘어서 있다.

신시(申時: 오후 4시경) 지나서 곧장 집에 도착했다. 바깥채에서 지체하다가 저물녘에 들어가 보았다. 아이의 병은 여전하고 어젯

2_ 문구(文具): 구색맞추기 위한 글. 실속 없이 겉만 꾸미거나 형식만을 차림.
3_ 오증(汗症): 설사나 구토 등의 증상으로 보인다.

밤엔 오줌[3]이 있었다는 걸 알게 되었다.

집을 매매하는 일은 거의 이뤄졌다고 한다.

유만주는 사흘 전인 4월 13일 한낮에 해주의 관아를 출발했다. 이제 서울에 들어서
는 길목인 혜음령을 넘어 고양까지 왔으니 거의 다 온 셈이다. 점심을 먹느라 잠간 머물렀
던 주막집 뒤뜰에는 반갑게도 해당화가 한창이다. 아직 매듭짓지 못한 집안일과 아픈 아이
걱정에 무거웠던 마음이 이 꽃송이들 덕에 문득 환해진다. 그리고 뜬금없이 내가 정말 하고
싶은 일이 무엇인지도 또렷해진다. 나는 집안일이 잘 해결되고 자유로운 몸이 되면 세상의
수많은 이야기를 찾아다니고 싶다. 지금 같은 책상물림 모양으로 다니기는 싫고, 장사꾼이
되건 탁발승이 되건 지금과는 다른 모습의 내가 되어 정처 없이 돌아다니고 싶다. 그래서
아무도 쓰지 않은 신기한 이야기를 쓰고 싶다.

서울 풍경

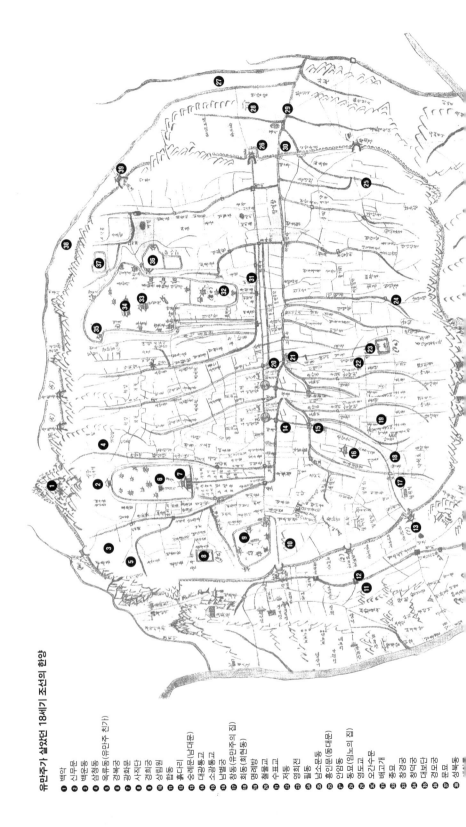

유민주가 살았던 18세기 조선의 한양

- ① 백악
- ② 신무문
- ③ 백운동
- ④ 신청동
- ⑤ 옥류동(유민주 친가)
- ⑥ 경복궁
- ⑦ 광화문
- ⑧ 사직단
- ⑨ 경희궁
- ⑩ 살림위
- ⑪ 함동
- ⑫ 홍다리
- ⑬ 숭례문(남대문)
- ⑭ 대광통교
- ⑮ 소광통교
- ⑯ 남별궁
- ⑰ 창동(유민주의 집)
- ⑱ 회동(회현동)
- ⑲ 대례방
- ⑳ 철물교
- ㉑ 수표교
- ㉒ 저동
- ㉓ 영희전
- ㉔ 필동
- ㉕ 남소문동
- ㉖ 흥인문(동대문)
- ㉗ 이안동
- ㉘ 동묘(잉노의 집)
- ㉙ 영도교
- ㉚ 오간수문
- ㉛ 종묘
- ㉜ 배고개
- ㉝ 창경궁
- ㉞ 창덕궁
- ㉟ 청덕궁
- ㊱ 청덕단
- ㊲ 경모궁
- ㊳ 문묘
- ㊴ 성북동

경모궁

1776년 9월 27일 입동. 절기 시각은 인정 초각(寅正初刻: 오전 4시 15분)이다.

이병정(李秉鼎)이 성균관의 시험을 주관했다. 과제는 '패공이 함양궁에 머물러 있는 걸 보고 부잣집 영감이 되고 싶으냐고 물었다'[1]는 것이다. 새벽에 들어갔다가 한낮에 나왔다.

함춘원[2]을 지나가는데 새로 세운 커다란 문의 붉은 빛이 경모궁의 하얗게 회칠한 담장에 어리어 있는 게 보였다. 새로 닦은 연도(輦道: 임금이 다니도록 만든 길)로 한번 올라가 보니 좌우에는 키 큰 소나무들이 즐비하게 서 있다. 문 위의 편액에는 '일첨문'(日瞻門) 세 글자가 커다랗게 적혀 있으니 바로 경모궁의 후문이다. 그 아래 앉아 동궐(東闕: 창덕궁)을 바라보니 소나무와 삼나무 사이로 높이 솟은 용마루와 그림으로 장식한 벽이 드문드문 어리비쳤다. 마침내 담장을 따라 내려와 정문에 이르러 공손히 쳐다보았다. 먼지가 앉지 않도록 얇은 비단을 덧씌운 금빛 현판에 '경모궁' 세 글자가 커다랗게 적혀 있으니 임금의 글씨다.

바야흐로 공사를 하고 있는 중이라 인부들이 잔뜩 있고 곳곳에서 영차영차 소리가 났다. 지금 막 문살에 붉은 칠을 하고 있었으

1_ 패공(沛公)이~물었다: 패공은 한고조 유방이다. 그는 진시황의 궁궐인 함양궁을 점령한 후 그곳의 사치스러운 생활에 안주하고 싶어 했는데, 이에 번쾌가 "패공은 천하를 갖고 싶습니까, 부잣집 영감이 되고 싶습니까?" 하고 그를 깨우친 일이 있다.

2_ 함춘원(含春苑): 창경궁 홍화문의 동쪽에 있던 임금의 정원이다. 지금의 서울대병원 자리에 있었다. 지금은 함춘문 하나를 제외하고는 흔적을 찾아보기 어렵다.

며, 돌다리의 양 끝에 석축을 쌓기 시작했는데, 이 모든 일을 영역
관(領役官: 궁궐 수리 등의 국가 공사를 감독하는 관원)이 감독하
고 있었다.

담은지(湛恩池)의 누대에 들렀다가 저물녘에 돌아왔다. 들으니
성균관의 초시에서 '광'(筐) 자를 쓴 사람은 모두 탈락시켰다고 한다.

경모궁(景慕宮)은 사도세자(思悼世子)의 신위를 모신 사당이다. 영조 40년(1764)에
수은묘(垂恩廟)라는 이름으로 설치되었는데, 1776년에 정조가 즉위한 후 시설을 정비하고
경모궁으로 이름을 바꾸었으며 정조가 친히 그 편액의 글씨를 썼다. 유만주는 시험을 보려
고 성균관에 갔다가, 경모궁의 공역(工役)이 한창 진행되고 있는 당시의 광경을 포착했다.

영희전

1778년 5월 20일 아침에 흐렸다.

아침 일찍 영희전에 갔더니 마침 포쇄(曝晒: 서적 등을 말려 습기를 제거하는 일) 기간인지라 장동 할아버지[1]께서 여러 날 나가지 못하고 숙직하고 계시던 참이었다.

태조, 세조, 원종,[2] 숙종 네 성인(聖人)의 어진(御眞: 임금의 초상)을 공손히 쳐다보고 옆문으로 나와 어재실(御齋室: 임금이 능묘 등에 거둥했을 때 머무르던 집) 앞의 네모난 연못을 봤다. 연잎이 뒤덮여 그 색깔이 참으로 싱그럽게 푸르렀다. 뜰에는 구불텅한 소나무가 있는데 오래 묵어 간혹 썩기도 하여서 쇠로 된 띠를 아래에 둘러 묶어 놓고 뾰족하게 깎은 나무로 받쳐 두었다. 개울 가의 누대 곁에는 큰 배나무가 한 그루 있었다. 뜰의 문을 지나 신원[3]으로 올라가니 키 큰 소나무들이 하늘을 가릴 듯 우거져 있어 그 아래서 술잔을 기울이면 좋을 듯했다. 뜰에는 앵두나무도 많고 밤나무도 많고 말리(茉莉: 재스민) 덩굴도 많고 약초도 많다 한다.

『다식』(多識)이라는 책을 봤다. 4책이다. 영조 을해년(1755)에 함안(咸安) 조중환(趙重晥)이 엮은 것으로, 『시경』에 나오는 새와 동물, 벌레, 물고기, 풀과 나무, 복식, 기물, 배와 수레 등의 이름을

1_ 장동(壯洞) 할아버지: 장동에 거주하던 재종조부(再從祖父) 유언제(兪彦鏻)를 가리킨다.
2_ 원종(元宗): 조선 인조의 아버지로서 왕으로 추존된 인물이다.
3_ 신원(神園): 신들의 정원이라는 뜻인데, 선왕(先王)의 영혼이 노니는 곳이라는 견지에서 이렇게 칭한 듯하다.

나열하고 그림을 그려 놓았는데 썩 볼만했다. 재헌(齋軒)에 보관된 관용(官用)의 4첩 병풍에는 윤동석4_의 예서(隷書) 글씨가 있었는데 진하고 굳센 필치가 맘에 들었다.

증광시가 있을 거라 한다.

영희전(永禧殿)은 1619년 이래 조선 왕의 영정을 봉안하는 곳으로 쓰였으며 원래 서울 중구 저동에 있었다. 1900년에 규모가 확대되어 경모궁 터인 연건동으로 옮겨 갔으나 한국전쟁 시기에 불타고 지금은 남아 있지 않다.

4_ 윤동석(尹東晳): 1722~1789, 조선 후기의 문신으로 예서를 잘 썼다.

정조의 행차

1778년 8월 19일[1]_ 저녁에 약간 흐렸다.

파루(罷漏) 무렵 벗인 대(大)와 함께 남대문 길가의 집으로 가서 임금께서 거둥하시는 광경을 보았다. 숙위병(宿衛兵: 대궐의 호위병)들이 쓴 붉은 전립(氈笠: 군인이 쓰는 벙거지)에는 모두 '숙위'라고 쓴 금빛 글씨를 달아 놓았으며, '숙위' 두 글자를 커다랗게 쓴 큰 깃발도 있었다.

경저[2]_에서 인편을 구해 아버지께 언제 출발할지 말씀드리는 편지를 부쳤다.

간동(諫洞: 종로구 사간동)에 가 뵙고, 종친부[3]_ 뜰의 동쪽 문을 거슬러 지나가서, 고궁의 동쪽 담장을 따라 올라가 신무문(神武門) 뒤로 넘어갔다. 산빛이 평화롭고 고요했으며 산등성이 길은 평탄하고 하얬다. 신무문을 마주하여 잔디 위에서 조금 쉬면서 홍경주의 사악한 모의를 떠올려 보았다.[4]_ 굴곡진 담장을 따라 서쪽으로 내려와 의정부를 거쳐서 사인정(舍人亭)에서 잠깐 쉬었다. 동택(東垞)에 들렀다 돌아왔다.

1_ 1778년 8월 19일: 『일성록』에 따르면 이날 정조는 명릉(明陵: 숙종의 능)에 거둥했으며, 가는 길에 말을 타고 남대문을 경유했다. 유만주는 이때 남대문에서 정조의 행차를 구경한 것이다.

2_ 경저(京邸): 지방 관청의 편의를 돕는 일종의 대행 기관 또는 연락 기관이다. 당시 유만주의 부친 유한준이 군위 현감으로 재직하고 있었던바 유만주는 경저를 통해 부친과 연락을 주고받고 편의를 제공받았다.

3_ 종친부(宗親府): 조선 시대 왕가의 혈족과 관련된 업무를 관장하던 관청인데 종로구 삼청동에 있었다.

1778년 8월 21일[5] 맑고 환했다.

동구 밖으로 나가 남대문 안에 거둥을 구경하기 위해 쳐 둔 천막에 모였다. 듣기로 임금께서 양철평(梁鐵坪: 은평구 녹번동과 불광동 어름)에서 낮 수라를 드실 때에야 비로소 구경꾼들을 물리치셨다고 한다. 저문 후에 환궁하시는 광경을 보았다. 커다란 횃불들을 나란히 벌여 놓고 붉은 깁을 씌운 등불을 양 옆에 달아 놓았다.

1779년 8월 10일[6] 맑고 더웠다.

아침에 동쪽 성곽 밖으로 나가서 동묘를 지나 영도교[7]를 건너갔다. 왕십리의 주막에서 쉬고 살곶이 쪽을 향하다가 채 다 가지 못하고 길가에 있는 솔숲 아래 작은 언덕에서 멈추었다. 한참 시간이 지난 오후에 어가(御駕: 임금의 수레)가 돌아가는 것을 공손히 쳐다보았다.

당시 영의정 김상철(金尙喆), 좌의정 서명선(徐命善), 이조판서

4_ 홍경주(洪景舟)의~보았다: 홍경주는 중종의 후궁인 희빈 홍씨의 아버지로서, 딸을 시켜 조광조를 무함하게 하여 기묘사화를 촉발시킨 장본인이다. 홍경주의 사악한 모의란 그의 이런 행위를 가리킨다. 한편 중종은 1519년 11월 신무문으로 남곤(南袞) 등을 불러 밀지(密旨)를 내려 조광조를 축출하게 했는데, 이것이 바로 기묘사화의 시작이었다. 그래서 기묘사화를 다른 말로 '신무문의 변(變)'이라 부르기도 한다. 유만주가 신무문에 이르러 홍경주를 떠올린 것은 특정 장소에 연루된 역사적 사건을 환기한 결과다.

5_ 1778년 8월 21일: 『일성록』에 따르면 이날 정조는 환궁하는 길에 박석현(礴石峴: 은평구 불광동)에 이르러 "구경하는 사람이 너무 많은지라, 날이 저물면 사람이 밟히는 사고가 날지도 모르니 남대문과 소의문(昭義門)을 잠그지 말도록 하고 야간의 통행금지도 해제하라"는 지시를 내렸다 한다.

6_ 1779년 8월 10일: 『일성록』에 따르면 정조는 이 전날인 8월 9일에 남한산성 서장대(西將臺)에 가서 군사훈련을 사열하고 행궁(行宮)에서 묵었으며, 다음날 환궁하는 길에 말을 타고 살곶이를 경유했다.

7_ 영도교(永渡橋): 동대문 밖의 동관왕묘(東關王廟) 남쪽에 있던 돌다리. 청계천 7가와 8가 사이에 있었다.

이휘지(李徽之), 호조판서 김화진(金華鎭), 예조판서 정광한(鄭光漢), 병조판서 정상순(鄭尙淳), 형조판서 조원(趙瑗), 공조판서 정호인(鄭好仁), 도승지 홍국영(洪國榮), 좌승지 정민시(鄭民始), 우승지 이득신(李得臣), 좌부승지 이병모(李秉模), 우부승지 서유방(徐有防), 동부승지 이평(李枰), 훈련대장 홍국영, 어영대장 이주국(李柱國), 수어사(守御使) 서명응, 경기감사 정창성(鄭昌聖), 광주부윤 송환억(宋煥億), 숙위대장(宿衛大將) 홍국영, 유도대신(留都大臣) 정홍순(鄭弘淳), 수궁대장(守宮大將) 홍낙성(洪樂性) 등이 있었다. 버드나무가 우거진 오간수문(五間水門: 청계천 6가에 있던 수문)의 둑길을 지나 저녁에 돌아왔다.

정말 붉은 먼지가 100만 되나 되겠다. 북적북적한 가운데 하루가 지나갔다.

　임금의 거둥을 호종(扈從)한 유력한 관료들의 이름을 하나하나 나열한 후 덧붙인 '붉은 먼지 100만 되'라는 말에서 권력층에 대한 일말의 냉소가 느껴진다. 한편 여기 제시된 관료의 명단 중에는 홍국영이 세 차례나 등장하는데, 실제로 그는 당시 도승지와 훈련대장, 숙위대장을 겸직하며 군사권과 관리 인사권을 장악하고 있던 터였다.

안암동

1778년 4월 18일 오후 늦게 가끔 흐렸다.

아침에 제천 관아에 올릴 편지를 서택1_에 맡겨 부쳤다.

꿀에 절인 비자 열매를 복용했다.

청량리로 나갔으나 임노2_를 만나지 못했다. 박사인동3_에 있는
정자와 건물 앞을 지나가는데 마을 어귀가 그윽하고 푸르렀다. 야트
막한 산에 에워싸여 평탄하고 아늑하니 살기 좋은 곳이다. 가는 길
에 광평대군 사당4_을 지났는데, 길가 바위에 '안암'(安岩)이라는 두
글자가 크게 새겨져 있는 게 보였다. 지나가다가 미나리꽝에서 무리
지어 미나리를 뜯는 사람들과 새로 고친 동관왕묘5_를 보았다. 재
동(齋洞: 종로구 재동)에 들렀다가 간동에 가 뵈었다. 돌아오다 수서
(水西)에 들러 제천서 돌아온 종형(從兄)을 만났다. 안쪽 사랑방에
서 복어 요리를 먹고 저녁에 돌아왔다.

야트막한 산에 에워싸인 푸르고 아늑한 동네며 진초록 윤이 나는 미나리꽝에서 미
나리 뜯는 사람들. 200년을 훌쩍 거슬러서 안암동(安岩洞)을 다시 그려 보게 한다.

1_ 서택(西宅): 유만주의 종형제인 유산주(兪山柱) 일가의 집을 말한다. 당시 유산주의 부친 유한갈
(兪漢葛)이 제천 현감으로 재직 중이었다.

2_ 임노(任魯): 1755~1828. 유만주와 가장 가까운 벗이다. 청량리에 살다가 1787년에 동묘(東廟) 근
처의 영미동(永美洞)로 이사했다. 유만주가 죽은 후 그의 문집인 『통원고』(通園藁)를 엮었다.

3_ 박사인동(朴舍人洞): 사인동(舍人洞). 동대문 바깥에 있던 동네다. 성북구 안암동 근방이다.

4_ 광평대군(廣平大君) 사당: 광평대군은 세종(世宗)의 다섯째 아들이다. 그의 사당은 성북구 안암
동에 있었는데, 지금은 강남구 수서동 대모산 기슭으로 옮겨져 있다.

5_ 동관왕묘(東關王廟): 동묘(東廟). 종로구 숭인동에 있는 사당으로, 관우(關羽)의 제사를 모시는
곳이다.

인명원

1779년 5월 25일

동부(東部) 사인동의 개울가에 있던 집들을 3만 5천 푼에 사서 철거했다고 한다. 원빈(元嬪)의 묘소를 조성하기 위해서다.

소보(小報)를 보니 도승지 홍국영이 사직(司直: 정5품의 군직)으로 옮겼고, 이조참판 유언호(俞彦鎬)가 도승지가 되었으며, 송덕상(宋德相)은 이조참판이 되었다.

1779년 7월 2일

아침에 심능술을 조문하고 들어가서 둘째 당숙모를 위로한 후[1] 새집에 가 인사를 드렸다. 의원이 산증(疝症: 아랫배가 켕기며 아픈 병)을 치료할 처방으로 녹상차(鹿霜茶)를 정했다. 녹각상[2]과 생강 꿀물을 섞은 것인데 많이 복용할수록 좋다. 또 사상자[3] 달인 물과 소엽[4] 달인 물도 좋다고 한다.

밤에 동쪽에서 몹시 소란스러운 소리가 들려 왔다. 내일 새벽에 원빈의 발인이 있기 때문이다.

1_ 심능술(沈能述)을~위로한 후: 심능술의 부친인 심건지(沈健之)는 유만주의 둘째 당숙모인 기계 유씨의 남편이다. 심건지가 별세하여 문상을 온 것이다.

2_ 녹각상(鹿角霜): 사슴의 뿔을 고아서 말린 뒤에 가루로 만든 약.

3_ 사상자(蛇床子): 뱀도랏의 열매로, 피부병이나 양기가 허한 병증에 쓰이는 약재다.

4_ 소엽(蘇葉): 차조기의 잎. 성질이 따뜻하여 땀을 내고 속을 조화시키는 데 쓰이는 약재다.

1779년 8월 29일 아침에 흐렸다가 오후에는 환히 갰다. 오늘은 한로이며 절기 시각은 술초 삼각(戌初三刻: 오후 7시 45분)이다.

아침에 동쪽 성 밖으로 나가다 인명원(仁明園)을 지나면서 새로 지은 건물을 비로소 보았다. 청량리로 갔으나 임노를 만나지 못하고 잠깐 서실에 머물러 있었다. 뜰의 문을 따라 나와 옛날에 노닐던 바위를 찾아보았다. 바위의 움푹한 곳에는 물이 가득했고 적어 놓은 글자는 이미 흔적도 없었다. 임노의 집에서 아침을 먹고 종암동으로 건너가 상제인 오⁵를 위로했다. 그리고 호동(壺洞: 종로구 원남동)에 들어가 상제인 영(永)을 조문하고 돌아왔다.

동쪽 성 밖에는 유독 볼만한 경치가 갖춰져 있다. 산도 빼어나지 않고 물도 빼어나지 않으며 서울도 아니고 시골도 아닌데, 긴 둑길을 따라 버드나무가 우거지고 멀리 봄날의 밭두둑이 구불구불 이어져 있어 한적하게 탁 트이고 아스라한 느낌이다. 그래서 사람으로 하여금 머물러 배회하고 떠나지 못하게 하며, 정신을 심원하고도 기쁘게 만든다. 다만 물이 얕아 모래가 많이 드러나 있기는 하다.

인명원은 정조의 후궁인 원빈 홍씨의 묘소다. 홍국영의 누이로 잘 알려진 원빈은 1779년 5월 7일에 열네 살의 나이로 사망했는데 그의 장례가 위와 같이 진행되고 있었다. 원빈의 묘소는 이후 경기도 고양의 후궁 묘역으로 옮겨졌고, 지금의 고려대학교 이공대학 근처였던 원래 자리에는 '애기능터'라는 이름이 흔적으로 남아 있다. 원빈의 장례와 홍국영의 좌천이 함께 언급되어 있는 데서 권력의 무상함 내지는 정치의 냉정한 속성 같은 것을 엿볼 수 있다.

5_ 상제(喪制)인 오(吳): 유만주의 교유 인물인 오윤상(吳允常)이다. 이 얼마 전인 7월에 그의 할머니가 돌아가셨다. 오윤상이 속한 해주 오씨 집안의 별장이 종암동에 있었다.

정릉

1783년 8월 27일

아침을 먹고 동네 친구와 함께 동쪽으로 나갔다. 월근문(月覲
門)에서 조금 쉬었다가 혜화문(惠化門) 밖 작은 언덕에서 또 쉬었
다. 이윽고 정릉(貞陵) 동구(洞口)로 들어가니 냇물과 바위가 수풀
사이로 어리비쳐 보였다. 드디어 들어가서 잠깐 완상하고 정릉의 재
실(齋室)로 다가가 둘러보았다. 뜰의 작은 문으로 나오니 네모반듯
한 푸른 단이 있고 나무들이 사방을 에워싸고 있었다. 금청교[1] 앞
큰길을 따라 능에 올라 정자각(丁字閣)의 외부를 쳐다보고 왼쪽으
로 우거진 풀숲 사잇길을 따라가다 보니 돌연 두세 길 정도 되는 석
벽 하나를 마주치게 되었다. 바위를 붙잡고 올라가 앉으니 여러 그
루 나무들이 푸르게 어우러지고 이따금 단풍숲도 섞여 들어 하늘
을 가리며 연이어져 있었는데, 햇빛이 새어 드니 몹시도 그윽하고
아득한 느낌이 들었다. 다만 석벽에 폭포가 있으면 좋으련만 물이
말라서 완상하기에 덜 좋았을 따름이다.

방향을 돌려 산등성이를 따라 봉국사[2] 에 가서 만월보전(滿月
寶殿)을 보았다. 오래된 석곽(石槨) 하나가 반쯤 드러나 있기에 가
보았는데 고려 때 무덤에 있던 것이라 전한다. 또 황폐한 무덤이

1_ 금청교(禁淸橋): 청계천의 지류인 백운동천에 있던 다리. 그 앞에 금위영(禁衛營)이 있었기에 이
렇게 불렸다.
2_ 봉국사(奉國寺): 성북구 정릉동에 있는 절. 원래 이름은 약사사(藥師寺)였는데, 1669년에 정릉을
새로 단장하고 이 절을 그 원찰로 삼으면서 이름을 봉국사로 바꾸었다.

하나 있으며, 작은 돌의 표면에 '혜신옹주지묘'³⁻ 여섯 자가 새겨져 있으나 어느 임금의 딸인지는 알 수 없다.

다시 냇물과 바위가 있는 곳으로 돌아와 물가에서 양치하고 발을 담갔다. 단풍은 아직 일렀지만 드문드문 한두 그루 볼만한 것이 있었다. 아마도 단풍은 성질이 순전히 돌의 기운으로 이루어지기 때문에 바위틈에 난 것들이 대체로 먼저 붉어지는가 보다.

다시 정릉 재실로 들어갔다. 들으니 먼젓날 이죽(二竹: 경기도 안성) 어름에서 우박이 내렸는데 큰 것은 항아리만 하고 작은 것은 사발만 해서 사람과 가축이 많이 다치거나 죽었다고 한다.

점심을 먹고 곧 나왔다. 소나무 사잇길로 신흥사(新興寺: 성북구 정릉동에 있는 절)를 찾아갔다. 젊은 중이 북을 두드리는 연희를 하는 걸 보았다. 바위를 따라 나와서 금성위(錦城尉: 박명원)의 교외 별장으로 가 다백운루(多白雲樓)에 올랐다.

돌아서 혼혼정(混混亭)에 들어가 해 저무는 숲과 바위를 보았다. 연못은 물이 말라 못 쓰게 되었고 누대와 정자도 황폐하고 더러워졌으며 난간과 대문도 망가지고 기울어져서 처연한 느낌이 들었다. 북사동(北寺洞: 성북구 성북동)에 가서 늦복숭아를 먹기로 했는데 날이 저물어서 그렇게 하지 못했다. 이런 말을 해 봤다.

"구석진 우리나라 같은 데서도 부귀를 누리려면 역시 본디 크

3_ 혜신옹주지묘(惠愼翁主之墓): 혜신옹주의 무덤. 혜신옹주는 성종의 서녀로 임숭재(任崇載)에게 하가(下嫁)했다. 임숭재는 연산군의 총애를 받으며 악행을 일삼던 인물인데, 중종반정 때 부관참시되었다. 한편 『조선왕조실록』에 따르면 영조는 1743년 8월 20일에 정릉을 방문했다가 혜신옹주의 묘를 보았으며, 그 이후 무덤 주인의 신원을 밝혀 내고 관리할 것을 지시했다. 그러나 유만주가 이곳을 찾은 1783년까지 쓰러져 가는 집에 알지 못할 비석만 남아 있었다는 것으로 보아 그 지시가 제대로 실행된 것 같지는 않다.

게 운수가 좋아야 한다. 강가에 살며 마음을 씻는 경지는 더욱 빼어
나게 좋은 것이고, 뽕나무와 삼대 우거진 곳에서 주렴 너머 패옥 소
리를 들으며 살 수 있다면 어찌 온전한 복이 아니겠는가."

　혜화문에 미처 이르지 못했는데 갑자기 검은 구름이 몰려드는
것이, 하늘에서 곧 장대비가 급히 쏟아질 듯했다. 과연 얼마 있지
않아 소나기가 세차게 쏟아지는데 천둥 번개까지 끼어드는 것이었
다. 빗물은 평지 위로 시끄럽게 흘러갔다. 문지기가 머무는 곳에 잠
깐 피해 있으니 조금 뒤에 그쳤다. 가다가 월근문에서 쉬고 저물녘
에 돌아왔다.

　사대문 근방의 능침(陵寢)이 당시 서울 사람들에게 공원과 비슷한 나들이 장소로 여
겨지기도 했던 정황이 포착된다. 정릉은 태조의 비인 신덕왕후(神德王后) 강씨(康氏)의 능
인데, 신덕왕후에 대해 악감정을 갖고 있던 태종이 즉위한 이래 훼손된 채로 수백년 간 방
치되어 있다가 17세기 말에야 무너진 건물을 새로 짓고 나라의 관리를 받게 되었다. 유만주
가 보았다는 정자각도 이때 지어진 것이다. 한편 정릉 근처에 그 주인과 별 상관없는 혜신
옹주의 묘가 같이 있었다는 것도 흥미롭다. 이는 아마도 정릉이 방치되었던 세월과 관련이
있을 것이다.

대은암

1784년 6월 8일

아침에 돌아오다가 대은암을 찾아갔다. 북악산의 깊숙한 골짜기를 지나 소나무 아래 개울물이 흐르는 길을 구불구불 따라 들어가니 인가(人家)가 끊어지고 텅 비어 있어 아무도 살지 않는 곳 같았으며 그저 푸르름만 눈에 가득했다. 길에서 사람을 만나 물어보고서야 잘못 찾아온 게 아님을 알았다. 드디어 높은 벽 위로 올라가니 널따란 집을 난간이 에워싸고 있었다. 물어봤더니 옛 송월헌[1]이라 한다. 병자호란 때 쓴 시[2]가 방 안에 걸려 있는 걸 보고, 개울물과 소나무와 바위의 곁을 지나 동행자와 함께 올라갔다.

100여 걸음 올라가니 커다란 바위 하나가 절벽과 같은 형세로 배치되어 있는 게 보였다. 바위에는 '대은암만리뢰'[3] 여섯 글자가 쌍각(雙刻)으로 새겨져 있었는데, 박은[4]의 필적이라 한다.

여기는 옛날에 정도전[5]이 터전으로 삼은 곳이었는데 남곤[6]의 소유가 되었다. 한번은 박은이 이곳을 찾아왔을 적에 마침 남곤이

1_ 송월헌(松月軒): 원래 성종이 부마인 남치원(南致元)에게 하사한 저택으로, 그 집 우물 곁에 있는 소나무가 아름다워 그런 이름을 붙였다 한다. 이후 효종의 잠저(潛邸: 왕이 즉위하기 전에 살던 집)가 되었다.

2_ 병자호란 때 쓴 시: 효종이 봉림대군 시절 심양에 볼모로 잡혀가면서 쓴 다음의 시조가 아닐까 한다: "청석령 지나거다 초하구 어디메오?/호풍도 차도찰사 궂은 비는 무삼 일고?/뉘라서 내 형색 그려다 님 계신 데 보낼고?"

3_ 대은암만리뢰(大隱巖萬里瀨): 만리뢰는 남곤의 집 뒤에 있는 여울에 붙인 이름이다. 주인이 벼슬에 바빠 노닐지 못하므로 이 여울과의 거리가 만 리만큼이나 멀다고 조롱한 것이다.

4_ 박은(朴誾): 1479~1504. 조선 중기의 빼어난 시인. 갑자사화에 연루되어 사형되었다.

나가고 없어서 이 여섯 글자를 바위에 써 둔 것인데 대체로 비꼬는 뜻을 담은 것이다.

바위 아래 앉으니 깊고 그윽하며 고요하여 참으로 한적한 정취가 있었다. 조금 이야기를 나누다가 내려와서 송월헌에 앉았다. 샘물을 마셨는데 몹시 차가웠다.

들으니 남곤이 죽은 후에는 신응시7_가 거주하여 8대째 이어 내려왔는데 자손이 보잘것없게 된지라 수리조차 하지 못하고 이제는 남에게 팔았다고 한다.

이곳의 풍치는 몹시 아름답다. 높이 산중턱에 자리 잡고 있는데, 앞에는 고궁이 있고 검푸른 소나무가 온통 빽빽하게 우거져 있어 마치 목멱산(木覓山: 남산)을 마주하고 있는 것 같으니 평안한 곳임을 알 수 있다. 커다란 가옥의 좌우로는 개울물이 굽이굽이 흐르다가 앞에 와서 'Y'(아) 자 모양으로 합쳐지고, 뒤에는 층층대가 있는데 그 동쪽에 푸른 언덕이 나란히 있어 더위를 피하기에 좋다. 솔바람 소리와 물소리가 섞여 들려오고 매미 소리도 맴맴 듣기 좋았다. 한참을 앉았다 누웠다 하노라니 미래에 대한 걱정과 세상살이에 대한 온갖 생각이 고요히 사그라들어 깊고 그윽한 느낌이었다. 여기서 달밤에 거문고를 탄다면 어울릴 것이고 빗소리를 들어도 좋겠다.

5_ 정도전(鄭道傳): 1342~1398. 고려 말 조선 초의 정치가이자 학자. 조선의 건국에 중요한 역할을 한 개국공신이다.

6_ 남곤(南袞): 1471~1527. 조선 중기의 문신. 기묘사화를 일으켜 조광조 등 신진 사림파를 숙청했다. 사후 사림파의 탄핵을 받아 관작이 삭탈되었다.

7_ 신응시(辛應時): 1532~1585. 선조 때 전라도 관찰사와 홍문관 부제학 등을 지낸 문신이다. 성혼(成渾) 및 이이(李珥)와 교분이 두터웠다.

비가 올 것 같아 다시 소나무와 바위 곁의 개울물을 따라 나
왔다.

북악산 기슭의 대은암(大隱巖)은 남곤과 박은의 일화로 잘 알려졌는데, 숲과 계곡의
풍광이 아름다워 시인 묵객들이 자주 찾는 명소였다. 그러나 지금 이곳은 글과 그림을 통
해서만 더듬어 볼 수 있는 상상의 장소다. 유만주의 위 글은 대은암 주변의 그윽한 정취를
잘 담아 내고 있거니와, 바위의 위치 및 형상과 각자(刻字) 등을 구체적으로 언급하고 있
고, 이곳에 남곤이 살기 전 정도전이 살았고, 1784년 당시 원 거주자의 가문이 몰락해 소유
자가 바뀌었다는 등의 정보까지 수렴하고 있다는 점에서 소중한 자료이다.

성북동

1785년 3월 26일

뜰에서 녹음을 완상했다. 방 청소를 대충 하고 나서 상서(上西:
유만주의 서재 이름)의 문을 열어 놓았다. 곡대(曲臺)에 앉아 비도
(緋桃: 진홍빛 꽃이 피는 복숭아나무)를 보니, 필락 말락 하는 꽃봉
오리가 송이송이 붉었다.

이윽고 북동(北洞: 성북동)에 놀러 가기로 약속한 이가 와서 나
란히 나귀를 타고 동쪽으로 나갔다. 동쪽 성곽의 소나무 아래에서
잠시 쉬면서 동촌(東村)의 꽃들을 굽어보았다.

혜화문을 걸어 나가서 왼쪽으로 돌아 북동에 들어가니 복사꽃
이 눈에 가득 들어온다. 아직 이른 시간인데도 노니는 사람들이 끊
이질 않았다. 그렇지만 역시 작년 윤달1-처럼 흥성스럽지는 못했다.
굽이굽이 정처 없이 계곡을 따라가며 꽃을 보다가 바위 위에 앉아
개울물을 굽어보며 점심을 먹었다. 그리고 김성탄(金聖嘆)이 비평을
한 당시(唐詩)를 읽고 품평했다.

조금 올라가니 고운 풀들이 돋아난 언덕이 있기에 앉아 보았다.
개울물이 굽이쳐 흐르는 소리만 들렸다. 오른쪽에는 우거진 푸른
숲이 짙은 그늘을 드리운 가운데, 한 그루 홍도(紅桃)의 어여쁜 빛
이 더욱 도드라졌다. 버드나무가 서 있는 바깥에는 짤막한 다리가
있어 노는 사람들이 오가고 있었다. 복사꽃 만발한 사이에 점점이

1_ 작년 윤달: 1784년 윤3월을 말한다.

이어진 시골의 초가집에서 간혹 밥 짓는 연기가 일어나니, 그 구도(構圖)에서 느껴지는 품격이 완연히 그림 속이라 하겠다. 한참을 앉아서 보다가 이런 말을 했다.

"산언덕에 올라가 굽어보면 온 골짜기에 흐드러지게 핀 꽃들이 죄다 눈에 들어온다네. 그래서 노을 같고 눈송이 같은 꽃들이 눈이 어릿하도록 어울려 피어 있는 걸 모두 볼 수 있네. 이 또한 꽃을 보는 방식 중 하나겠지."

언덕에서 내려와 다시 짤막한 다리를 건너가서 성북둔(城北屯)을 봤다. 성북둔이라는 것은 군영(軍營)에 속한 창둔2_의 이름이다. 성북둔 뒤쪽으로 돌아 올라가서 계곡을 따라 걸었다. 이따금 암벽을 마주치기도 했고 촌락을 만나기도 했다. 노니는 사람들은 곳곳에 모여 있었는데 어떤 이는 조용히 있는 것을 편히 여겼고 어떤 이는 시끄럽게 떠드는 것을 능사로 여겼으니 대체로 노는 법도 하나같지 않다.

북사3_로 찾아가려던 도중에 절이 이미 무너졌다는 말을 듣고 결국에는 다시 계곡을 따라 내려왔다. 날이 저물고 갑자기 흐려져서 비가 올 것 같았다. 다리를 건너고 꽃길을 지나 혜화문에 이르니 해는 벌써 반이나 기울었다. 혜화문의 성루에 올라 해질녘의 꽃들을 보고 성루 왼쪽으로 가 보니 푸른 언덕에 돋은 정결한 초록 풀들이 사랑스러웠다. 어떤 산기슭에 이르렀더니 소반처럼 넓고 편편했다. 거기서 송동의 꽃들4_을 건너다보고는 다시 성을 따라 내려

2_ 창둔(倉屯): 국가에서 만든 창고 및 그 창고를 관리하기 위한 민호를 중심으로 생겨난 마을.

3_ 북사(北寺): 예전에 성북동에 있던 절. 이 때문에 성북동을 북사동이라 부르기도 했다.

4_ 송동(宋洞)의 꽃들: 송동은 혜화동 근방에 있던 마을이다. 정약용이 1784년 봄에 쓴 「송동에서 꽃구경하며 지은 시의 서문」을 보면 살구꽃이 많았던 듯하다.

왔다. 경침(景寢: 경모궁) 앞길을 지나며 버들빛을 보다가 그 건너의 석양루(夕陽樓)를 올려다보니 흐드러지게 피었던 붉은 꽃들은 벌써 다 지고 없었다. 다시 동대문의 버드나무를 보러 가기로 하여 협성5_에 올라 성밖의 우거진 버드나무를 바라봤다. 드디어 동쪽 성루에 올라 온 성안에 핀 꽃들을 두루 바라보다가 바람이 심해 곧 내려왔다.

성머리에 이르러 문득 녹음을 완상했다. 늘어선 나무들의 짙푸른 잎사귀들 사이로 석양빛이 새어들고 있었다. 땅 위의 초록 풀들은 조금씩 우거져 가며 눈부시게 빛났다. 정결하고 환하며 무성하고 우거진 모습에 이제껏 보지 못했던 걸 얻었다며 즐거워하고 찬탄했다. 녹음이 참으로 이런 것이라면 온갖 꽃들이 휘황찬란하게 핀 것보다 훨씬 낫다 하겠다. 눈앞의 특별한 풍경에 정말 아무 말도 나오지 않았다. 다시 저녁 햇빛 속의 버드나무를 보며 천천히 나귀를 몰아 나오는데 바람이 거셌다.

음력 3월 말이면 절정에 달한 봄꽃이 이울고 신록이 빛을 내는 시절이다. 유만주는 방문을 열어 푸른 정원을 보다가 길을 나서 서울의 이곳저곳을 바람에 나부끼듯 다닌다. 명동 집에서 동대문과 혜화문을 거쳐 성북동까지 이르렀다가, 갔던 길을 되짚어 동대문 근방으로 돌아오는 그의 산책 길은 한창때를 넘어 쇠락해 가는 붉은 꽃과 이제 막 눈부시게 빛나기 시작한 초록의 초목으로 점철되어 있다. 그는 깨끗하게 빛나는 푸른 초목을 보며 신록이 봄꽃보다 아름답다는 것을 알게 된다. 여름이 벌써 저만큼 다가온 것이다.

5_ 협성(夾城): 담을 쌓아 성루의 양쪽으로 이어지게 만든 길인데, 여기서는 동대문으로 이어지는 길을 가리키는 듯하다.

다시 성북동에서

1786년 4월 5일

활짝 펼치기만 하지 굽힐 일은 없고, 화려한 영광만 누리지 시들시들 메마른 처지는 겪지 않으며, 기쁨만 누리지 근심 따위는 없는 사람은 예나 지금이나 몇 안 된다. 그러나 그 반대인 경우는 수두룩하게 넘쳐 난다. 뭐든지 마음에 꼭 맞아 어긋나는 것이 하나도 없는 처지에 있는 자는 하늘이 내린 행복한 사람이다. 하지만 뭐든지 마음과 어긋나기만 하고 꼭 맞는 건 하나도 없는 처지에 있어야 하는 것은 감인세계에 항용 있는 일이다.

이홍¹⁻ 형이 이런 말을 했다.

"사람의 도리라는 측면에서 부족한 점이 있다. 천하의 일들을 모두 피상적으로만 알고 있으므로 애초부터 차질이 있게 된 것이다."

함께 북동에 가서 꽃을 보기로 했다. 나귀 한 마리를 얻어 탔다.

오후 늦어서야 비로소 형과 함께 혜화문 밖으로 나가 북동에 들어갔다. 양쪽 언덕의 붉은 노을빛 꽃들을 보니 불현듯 예전에 보았던 광경이 생각났다.

문득 '백취'(伯翠) 하고 나의 자를 부르는 이가 있어서 봤더니 명(明)이었다. 그 곁에는 경일(敬一)이 있었다. 앞에 『당시』(唐詩)를 펴쳐 놓은 건 보니 꽃에 대한 시를 짓고 있는 중인가 보다. 잠깐 이야기하고 일어나 성북둔을 향해 갔다. 짤막한 다리를 건너 네모난 연

1_ 이홍(履弘): 김이홍(金履弘, 1746~1792)이다. 유만주의 고종사촌형이고 김이중의 아우이다.

못을 지나 올라가니 또 나의 자를 부르는 이가 있었다. 가까이 가 보았더니 혜(傒: 김상임金相任)다. 이때 노니는 사람들이 자못 시끄럽고 앉아 있기도 몹시 서먹하여 곧 돌아 나와서 형과 함께 내려왔다.

조용한 곳을 찾을 생각이었는데 이윽고 꽃 속의 한 언덕에 앉았다. 봄과 여름의 가뭄으로 개울물은 다 말라 있었다. 가느다란 물줄기가 있었으나 소리 내어 흐르지는 않았다. 굽이굽이 맑은 물이긴 했지만 작년 봄에 봤던 것보다는 훨씬 못했다. 언제나 꽃과 물이 자아내는 품격에 대해 말을 많이 했는데 지금은 그런 품격이 없다. 꽃들이 연달아 피어 있지만 그 모습이 물에 비치지 않으니 참으로 꽃을 보는 데 있어 결격이다.

함께 작은 우물로 가서 차고 맑은 물을 떠 마셨다. 이런 말을 했다.

"사대부 가의 정원에 만약 꽃이 피어 있는 한 굽이의 개울물과 소나무와 바위로 조성된 한 구역이 있다면 그것만 해도 명승이라 하기에 마땅할 테지요. 하물며 아름다운 한 구역 전부를 정원으로 소유하고 있다면 어떻겠어요? 그 아름다움이란 말할 필요도 없는 거죠."

때는 이미 한낮을 지나고 있었기에, 앉아 있던 곳에서 함께 늘 먹는 것과 똑같은 밥을 먹었다. 돌아서 조금 깊은 곳으로 들어가니 소나무가 지붕처럼 하늘을 가린 아래 꽃들이 에워싸듯 피어 있었다. 또한 보기 아름다운 풍경이었다. 꽃빛이 짙고 아름다워 사랑스럽다는 걸 더욱 깨닫게 된다. 그 아름다움을 일컫는 자가 있었는데, 해외의 꽃과 비교하면 어떠할까 하는 생각이 들었다.

들으니 북동의 명성은 근래에야 비로소 드러났다고 한다. 옛날에는 다만 황폐한 언덕에 개울물이 어지러이 흐르는 곳일 따름이었고 아무도 살지 않았다. 반촌2 과는 성을 사이에 두고 안팎으로 나뉘어 있었는데, 명화적 무리가 이 땅을 소굴로 삼고는 때때로 성을 넘어와 반촌에서 노략질을 하곤 했다. 그러다가 오흥부원군 김한구가 어영대장으로 있을 때 특별히 어영둔창(御營屯倉)을 설치하고 들어와 살 백성들을 모집했다. 그리고 빨래 하기와 메주 만들기 두 가지 일을 나누어 주어서 먹고살게 해 주었다. 그래서 이때부터 사람이 살게 되었다.

이곳 사람들은 또한 복숭아나무를 심어 생업으로 삼았는데 심은 나무가 달마다 해마다 늘어나서 오늘날 수천 그루나 되기에 이르렀다. 도시 사람들은 상류계층이건 하류계층이건 간에 공적이고 사적인 용도 및 길흉사에 복숭아를 썼기 때문에 모두 여기서 복숭아를 사 갔다. 그러므로 여기 사는 사람들은 복숭아나무를 명줄로 여기며 온전히 보호하고 접을 붙여 더욱 더 많아지게 했다. 이리하여 1만 송이 꽃들이 에워싸 마침내 도시 사람들의 명승지가 된 것이다. 전하는 말에 따르면 꽃 시절도 참으로 지극히 아름답지만 늦여름에 복숭아가 익을 무렵이 되면 온 나무에 푸른 잎 사이로 둥근 열매가 주렁주렁 열린 모습 또한 몹시 보기 좋다고 한다.

저녁이 되려 하여 곧장 성 밖의 잔디 덮인 길을 따라 들어갔다. 짐짓 이런 말을 했다.

"노는 데도 품격이 있으니 맞추기가 쉽지 않아요. 일과 몸가짐의 체모가 형식에 맞지 않는다 해도 고상한 운치와 멋은 본디 절로 있는 것 아니겠어요."

2_ 반촌(泮村): 성균관에서 부리는 사람들이 주로 거주하던 동네로서 지금의 종로구 명륜동 일대다.

새로 만든 동쪽 연못을 거쳐 함께 경침의 버들을 보았다. 빙 돌아가서 석양루[3]를 보기로 했다. 커다란 석호수[4]를 지나 영파정(映波亭)에 올랐다. 녹음이 정자를 에워싸고 있어 전날 노닐 때보다 나았다. 이런 말을 했다.

"이런 정원이라면 비록 중국에 있어도 볼품없는 것으로 취급되지는 않을 겁니다."

쇄춘문(鎖春門) 밖의 층대(層臺)에 올라 석양루를 바라봤다. 이 누각은 연이어진 큰 저택 가운데 남쪽에 있던 2층 누각이었다. 지금의 동쪽 연못은 역적인 복창군(福昌君) 이정(李楨)과 복선군(福善君) 이남(李柟)의 옛 집터에 만든 것이라 한다. 아마도 조양루(朝陽樓)와 석양루 두 누각을 가까이 이어 놓고 왕실의 지친(至親)이 내려와 사는 바깥 별당으로 삼은 것이다. 이런 말을 했다.

"이런 집과 뜰을 만든 것은 순전히 궁궐 안에 신하가 상주하지 못하도록 하기 위해서였을 테죠. 자손이 번성하고 호화로운 가재도구가 갖춰졌을 당시엔 광휘가 가득했을 텐데. 얼마나 번화했을지 상상이 갑니다."

이때 집을 둘러싼 큰 배나무가 높고 넓게 가지를 벋어 나란히 서 있었는데 바람이 불자 꽃잎이 눈송이처럼 점점이 날리어 몹시 그윽하면서도 환한 느낌이 들었다. 시골 농장 같은 데 있는 조그만 집에서 꽃이 날리는 것과는 자못 다른 풍경이었다.

정자의 뒤를 돌아 나와 형과 함께 뜰로 들어갔다. 봄꽃은 이미

3_ 석양루(夕陽樓): 효종의 아우인 인평대군의 저택으로 종로구 이화동에 있었다. 위에 언급된 이정과 이남은 인평대군의 아들인데, 숙종 때 역모에 연루되어 죽임을 당했다. 이들이 분가해 살던 집터에 연못이 만들어졌다는 것은 역적에 대한 징벌의 차원에서 이루어진 일로 보인다.
4_ 석호수(石護樹): 바위 곁을 지키듯 에워싼 나무인 듯하다.

다 지고 모두 푸른 숲을 이루고 있었다. 팔각정의 남은 주춧돌 위에 잠깐 앉았다. 물이 말라 있어 옥청동(玉淸洞)에는 가지 않았다.

저녁에 돌아왔다.

성북동은 복숭아나무가 유독 많아 봄이면 만발한 복사꽃을 구경하러 온 사람들로 붐볐고 이 때문에 도화동(桃花洞)이라는 이름이 붙기도 했다. 유만주의 글에 따르면 이와 같은 성북동의 명성은 조선 후기에서야 이루어진 것으로서, 애초에 명화적이 소굴을 삼을 정도로 황폐한 골짜기였으나 정순왕후의 아버지인 김한구(金漢耉, 1723~1769)가 어영둔 창을 설치하고 주민을 모집한 것이 계기가 되어 엄청난 규모의 복숭아 과수원이 조성되었다 한다. 복사꽃 만발한 성북동 골짜기는 그저 유원지가 아니라 실은 부지런한 백성들의 생업의 터전이라는 점, 꽃 시절도 아름답지만 복숭아가 주렁주렁 열린 모습도 그에 못지않은 장관이었으며, 온 서울에서 다들 그 복숭아를 즐겨 먹었다는 점 등 성북동의 옛 모습과 관련하여 미처 생각지 못한 이야기를 전하고 있다.

청계천의 대보름

1786년 1월 15일

달이 떴다. 준주 형[1]이 부르기에 갔다. 함께 다리밟기를 하러 나갔다.

대광통교와 소광통교[2]를 지나 운종가[3]의 큰길을 향했다. 노니는 사람들이 잔뜩 모여 떠드는 소리가 와글와글했으니 참으로 태평성대인가보다. 꺾어 질러 동쪽으로 내려가니 큰길에 달빛이 환했다. 내키는 대로 거닐며 발길 닿는 대로 갔다. 이때 밤은 싸늘하고 달은 더욱 흰히 밝았다. 보름달 가까이엔 빛을 가리는 구름 한 조각 없었고, 다만 서북쪽 하늘 끝에 자그만 구름 몇 송이가 이어져 있을 뿐이었다. 별들은 또 몹시 환하게 반짝였으니 참으로 맑은 빛이었다. 게다가 길이 아주 환하고 바싹 말라 있어 진흙탕을 건널 걱정도 없었다. 그래서 노니는 사람들이 몹시 흥성거렸고 다들 기뻐하는 말을 한다. 통운교에서 다리밟기를 했으니, 속칭 철전다리라는 곳이다.[4]

1_ 준주(駿柱) 형: 유준주(兪駿柱, 1746~1793). 유만주의 6촌형이다. 유만주의 집이 있던 창동(倉洞) 인근의 낙동(駱洞)에 살며 가깝게 지냈다.

2_ 대광통교(大廣通橋)와 소광통교(小廣通橋): 모두 청계천에 놓였던 다리로서 정월대보름 풍속인 다리밟기의 명소였다. 대광통교는 지금의 광교 네거리에, 소광통교는 을지로 네거리에 있었다. 대광통교는 원래 흙다리였던 것을 1410년에 정릉(貞陵)의 석재를 가져와 재건한 이래 500년이 넘도록 그 자리를 지켜 왔다. 1958년에 청계천이 복개되며 그대로 파묻혀 있었는데, 최근 이 주변을 복원하면서 원래 자리보다 조금 상류에 다시 설치되어 빛을 보게 되었다.

3_ 운종가(雲從街): 지금의 종로2가 일대. 육의전 등 상가가 있었으며 서울에서 가장 붐비는 거리였다.

4_ 통운교(通雲橋)에서~곳이다: 통운교는 종로 네거리에 있던 다리인데, 그 근방에 철물점이 많아 철전다리라고도 했다.

배오개5- 어귀에서 꺾어 들어 남쪽으로 내려갔다. 주점에 들러 약간 마시고 또 꺾어 들어 서쪽으로 내려가서 영풍교6- 등 여러 다리를 지나갔다. 큰 도랑이 온통 얼어 있는 걸 봤다. 얼음에 달빛이 비치니 갑절로 밝았다.

방향을 돌려 준주 형이 다니는 곳에 따라가 조금 마셨다. 그림 병풍 두어 개가 있는데 그렇게 졸렬하진 않았다. 금빛 물감으로 신선을 그린 것인데 복식이 특이했고 원숭이와 사슴을 길들여 부리며 서슬이 퍼런 긴 검을 비스듬히 차고 있는 모습에 생동감이 넘쳤다. 모두 두 첩인데 열두 첩으로 늘려서 신선과 진인(眞人)의 영이로운 작용을 모두 그리되 검을 위주로 한다면 어떨까 생각했다. 시든 연꽃과 길게 벋은 국화 및 여러 꽃과 나무를 그린 심사정7-의 그림이 있었는데, 여기에는 어떤 양식이 있는 것 같다고 한다. 틀림없이 큰 상호필(霜毫筆: 새하얀 털로 만든 붓)을 썼을 것이다. 모두 여덟 첩인데 열 첩으로 늘려서 소나무, 귤나무, 연꽃, 대나무, 난초, 매화, 파초, 국화, 벽오동 등을 그리면 어떨까 생각했다. 농사짓고 베 짜는 걸 그린 풍속화 또한 여덟 첩인데, 열두 첩으로 늘려 우리나라의 일상적인 자잘한 풍속을 그리면 어떨까 생각해 봤다. 여기서 본 병풍의 그림들은 모두 생초(生綃: 삶지 않은 명주실로 얇게 짠 비단)에다 그린 것이고 자주색 테두리가 있었다.

소설 몇 가지를 가져다 봤다.

5_ 배오개: 종로4가 네거리에 있던 고개. 이현(梨峴)이라고도 한다.
6_ 영풍교(永豊橋): 지금의 세운상가 근처에 있던 다리.
7_ 심사정(沈師正): 1707~1769. 중국의 남종화를 조선풍으로 해석했다고 평가받는 화가이다. 김광수(金光遂), 이광사, 강세황 등과 교유했고, 동물과 곤충, 꽃과 나무, 풀 등을 잘 그렸다.

들으니 대보름날 등불을 켜는 일을 중국에서는 지금껏 하고 있다고 한다. 골목의 집들마다 등불을 주렁주렁 매달아 둘 뿐만 아니라 길거리를 오가며 노니는 사람마다 하나씩 등불을 들고 다니는데, 그 등불의 모양이 뭐라 말할 수 없을 정도로 다양하고 기이하고 아름답다는 것이다. 이를테면 한 자나 되는 물고기가 펄떡 뛰는 모양이나 오색의 꽃이 핀 모양의 등불이 길거리에 오락가락하니 몹시 번화하다고 한다. 이런 말을 했다.

"정월대보름 밤에 불을 켜는 것은 본디 중국에서 옛날부터 해오던 일이지요. 그렇지만 이날은 우리나라의 사월초파일 밤보단 못해요. 대체로 봄추위가 여전히 싸늘하긴 하지만 초파일쯤 되면 그래도 날이 풀려요. 게다가 정월대보름에는 달이 온통 밝지만 초파일에는 희미하게 밝은 편이지요. 달이 희미하게 밝으니까 환히 켠 등불이 오롯이 빛날 수 있고, 날이 풀리니까 노닐 적에 옷을 껴입고 움츠리지 않아도 되지요. 이날 등불을 켜는 게 비록 무슨 의의가 있는 것은 아니지만, 그래도 변두리 나라에서 늘상 하던 행사로서 본디 해로울 건 없죠, 뭐."

수표교에서 다리밟기를 하고 위아래에 언 얼음을 두루 바라봤다. 이때 노니는 이들이 간간이 오가긴 했지만 그렇게 혼잡하고 소란스럽지는 않았다. 탁 트여 맑고 상쾌한 기분에 추위를 견딜 수 있었다.

논의하자면 정월대보름에 다리밟기하기로는 함흥의 만세교[8]가 온 나라에서 제일 좋고, 서울 성안의 열두 다리는 원래 그보다 아랫

8_ 함흥(咸興)의 만세교(萬歲橋): 함흥 시내 성천강 위에 놓인 다리. 조선 시대에는 길이가 83m로 전국에서 가장 길었고 다리밟기의 명소였다.

길이다.

　　맑고 싸늘한 밤공기를 마시며 환한 달빛 속에 다리밟기를 하는 서울 사람들의 흥성
스러운 분위기가 잘 살아 있다. 정월대보름날 저녁 종이 울리고 나면, 수표교나 광통교 등
청계천의 다리 주변은 이렇게 몰려나온 인파로 북적이곤 했다. 다들 하는 세시풍속이라고
따라 나와 있으면서도 그 분위기에 동참하지 않고 외따로 떨어져 관망하거나 딴전을 피우
는 것 같은 유만주의 어정쩡한 시선도 재미있다.

세심정

1786년 4월 23일 흐리고 더웠다. 아침에 잠깐 비 뿌리다 곧 그치고 밤에 비가 내렸다.

어머니의 병환이 조금 나으셨다.

6촌동생 담주(聃柱)가 와서 같이 새 나귀를 타고 남쪽으로 나가 준주 형이 근무하는 선혜청 별고(別庫)에 갔다. 들으니 대동미 5천 곡1_ 가운데 남은 것은 불과 100여 곡이라 한다.

잠깐 지체하다가 와풍정(臥風亭)의 수헌(樹軒)에 올랐다. 뜰아 래에는 우거진 나무들이 푸르고 아름다웠다. 문득 예전에 봤던 〈상 림우렵도〉2_가 생각났다. 난간 밖으로 나뭇잎들이 지붕처럼 드리워 져 푸르게 햇빛을 가렸다. 문득 장공보3_가 소나무에 의지하여 누 각을 지은 일이 생각났다. 이윽고 내려와서 점심을 함께 먹었다.

약간 큰 배를 타고 강물을 거슬러 올라가다 방향을 바꾸어 읍 청루(把淸樓: 용산에 있던 누각)에 들렀다.

세심정에 올라 강물빛을 마주했다. 여기는 금성위(박명원)의 별 장이다. 청사암(淸斯菴)에 들어갔는데 벽에 걸린 시화(詩畵)가 대부 분 중국 것이다. 『연행음청기』 한두 책을 보았는데 모두 작은 글씨

1_ 곡(斛): 도량형의 단위. 열다섯 말 혹은 스무 말이다.
2_ 〈상림우렵도〉(上林羽獵圖): 상림(上林)에서 수렵하는 모습을 그린 그림. 상림은 중국 장안의 서
   쪽에 있던 대궐 안의 동산이다. 진시황이 처음 지었고 한무제가 증축했으며 진기한 동물과 화
   초가 많았다.
3_ 장공보(張功父): 남송 때 사람인 장자(張鎡). 자가 공보(功甫=功父)이며, 정원을 가꾸는 취미가
   있었다.

로 쓴 초고본이다. 또『열상화보』도 보았는데,『석농화원』⁴_의 계보를 따른 것이다. 옻칠한 칠현금(七絃琴) 하나와 양금(洋琴) 하나, 미남궁(米南宮: 미불)의 자작시 친필본 한 첩을 보았다. 일석(一石: 미상)과 주고받은 글이 있는데 역시 화지(華紙: 중국의 수제 종이)에 쓴 것이다.

세심정에서 내려와 다시 배를 타고 거슬러 올라 창랑정(滄浪亭)에 올랐다.

유한지(兪漢芝)를 만났다가 저녁에 돌아왔다.

생각하면 갑진년(1784)과 을사년(1785)에는 마음 내키는 대로 할 수 있었지만 결국에는 한 가지도 내놓은 일이 없다. 돌이켜보면 참으로 빈둥거렸다 하겠다.

세심정(洗心亭)은 마포에 있던 정자로서 박명원(朴明源, 1725~1790)의 별장이다. 그는 영조의 셋째 딸 화평옹주에게 장가들어 부마도위가 되었으며 장인의 사랑을 많이 받았다 한다. 한국문학사에서 박명원은 1780년 사은사(謝恩使)로 청나라에 파견되어 갈 때 8촌 동생인 박지원을 데리고 간 일로 유명하다. 이 여행을 계기로 박지원이『열하일기』라는 걸출한 작품을 남길 수 있었기 때문이다. 위의 글에 언급된『연행음청기』(燕行陰晴記)는 바로『열하일기』의 초고본이고,『열상화보』(洌上畫譜)는『열하일기』에 수록된 글 중 하나이다. 이에 앞서 1784년 7월에 유만주는 박지원과 그의 벗들이 세심정에서 변설(辨說)을 펼치고 구라철사금(歐邏鐵絲琴)을 연주하며 풍류 넘치는 피서를 했다는 이야기를 전해 들었다고 했다. 구라철사금이란 하프의 일종인데 다른 말로 양금이라 한다. 요컨대 세심정에는 박지원이 연주하던 악기가 그의『열하일기』원고와 함께 보관되어 있었던 듯하며, 유만주는 이곳에서 자신의 동시대 작가 박지원의 흔적을 확인하고 있다.

4_『석농화원』(石農畫苑): 석농 김광국(金光國, 1727~1797)이 국내외의 그림을 수집하여 엮은 화첩. 유만주의 아버지인 유한준이 책의 발문(跋文)을 썼다.

문효세자 발인

1786년 윤7월 18일

어머니가 편찮으시다. 아침에 갑자기 몹시 고통스러워 하셨다. 계묘년(1783) 9월의 일기에 적어 둔 노강양위탕(露薑養胃湯)의 제조 방법을 찾아서 약을 한 첩 만들었다. 생강 10냥을 명동의 약국에서 가져왔다.

저녁에 아버지를 모시고 남쪽 청파동에 나갔다. 나랏일을 구경하려는 자들이 길을 가득 메워 몹시 분잡했다. 나라에서 설치해 둔 천막 아래 수(脩: 유만주의 지인)와 함께 앉아 이런 말을 했다.

"우리나라 인구 700만 중에 생기(生氣)가 있는 자는 얼마 안 된다. 백이면 백 졸렬하고 천이면 천 범용하다."

"백만 병사를 손발을 놀리듯 맘대로 부리는 것은 본디 남자로서 할 만한 일이지만 괴로운 점도 있다. 그러니 고요히 앉아 책 보는 즐거움만 못하다고 하는 게 당연하다."

달이 떠서 환하더니 금세 달무리가 졌다. 면천(沔川)에서 만든 술을 맛보며 남아서 기다리다가 축각(丑刻: 새벽 2시)에 마을 어귀로 나와 곡을 하여 상여를 전송했다. 명정(銘旌)에는 '문효세자재실'(文孝世子梓室) 여섯 글자가 씌어 있었다. 오색 비단 등불의 수는 이루 헤아릴 수도 없었다. 게다가 등불을 걸어 둔 장대는 모두 대나무였다. 아래위로 초록색 비단은 없었으니, 다 순수한 색깔[1]로 되

1_ 순수한 색깔: 흰색이나 검정, 잿빛이 섞이지 않은 색을 말한다.

어 있었다. 이것이 새로운 의식(儀式) 제도라는 말을 들은 적이 있다. 사민(士民)들이 마련한 깃발들 역시 경쟁하듯 크고 높다랗게 만든 것이었는데 어떤 것은 금빛 물감으로 '모전총독기'(某廛總督旗)라 적혀 있었다. 여럿이 뒤섞인 채 앞으로 나아갔다. 이윽고 어가(御駕)가 나가는 걸 우러러보고 날이 밝을 무렵 돌아 들어왔다.

문효세자는 정조의 첫아들로서 의빈 성씨(宜嬪成氏, 1753~1786)에게서 태어났다. 그는 1782년 9월에 나서 1784년에 왕세자로 책봉되었다가 1786년 5월 11일에 홍역으로 요절했다. 위의 글은 청파동 근처의 효창원(孝昌園: 지금의 효창공원)에 이 어린이의 시신을 안장하기 위해 운구하던 당시를 포착한 것이다.

성균관 근방

1787년 2월 21일 구름이 끼고 흐렸다. 오후께 빗방울이 날리더니 곧 그쳤다. 저녁 무렵 또 바람이 일어 거세게 불었다. 초저녁에 비가 약간 뿌렸다.

송나라 사람의 변려문과 당나라 사람의 전기(傳奇) 등 꼭 고문(古文)이라 할 수 없는 글들을 한 책으로 엮어 '고문역가절'(古文亦可絶: 고문 역시 끊어질 수 있다)이라고 제목을 붙일 생각을 했다.

일찍 동궐 쪽으로 들어가 벽송정[1]에 올랐다. 이재학(李在學)이 중춘(仲春)의 획시[2]를 주관했다. 과제는 '태평의 사람은 어질다'[3]로 시를 짓는 것이었다. '장'(壯)을 운자(韻字)로 썼다. 이 과제는 정부(政府)의 신령(新令: 새로운 법령이나 방침)이라 한다.

다시 벽송정에서 방향을 바꾸어 높은 데로 올라갔다. 포동(浦洞: 종로구 명륜동)의 정원을 바라보니 꽃나무 한 그루가 유독 만개한 꽃송이로 가득했다. 흰 기운이 도는 분홍색인 걸 보니 살구꽃인 듯싶다. 산빛은 환하게 탁 트여 있고 겹겹의 기와지붕은 정결히 흐르는 듯했으니 끝내 남촌이 미칠 수 있는 바가 아니다. 언덕 골짜기의 움푹 들어간 곳에도 초가집들이 붙어 있는데, 반촌 사람 중 가

1_ 벽송정(碧松亭): 성균관 북쪽에 있던 정자. 정자 주변에 소나무가 울창했다 한다.

2_ 획시(畵試): 성균관에서 실시하던 시험의 일종이다.

3_ 태평의 사람은 어질다: '태평한 나라인 조선의 사람들은 어질다'는 뜻에서 낸 시험 문제가 아닌가 한다. 중국 고대의 사전인 『이아』(爾雅)에 나온, "동쪽으로 해 뜨는 곳에 이르면 태평이라는 곳이 있는데, 태평의 사람은 어질다"라는 구절에서 유래한다. 여기서의 '태평'을 동이족의 나라로 보고, 이 구절을 과거 중국인의 긍정적인 조선관을 담고 있는 것으로 간주한 경우가 종종 보인다.

난한 이들이 사는 곳이리라.

고요히 솔바람 소리를 들었다. 이 어찌 인간 세상의 관현악으로 흉내낼 수 있는 것이랴. 얻거나 잃는 데 얽매여 꿈에서 깨지 못하며, 슬퍼하고 기뻐하고 괴로워하고 즐거워하는 것은 비록 작디작은 초가집에 사는 사람에게도 저마다 있는 일이다. 인생이라는 게 그저 우습다.

계성사(啓聖祠)에서 돌아내려가다 갑자기 임이주4_를 보고는 숨어 버렸다. 비천당(丕闡堂)에 가서 빈 뜰의 푸른 잡초들을 보았다. 그저 빈터를 따라 걸어가 다시 포동 정원의 꽃들을 보다가 마침내 광례교(廣禮橋)를 돌아보고 경모궁 밖에 새로 만든 연못을 보았다. 연못물이 가득 차 있고 수양버들을 사방에 둘러 심어 놓았다. 연못 안의 섬에는 제철의 조그만 꽃나무가 혼자서 붉은 꽃송이를 달고 있었다. 발걸음으로 연못의 면적을 재어 보았더니 100보가 채 못 된다. 역시 매우 좁다. 가면서 버들빛을 보았다.

날이 저물어 석양루의 정원을 향했다. 영파정에 오르니 창문과 난간이 무너지고 부서진 정도가 작년에 왔을 때보다 더욱 심했다. 다시 하늘이 흐리고 비가 오려 했다. 나와서 임이주와 마주쳤다. 결국은 함께 조양루 밖으로 가서 동쪽 연못을 돌아보았다. 그 연못의 크기는 경모궁 밖 새 연못의 배나 된다.

다 저물어서 돌아왔다. 들으니 여종 진이의 증세는 귀신과 관련된 것이라고 한다.

4_ 임이주(任履周): 1761~1808. 유만주의 교유 인물. 『잡기고담』(雜記古談)이라는 야담집을 쓴 임매 (任邁, 1711~1779)의 양자다.

동촌(東村)의 꽃은 지금 며칠이 한창때다. 그러나 남촌(南村)의 꽃 소식은 아직 아득하다.

이보다 1년쯤 앞서 성균관 주변을 하릴없이 배회하던 유만주가 봄꽃을 꽂은 부랑배에게 말을 거는 모습을 본 적이 있다. 만년 거자(擧子)였던 그에게 이곳은 생각하는 것만으로도 열패감을 자아내는 장소였을 터이다. 정부에서 내렸다는 '태평의 사람은 어질다'라는 시험 문제를 대하고 그는 어떤 기분이 들었을까? 내 나라와 시대가 정말 태평한가? 이 문제는 나 같은 어질지 못한 불평분자를 조롱하려는 것인가? 그 모든 것에도 불구하고 운을 맞춰 답안을 쓰고 나오는 나는 뭔가? 이런 일련의 의문과 자괴감이 맞물리던 시점에, 자기보다 어리고 똑똑한 친구 임이주가 눈에 띄니 스스로 숨고 싶었을 것도 같다. 오랫동안 마음의 위안이 되어 주던 비밀의 정원 석양루를 찾아갔는데 이곳도 황폐해져 가는 중이다. 우리 동네인 남촌과 달리 동촌은 풍광도 아름답고 기와집들도 깨끗하고 심지어 꽃들도 먼저 활짝 피어 있다. 딴 동네 사람인 나는 아무래도 이곳에 어울리지 않는 것 같다.

삼청동

1786년 8월 22일 맑고 환했다.

이홍 형에게 편지를 써서 삼청동에 같이 놀러 가자고 했더니 햇볕이 내리쬐는 지금 말고 밤에 조용할 때나 가자고 답을 한다. 6촌 동생 담주가 왔기에 같이 삼청동에 가자고 했더니 도보로는 싫다 한다. 나중에 도봉산의 가을 경치나 보러 가기로 했다.

김상집이 영남 관찰사가 되었다는 말을 들었다.[1]

성근[2]과 구환까지 데리고 산 아래의 고종형[3] 집에 가 봤더니 아침을 거르고 있다. 그래서 또 같이 가기로 했다. 회동(會洞: 회현동) 언덕배기를 따라 내려와서 지름길을 따라 북쪽으로 향하며 이런 말을 했다.

"서울 중촌(中村: 중부의 마을)의 집들 중에는 대단한 부잣집들이 많아서 진귀한 보물을 집집마다 채워 두고 있다 합니다. 그런 건 사대부 벼슬아치가 한때 세력을 얻어 모은 재물과는 비교가 안 되겠지요."

더럽고 냄새나는 곳을 빙 돌아 지나서 주점에 들어갔다가 '삼청동문'(三淸洞門) 네 글자를 크게 새겨 둔 곳에 이르렀다. 예전에 붉

1_ 김상집(金尙集)이~들었다: 『조선왕조실록』 1786년 8월 21일 조에 김상집을 경상도 관찰사로 삼았다는 내용이 보인다.

2_ 성근(成近): 유만주가 아버지의 부임지인 경상도 군위에 내려가 지낼 때 만난 그 지역 청년. 유만주보다 대여섯 살 어렸다. 그는 과거 시험을 보러 서울에 올라오면 유만주의 집에 종종 유숙하며 도움을 받았다.

3_ 산 아래의 고종형: 김이홍의 맏형인 김이중(金履中)을 가리킨다.

은 물감으로 글씨를 채워 둔 것이 이제는 다 마멸되어 벗겨졌다. 버드나무 가의 바위에 잠깐 앉았다 일어나 개울을 건너 큰 바위의 꼭대기에 올랐다. 여기가 삼청동 입구의 바위이다.

소나무 그늘에 앉아 이홍 형을 기다리며 바라보니 건물과 단풍나무숲이 드문드문 이어져 있고 솔바람 소리가 물결쳐 가을 풍경이 삽상하다. 처음 와 보니 이국의 낯선 지방을 구경하는 것 같아 더욱 새롭게 보인다는 이야기를 했다. 낙엽이 분분히 지는데, 모두 누렇게 변한 솔잎이다.

얼마 있자니 이홍 형이 왔다. 그래서 성근과 함께 바위 꼭대기에서 내려와서 다 같이 백련봉4-을 향했다. 길에서 역적이 살던 빈터를 가리켜 보고 혜문(惠門)을 지나 마침내 큰 관아 건물 같은 곳으로 들어갔다가 이내 읍청정(挹淸亭)에 올랐다. 거기 있는 방에는 응청각(凝淸閣)이라는 편액이 걸려 있었다. 읍청정은 계곡을 마주보고 우뚝 솟았는데, 연못물이 난간 가장자리를 휘돌아가도록 지어 놓았으니, 그 차지하고 있는 형세가 깊숙하고 안온하다. 나무숲이 무성하게 우거지고 사이사이 붉은 잎이 섞여 있다. 난간에 기대 먼데를 바라보며 이렇게 말했다.

"소나무와 바위를 정자와 누대의 주변에 잘 배치하면, 본성을 도야하고 울적한 마음을 풀어 내며 눈과 귀를 맑게 트이게 하는 데 도움이 되니, 하찮게 여길 수 없어요."

이곳을 보니 잘 자리 잡혀 정돈되어 있다는 생각에 흐뭇해졌다. 계곡의 바위에는 '태을암'(太乙岩) 세 글자를 새겨 놓았는데 필체가

4_ 백련봉(白蓮峰): 삼청동 근방의 바위 봉우리 이름이다.

갑갑해서 싫었다. 읍청정 뒤의 작은 언덕에 올라가 앉았다. 부드러운 잔디가 덮여 있고 연못물이 가득 일렁이며 빛을 반사했다. 또 이렇게 말했다.

"사방으로 산이 에워싸고 있는 게 좋지요."

조금 머물러 있다가 나와서 백련봉 쪽을 바라보다가 방향을 돌려 푸른 언덕에 올랐다. 동산의 문으로 태을선허(太乙仙墟)에 들어가니 조용하여 아무도 보이지 않고 깨끗이 쓸어 놓은 작은 마루는 앉을 만했다. 구부러진 난간을 돌아가니 '송운'(松雲)이라는 편액이 또 걸려 있다. 처마 끝에 단풍나무와 소나무가 엇갈려 드리우니 풍경이 몹시도 그윽하고 깨끗했다. 산에는 붉게 물든 담쟁이덩굴이 벋어 있어, 그 빛이 사람에게 훅 끼쳐 온다. 앞에는 또 오래된 오동나무가 한 그루 있는데 제법 크다. 여기저기 배회하며 완상하는데 갑자기 집주인인 듯싶은 아주 어리고 멍청한 아이가 언뜻 보이더니 휙 숨어 버린다. 여기가 누구의 집인지 결국 알지 못했다.

나와서 영월암(影月岩)을 향했다. 바위 위에 흩어져 앉아 있노라니 사방을 에워싼 산빛이 티 없이 밝고 환하며 푸른 언덕의 짙푸른 소나무들은 그윽하고 아늑했다. 산중에 촌가(村家) 열 여남은 채가 있어 더욱 그윽한 느낌이 들었다. 백련봉이라는 곳은 이 동산 뒤로 조금 높이 있는 봉우리인가 싶은데, 고옥단(古玉壇)은 어디인지 알 수가 없다. 이런 이야기를 했다.

"주희(朱熹)와 그의 벗 장식(張栻)이 형산5-을 노닌 일은 대단히 격조 있는 유람이었습니다. 게다가 노닌 때가 11월로 얼음 얼고 눈

5_ 형산(衡山): 중국 호남성(湖南省)에 있는 명산이다. 중국 오악(五嶽) 가운데 하나로 꼽히며 남악(南嶽)이라고도 한다.

내리는 싸늘한 계절이었으니 더욱 멋졌겠지요. 다만 흐드러지게 먹고 마시며 즐기기에는 좀 부족했으리라 짐작됩니다."

"대체로 산수유람을 하며 반드시 먹고 마시고 흐드러지게 즐기는 건 부귀하고 어리석은 자들이 늘상 하는 일이지요. 하지만 그런 일은 격조에 맞지 않습니다. 주희와 장식은 형산에서 그저 싸구려 술과 거친 밥에 자족하며 노닐었을 뿐이겠지요. 그런데도 주희와 장식의 옛일은 마침내 고금을 통틀어 가장 멋진 유람으로 기억되게 되었습니다. 그렇다면 나중에 유람하는 이들은 어떤 걸 택할지 알 만하지요."

"도성 북쪽의 풍경은 남쪽보다 훨씬 멋집니다. 남쪽은 조잡한데 북쪽은 정밀하고, 북쪽은 환한데 남쪽은 침침하지요. 그나마 남쪽 풍경이 좋은 건, 서울 전체를 훤히 볼 수 있다는 데 있어요. 비록 먼 데까지 올라가지 않아도 서울이 금세 눈에 들어오니 이래서 절로 시원하고 툭 트인 느낌이지요. 그래도 본래의 모습이 맑고 깊으며 아늑한 것은 남쪽이 북쪽을 당할 수 없지요."

이때 하늘 북쪽에 구름이 잔뜩 몰려들어 비가 올 것 같았다. 바위에서 내려와 태을선허의 바깥 담장을 얼른 지나 서편의 푸른 언덕을 따라가다가 큰 골짜기를 마주쳤는데, 푸른 나무들이 잔뜩 우거진 사이로 붉고 누런 잎들이 난만히 뒤섞여 있어 또 하나의 그윽한 풍경이었다. 바라보니 단풍나무 한 그루가 붉은 잎 가득 햇빛을 받아 갑절이나 빛을 내고 있으니 몹시도 아름다웠다. 서로 "멋지다!"고 소리치며 나무를 찬미하느라 떠날 마음이 들지 않았다. 계곡물이 땅을 가로질러 꺾어 들며 나오더니 굽이치며 깊고 넓게 흘러 긴 풀숲을 덮는다. 마치 큰 비가 내려 끊임없이 세차게 흐르는 것 같아 유난히 보기 좋았다. 골짜기를 따라 내려오다가 계곡 주변에 촌가 두엇이 자리 잡고 있는 걸 바라보았다. 어떤 집에는 파초를 심고 국화를 가꾸어 놓았는데 그 주인이 대략 운치가 있는 사람인가 보다.

주점 두 군데를 들러 허기를 메우느라 도합 10푼을 썼다.

오늘은 날을 참 잘 골랐다. 어젯밤에 비가 조금 내려서 먼지도 일어나지 않았고 낮의 더위도 심하지 않았을 뿐더러 개울물도 메마르지 않았고 산색(山色)이 더욱 깨끗했고 가을날이 시원했고 오고 가는 길도 조용했다. 정말 얻기 어려운 날이었다.

가난한 유만주와 더 가난한 그의 지인 여럿이서 삼청동으로 가을 소풍을 갔다. 허름한 주점에서 열 푼짜리 요기를 했지만, 돈으로 살 수 없는 가을날의 맑은 날씨와 고운 단풍은 이 주머니 가벼운 일행의 마음을 흐뭇이 빛나게 했다. 주희와 그의 벗이 눈 쌓인 남악을 노닌 일이 가장 멋진 여행으로 기억되는 것도 쓸쓸할 정도로 깨끗하고 고상한 정취 때문이지 물질적인 풍요 때문은 아니었다.

'삼청동문'이라 새겨진 삼청동 입구 바위는 현재 개인 주택 뒤쪽 축대의 일부처럼 되어서 아직 남아 있고, 그 글씨도 지붕 위로 간신히 보인다. 그 외 고옥단이라든가 태을암, 영월암 같은 이름들은 지금으로서는 찾기 어렵다. 그렇지만 유만주가 '오늘은 날을 참 잘 골랐다'고 하며 거듭 만족스러워했던 그런 맑은 가을날은 지금도 삼청동에 돌아오지 않을까 싶다.

남산에서 본 서울

1780년 7월 3일 장마가 지고 더웠다. 느지막이 잠깐 갰다.

명나라 시인의 시를 읽었다.

들으니 흙다리[1]에서 강씨(姜氏) 성의 어떤 선비가 도랑물에 휩쓸려 죽었다고 한다.

저녁에 남산에 올랐다. 풀과 나무는 초록빛으로 우거졌고 바위 사이로 흐르는 냇물은 씻은 듯 깨끗하다. 돌아서 상선대[2]에 올라 불어난 강물을 바라보니 물은 당고개[3] 밖까지 다가와 있었다. 나는 같이 있던 사람에게 말했다.

"나는 물과 바위를 보고 있노라면 기분이 좋아지곤 해. 물은 흐르는 것이라면 뭐든지 좋고, 바위는 우뚝 솟은 것이라면 뭐든지 좋아. 물과 바위를 감상한답시고 골짜기 하나를 독차지하거나 정원 하나를 점유할 필요는 없지. 내가 마주친 아름다운 곳들을 그대로 내 것으로 여기면 되니까. 그런데 이 남산은 내 집과 1리도 떨어져 있지 않은데도 몇 달 만에 처음 한 번 올라왔네. 동쪽의 조계[4]와 북쪽의 탕춘대[5]도 무척 마음이 끌리는 곳이지만 아직

1_ 흙다리: 서대문구 합동 16번지 서소문공원 북쪽 입구 쪽에 있던 다리. 나무로 다리를 놓고 흙을 덮어 두어 이렇게 불렀다. '이교'(圯橋) 혹은 '헌다리'라고도 불렀다.

2_ 상선대(上仙臺): 남산의 한 구역인데, 활쏘기 등 무예를 연마하는 장소였다. 지금 남산 분수대가 있는 자리다.

3_ 당고개: 용산구 신계동에 있던 고개다.

4_ 조계(曹溪): 북한산성 대동문(大同門: 강북구 수유동 소재) 근방의 석가령(釋迦嶺) 동쪽 계곡이다.

5_ 탕춘대(蕩春臺): 종로구 신영동 136번지에 있던 돈대. 원래 이 근방 계곡의 경치가 아름다워 연회 장소로 삼기 위해 연산군이 세웠다 한다.

한 번도 못 가 봤는데, 하물며 조금 먼 곳은 어떻겠는가. 중국 사람들이 천 리 길을 반걸음처럼 여긴 데 비한다면 역시 얽매인 처지에 있다 하겠지."

1780년 10월 10일 낮에 가끔 흐리고 비가 뿌렸다.

세상 사람들은 작게는 사소한 이익을 계산하고 크게는 공신(功臣)의 지위를 경쟁한다. 옷 입고 모자 쓰고 신끈까지 맨 흙 인형처럼 볼품없는 몰골로, 유가(儒家)인지 묵가(墨家)인지 시비를 가리느라 쩨쩨하게 필설을 놀린다. 쌀뒤주와 소금 항아리 앞에서 자질구레하게 굴고 경조사에 가서 술상과 밥상을 대하며 조급하게 구느라 뜨거운 솥뚜껑 위의 개미와 같이 한시도 쉴 때가 없다. 마음이 휑뎅그렁하니 텅 비어 세상일을 쭉정이로 간주하는 이가 이런 사람들을 본다면 역시 정말 중요한 일이 무엇인지 살피지 못하고 있다 여길 것이다.

난동에서 문익공[6]의 장서 목록(藏書目錄)과 금석첩(金石帖)을 보았다.

남산 길을 걷다가 바위 위에서 쉬었다. 하늘은 아름답고 맑았으며 단풍잎은 소리를 내며 어지러이 날렸다. 초가집 두셋이 해질녘 산언덕 아래에 흩어져 있으니 완연히 시골 풍경이다. 돌아서 북쪽을 조망하니 춤추듯 솟은 산봉우리 아래 겹겹이 늘어선 집들이 밥 짓는 연기에 에워싸여 있는데, 참으로 활기에 넘쳐 북적이는 느낌이다. 잘 정돈된 모습이 흡족했다.

6_ 문익공(文翼公): 유척기(兪拓基, 1691~1767). '문익'은 시호. 노론 중의 온건파에 속한 관료문인으로 금석학의 권위자였다. 유만주의 종형제인 유춘주가 그의 장손으로 난동에 살았다.

1786년 8월 6일

남산에 올라 가을의 풍경을 보았다. 소나무 아래 잠깐 앉았다. 사람이 살면서 듣는 소리 가운데, 솔바람 소리처럼 좋은 것도 없다. 사람의 정신과 감각을 시원하게 하며 뜨거운 욕망을 녹여 없애기 때문이다. 도홍경이 자기 정원에다 소나무를 두루 심어 끝없이 그 소리를 들은 것7_도 그럴 만한 이유가 있다. '1만 골짝의 솔바람'이라고 집의 이름을 붙이는 것도 제왕의 고상한 운치일 것이다.8_

돌아서 잠석두9_에 올라갔다. 궁궐을 보니 하얗게 단장하여 휘황하게 빛이 난다. 창경궁 통명전(通明殿)의 푸르게 빛나는 기와 색깔이 더 파래진 것 같다. 아마도 새로 덮었나 보다. 명설루10_도 새로 개비를 했는데 역시 얼마 안 있어 사신을 맞이할 모양이다. 서울 사대문 안의 1만 집에서 다듬이 소리가 한꺼번에 어지러이 일어난다.

동행자와 함께 올라가 예전 살던 명동 집 계화(界畵) 정원을 바라보니 푸른 텃밭이 눈에 띄게 휑했다. 이때 바람이 몹시 불기에 우회하여 잠석두 머리께로 올라갔다. 바야흐로 제사 지낼 준비를 하고 있으며, 길 한쪽에는 목멱산의 새로 지은 사당을 또 정비하고 있다. 마루에서 쉬고 있는데, 종소리와 경쇠소리와 떠드는 소리가 들

7_ 도홍경(陶弘景)이~들은 것: 도홍경은 중국 남조 양(梁)나라의 학자. 『남사』(南史)의 「도홍경전」 (陶弘景傳)에 그가 솔바람 소리를 좋아하여 정원에 소나무를 가득 심어 놓았다는 이야기가 나온다.

8_ 1만~것이다: 강희제(康熙帝)가 솔바람 소리를 사랑하는 뜻을 전각의 이름에 부친 것이 운치 있다는 말이다. '1만 골짝의 솔바람'의 원문은 '만학송풍'(萬壑松風)인데 이것은 강희제가 피서산장 (避暑山莊) 36개의 전각(殿閣)에 붙인 이름 중 하나이다.

9_ 잠석두(蠶石頭): 잠두봉(蠶頭峰). 남산 서쪽 등성이의 바위 봉우리인데, 도성을 조망하기에 좋은 곳이었다.

10_ 명설루(明雪樓): 서울 중구 소공동 조선호텔 자리에 있던 남별궁(南別宮) 내부의 한 건물. 남별궁은 중국 사신의 숙소로 쓰였다.

려 왔다. 이런 얘기를 했다.

"이 세상에 생겨났다 사라지는 사람이란, 참으로 벌거벗은 벌레야. 요 손가락 위의 푸른 벌레. 아침마다 풀에서 생겨나는 이것들과 뭐가 다르겠어. 세상에서 인간들이 하는 일이란 모두 벌거벗은 벌레의 교묘한 짓거리지. 저 즐비한 누대와 흐르듯 펼쳐진 기와집들도 금세 일어났다가는 어느덧 사라지고 말아. 아주 끝도 없이."

봉수대에 들러 뚝섬을 굽어보았다. 강물빛이 몹시 푸르러 마치 바로 눈앞에 마주하는 것 같았다. 이런 말을 했다.

"수락산이나 삼각산, 불암산, 관악산 같은 서울 근교의 여러 산들을 두루 구경한다면 금강산을 노니는 것보다 못할 게 없을 걸."

노란 해바라기 두 송이가 핀 것을 보고 내려와 큰 나무를 마주하고 섰다.

들으니 불씨(佛氏)의 무리가 사찰을 짓느라 둥치가 여러 아름이고 그늘이 몹시 넓은 천년 묵은 나무를 수십 수백 그루나 베었는데도 결국 아무런 재앙도 입지 않았다고 한다. 이는 과연 무슨 이치를 따른 것일까? 부처의 영이(靈異)함이 보통을 훨씬 넘는지라 일반 귀신들로서는 거기에 저항할 수 없어서였을까. 이렇게 본들 부처 또한 심상치 않은 한 마리 벌거벗은 벌레일 뿐이다.

이때 햇빛은 맑고 환하여 조금도 구름에 가려지지 않았으니 참으로 가을 놀이에 어울리는 날이었지만 단풍은 아직 이른 것 같았다. 다시 돌아와 소나무 아래에 앉았는데 푸른 잔디가 마치 새로 짠 옷감마냥 빳빳하게 나 있어 사랑스러웠다. 저녁이 다 되어 돌아왔다.

1787년 2월 26일 오후에 또 바람이 불었다.

아침에 소보(小報)를 보니 이재협과 지헌(止軒) 조부가 각각 좌

의정과 우의정이 되었다.[11]

제사 비용 1천 푼을 내려보냈다.

아침 햇빛에 혼자 성 언덕으로 올라 눈 닿는 대로 꽃을 보았다. 아침 햇빛은 세 가지로 맘에 든다. 조금 시간이 지나 한낮이 되면 열기가 느껴져서 싫으니 청신하고 투명한 아침 햇빛이 더 좋다. 조금 시간이 지나면 바람이 불어서 싫으니 온화하고 고요한 아침 햇빛이 더 좋다. 조금 시간이 지나면 시끄러워서 싫으니 한적한 아침 햇빛이 더 좋다. 남촌의 꽃은 참으로 절정을 앞두고 있다. 양지바른 언덕에서 백거이(白居易)의 시를 읊조렸다.

눈길 닿는 대로 청산을 보고
흰머리 돋아도 내버려둔다.
모르겠네, 천지 가운데
또 몇 년이나 살아 있을지.

그냥 산 아래 이중 형의 집에 내려갔다. 마침 저본[12]을 보았더니 전임 우의정 조경(趙璥)은 파면되어 쫓겨났고, 판중추부사(判中樞府事) 황경원(黃景源)은 어제 별세했으며, 이명식(李命植)은 관서(關西) 안찰사가 되었다고 한다. 다시 성 언덕을 따라 돌아왔다.

도대체가 무료하고 불평스러운 소리다. 과연 아무런 귀결이 없

11_ 이재협(李在協)과~되었다: 『조선왕조실록』 1787년 2월 25일 조에 "이재협을 의정부 좌의정으로, 유언호를 우의정으로 삼았다"는 기사가 보인다. 유언호의 호는 칙지헌(則止軒)인데 그는 유만주에게 족조(族祖)가 된다. '지헌 조부'라 한 것은 그 때문이다.

12_ 저본(邸本): 저보(邸報). 서울과 지방 사이의 연락 기관인 경저(京邸)에서 각 고을에 소식을 전하는 문서인데, 오늘날의 신문과 비슷한 구실을 했다.

다. 이렇게 시간을 보내기도 참으로 힘들다.

　　유만주는 길지 않은 삶의 대부분을 남촌에서 보냈다. 개울과 나무의 풍경이 아름다운 동촌이나 으리으리한 집들이 즐비한 북촌과 비교하면 초라해 보일 때도 있지만 남산이 있어 아늑한 자기 동네를 그는 사랑했다. 남산의 어느 언덕에 홀로 앉아 그저 아침 햇빛 비치는 데 만족하며 '내가 이 세상에 몇 년이나 더 살아 있을지 모르겠다'고 읊조리던 그 순간은 유만주의 마지막 봄이었다. 그는 이듬해 봄을 볼 수 없었다.

서울의 길거리에서

1784년 10월 19일 춥고 가끔 흐렸다.

길에서, 시골 노파가 길을 닦고 길가의 가옥을 정비하는 부역에 동원되어 괴로워하는 말을 하는 걸 들었다. 노파는 이렇게 말했다.

"양반은 부처님이라면서, 어째서 사람들의 사정을 잘 헤아리지 못한대요?"

나는 길을 가다가 자꾸만 그 말이 떠올라 혼자 이런 생각을 했다.

'양반이란 이름이 붙은 자로서, 이 말을 들으니 부끄러운 점이 참으로 많다. 양반이라는 자들이 정말 부처와 같다면 백성들은 언제나 편안할 것이며, 나라는 어느 시대건 잘 다스려질 것이다. 그런데 양반은 부처처럼 되지 못하고 탐욕과 성냄과 어리석음이라는 세 가지 악덕만 번갈아 일으키고 있다. 그러니 저마다 제 소명을 감당하지 못하고 업장(業障: 악업으로 인한 장애)을 거듭 쌓게 되어 연달아 역적질을 하는 지경까지 이르는 것이다. 나는 온 나라의 양반이 노파의 그 한마디를 저버리지 않기를 바란다. 이 점이 가장 중요하다.'

1786년 8월 26일 맑고 환했다.

동쪽으로 나가 보니 막 길거리를 정비하고 있었다. 서쪽에는 집집마다 그림 칸막이며 그림 족자를 설치해 두었는데, 모두 100여 축의 그림을 봤고 그 중에는 간간이 좋은 그림도 있었다.

목소¹를 거쳐 동쪽 성문을 나와서 오른쪽으로 돌아보니 푸른 밭이 한눈에 들어와 몹시 상쾌했다. 우리 동네의 왼쪽에 있는 언덕

에 붉은 꽃 핀 나무가 드문드문 있는 모습보다 되레 나아 보였다. 인
명원을 지나며 화소[2] 안쪽을 보니, 우거진 수풀 사이로 단풍나무
가 드문드문 이어져 있는 모습이 완상할 만했다.

구불구불 밭두렁길을 돌아들어 청량리 교외 임노의 집으로 향
했다. 그 집 종 복(福)이가 목화밭에서 목화송이를 따고 있는 걸 봤
다. 들어가서 들으니 그 전날에 요절한 아이의 무덤을 옮기고 돌아
와서 그 이튿날 새벽에 어머니 제사를 지냈다고 한다.

나는 오늘 뭔가 느낀 게 있다. 길에서 허연 구레나룻을 기른 어
떤 사람이 어린애가 차고 있던 기이한 꽃 모양의 옥판[3] 한 쌍을 불
쑥 가져다가 억지로 꿰어 다는 걸 보았다. 정말 대단히 가소로웠다.

우리나라에서 금관자와 옥관자[4]는 관료의 위계를 나타내기 위
한 표지이다. 그런데 이름도 없는 장수 노인이라든가 납속[5]을 한
자, 호랑이나 도적을 잡은 자 등에 이르기까지 조금이라도 관련될
만한 건덕지가 있기만 하면 죄다 시속(時俗)의 이른바 당가선[6]이라
는 것을 부여한다. 이에 중인과 서얼 무뢰배는 물론 천인(賤人)에 이
르기까지 옥관자나 금관자 없는 이가 없게 된 것이고, 금관자와 옥

1_ 목소(木所): 지인의 거처인 듯하나 미상이다.
2_ 화소(火巢): 산불을 막기 위해 능원의 울타리 밖에 있는 나무나 풀을 불살라 버린 곳을 말한다.
3_ 기이한 꽃 모양의 옥판(玉板): 옥을 꽃 모양으로 깎고 관자 비슷하게 만든 장신구인 듯하다.
4_ 금관자와 옥관자: 관자(貫子)란, 망건의 좌우에 달아 당줄을 꿰는 작은 고리로, 주로 금이나 옥
　으로 만들었다. 금관자는 정2품, 옥관자는 정3품의 벼슬아치가 패용하도록 되어 있었다.
5_ 납속(納粟): 나라에 쌀을 바치고 거기 해당하는 상을 받는 일.
6_ 당가선(堂嘉善): 정3품 당상관(堂上官)과 종2품 가선대부(嘉善大夫)를 줄여서 함께 일컫는 말이
　다. 여기서는 그와 같은 지위에 대한 임명장인 당가선첩(堂嘉善帖)을 의미하는 듯하다. 유수원
　(柳壽垣)의 『우서』(迂書)에도 "관제(官制)가 엄밀하고 명확하지 못해 의인(醫人)이 수령으로 임명
　되는가 하면, 백도(白徒: 훈련을 받지 않은 병정)나 천한(賤漢: 천민 남자)이 당가선을 빙자하여
　첨사(僉使)나 만호(萬戶)를 거쳐 바로 목사나 군수에 임명되기까지 한다"라 하여 당가선의 남발
　로 야기된 문제점을 언급한 내용이 보인다.

관자가 이렇게 넘쳐나다 보니 기이한 꽃 모양의 옥판을 다는 일까지 있게 되었다. 그런데 기이한 꽃 모양의 옥판을 다는 건 서울에서나 그렇고, 시골의 경우는 옥 대신에 수마노나 활석7_으로 관자를 만들어 단다고 한다.

　이러고도 조정의 제도가 정돈되었다고 할 수 있겠는가. 정말로 공을 세워서 노고를 치하할 만한 게 있다면 재물을 두둑하게 수여하면 된다. 금관자, 옥관자가 무슨 소용이겠는가.

　원래 고위 관료의 상징물이었으나 이제는 신분과 나이를 막론하고 쓰는 장식물 정도로 변질된 금관자와 옥관자를 보며 국가 기강의 문란이 당가선의 남발이라는 정부의 정책에서부터 비롯된 것은 아닌가 하는 문제 제기를 한다. 부역에 동원된 노파의 목소리에 귀기울이며 어떻게 해야 부끄러운 양반이 되지 않을까 생각에 잠긴다. 서울의 이곳저곳을 도보로 다니는 하릴없는 양반이지만 자신의 계급과 나라의 현실에 대한 비판의식은 형형하게 살아 있다.

___

7_ 수마노나 활석(滑石): 수마노는 석영(石英)의 일종으로 아름답고 광택이 있는 돌이고, 활석은 매끄럽고 무른 돌이다. 모두 옥보다는 저렴한 광물이다.

구름과 숲과 꽃과 달에 쓰다

달과 꿈

1778년 10월 27일 푸르고 온화했다.

인간 세상의 1년 중에 하늘의 달이 둥글게 되는 것은 모두 열두 번이니 자주 있는 일은 아니다. 게다가 둥근 달이 뜬다 해도 비가 오거나 구름이 끼어 흐려지고 컴컴해지기 십상이니 맑고 깨끗하며 환한 보름달을 보기란 몹시 어려운 일이다. 이런 까닭에 달밤의 풍경을 심상히 여기며 그 특별함을 알지 못한 채 어영부영 지나가 버리도록 할 수 없는 것이다.

1781년 9월 25일

새벽에 5대조 충간공 할머니[1]의 제사에 참석했다.

새벽 아침에 바라보니, 서리 내린 강물 위 안개 속에 돛배가 떠 있고 멀리 나무숲으론 돌아가는 사람이 보였다. 그림으로 그리고 시로 표현하면 좋겠지만, 전전긍긍할 건 또 무어랴.

하려고 들면 이루어지지 않는 것이 없다. 이루고 나면 무너지지 않는 것도 없다.

달빛 비치는 풍경은 꿈속과 같고, 꿈속의 장면은 마치 달빛 속인 것처럼 보인다. 달과 꿈의 풍경은 또렷하면서도 희미한 기운을 띠고 있고, 몹시 희미한 것 같지만 실은 명료하다.

이송목[2]의 유고를 읽었는데, 시(詩)가 112편이고 명(銘)과 찬

1_ 5대조 충간공(忠簡公) 할머니: 유만주의 고조할머니 은진 송씨(恩津宋氏)다. '충간'은 그 남편 유
황(兪榥, 1599~1655)의 시호다.

(贊)이 6편이었다.

1782년 4월 21일 덥고 가끔 흐렸다.

단정치 못한 꿈을 꾸는 것은, 아마도 평소의 생각이 완전히 순수하지 못해서일 터이다. 두려워하고 조심해야 하고, 몸가짐을 함부로 하지 말아야 한다.

새벽달이 있을 때가 참으로 좋다. 유독 형언하기 어려운 정취가 있어서다. 한밤중은 너무 적막하고 초저녁은 아직 시끄럽다. 새벽에 일어나 달을 마주하노라면 대천세계(大千世界: 끝없이 넓은 세계)가 꿈과 같다는 걸 더욱 깨닫게 된다.

1784년 6월 22일 몹시 덥고 바람이 불었다.

새벽달이 지금 한창 환하고 파루 종소리는 맑고 또렷하다. 이때는 맑고 순수한 기운과 흐리멍덩 뒤섞인 기운이 교차하는 즈음[3]이다.

1784년 10월 20일 추위가 조금 풀렸다. 오후 늦게 흐리고 비가 내리더니 밤까지 이어졌다.

달빛 비치는 때는 당연히 아름답다. 그렇지만 온통 깜깜한 때에도 좋은 점이 있다. 빛이 있건 없건 변함없이 텅 비고 툭 트인 곳에서 아무 거슬리는 것 없이 걷고 있노라니 참으로 깊은 바닷속에

2_ 이송목(李松穆): 이언진(李彦瑱, 1740~1766). 그의 호가 송목관(松穆館)이다. 역관(譯官)이며, 개성 있는 시인이었다. 1763년 통신사 일행으로 일본에 다녀오며 그곳에서 문명을 떨쳤으나 귀국 후 병으로 요절했다.

3_ 맑고~즈음: 어둠 때문에 만물이 흐리고 모호하게 보이다가 동이 터 오며 시야가 조금씩 맑고 또렷해지는 새벽이라는 시간의 특성을 이렇게 표현한 듯하다.

있는 듯하다. 달빛 없는 밤의 품격이 바로 여기 있다.

1785년 6월 8일

여러 날 비 내린 뒤라 오늘밤 새로 뜬 달이 소나무 사이로 비추는 게 유달리 좋다. 정원이 더욱 그윽하면서도 툭 트인 느낌이다. 들창을 열어젖혀 맑은 빛을 맞이하니 어슴푸레한 그 빛이 번잡스런 심사를 시원하게 씻어 준다. 서늘한 바람이 천천히 불어오니 밤기운이 텅 빈 듯 고요하여, 무심히 느긋하게 누워 내키는 대로 편안하게 몸을 펴고 있었다. 이윽고 달이 대청마루를 비추었는데 그다지 밝지는 않았다. 이런 밤엔 거문고를 타도 괜찮겠고, 학이 우짖는 소리가 들려온대도 좋을 것이며, 노래를 듣기에도 좋고 퉁소를 불어도 좋으리라. 다만 이런 일들 가운데 할 수 있는 게 하나도 없을 뿐이지.

1785년 6월 15일 아침부터 몹시 더웠다.

상서4_의 창문 여덟 개를 떼어 내고 나니 밤공기도 좋고 달의 풍경도 좋다. 온 세계의 대지에 속속들이 환한 빛이 스미는 듯하다. 고개 돌려 정원을 바라보니 더욱 텅 비고 심원하며, 한결 어슴푸레하고 서늘하다. 헌로호5_를 활짝 열고 중천의 달을 바라보다가 유둣날 먹는 떡6_을 내어 와 먹으며 편안히 있느라 잠도 잊었다. 사람이 살면서 이렇게 좋은 달밤을 만나게 되면 마음껏 완상하고 그 느낌을

4_ 상서(上西): 유만주가 자신의 명동 집 서재에 붙인 이름.

5_ 헌로호(軒露戶): 유만주가 자신의 명동 집 창문에 붙인 이름.

6_ 유둣날 먹는 떡: 유두(流頭)는 음력 유월 보름에 해당하는 명절이다. 이날 동쪽으로 흐르는 물에 머리를 감고, 참외와 수박, 국수와 떡을 먹는 풍습이 있었다.

표현하지 않을 수 없다. 어떻게 대수롭잖게 여기며 좋은 밤이라는 걸 깨닫지도 못하고 하릴없이 쓰러져 잠들고 말 수 있겠는가? 옛사람도 이렇게 말했다. "사람들이 밤이면 밤마다 야화(夜話)를 나누고 시를 읊조리며 겨울의 하루를 보낼 수 있다면 60년을 사는 것이 바로 120년을 사는 데 맞먹을 것이다."

이 말은 참으로 의미가 있다.

1785년 6월 18일 때로 가벼운 그늘이 졌고 몹시 더웠다. 밤에는 비가 왔다.

호방하다는 소리를 듣는 게 나에게는 근심스러운 일이다. 그건 몹시 불성실하다는 말이니 여기에 무슨 이득이 있겠는가.

밤에 달을 보지 못해 참으로 안타까웠는데, 갑자기 동쪽 하늘에서 한 줄기 검은 구름이 내려오더니 어떤 환한 빛무리를 약간 드러냈다. 달의 소식이 있을 줄 알고 고개를 돌려 보니 벌써 벽에 환한 자취가 어려 있다. 달이 뜬 것이다. 이윽고 일어나 동녘을 보니 큰 나무숲 사이로 아름다운 노란 빛의 크고 둥근 것이 비치어 나타난다. 황금의 빛무리가 사방에 퍼지니 기쁘게 맞이하고픈 마음이 들었다. 오늘밤 이 달빛 덕에 이 집에 한번 빛이 난다.

그런데 앞서 말했던 한 줄기 검은 구름이 갑자기 달을 가려 다시는 달빛이 비치지 않았다. 나도 모르게 서글퍼져 잠들고 말았다.

지금 밤의 풍경이라 한다면 형형색색의 불빛이 이루는 불야성(不夜城)이 먼저 떠오른다. 이런 야경도 멋지긴 하지만 어쩐지 피로하고 쓸쓸한 느낌은 지울 수 없다. 1년에 고작 열두 번 찾아오는 보름달을 보며 달빛 한 점이 아까워 마음 조이고, 달빛이 없으면 없는 대로 깊은 바닷속 같은 밤의 정취를 느끼며 어둠 속을 걷는 유만주의 모습을 보며, 밤이 본디 얼마나 빛나고 고요하고 충만한 것이었는지 비로소 깨닫는다.

박달나무 아래 핀 작은 꽃들

1780년 7월 5일 장맛비가 내리고 더웠다.

　박달나무 아래의 어떤 풀에서 엷은 빨강색 꽃이 폈다. 누군가는 이 꽃이 강가에서 자라는 붉은 여뀌라고 한다. 돌을 쌓아 만든 대 위에도 풀이 나서 새파란 꽃이 폈으니, 속칭 달개비라는 것이다. 파랑색은 일반적인 꽃의 색깔이 아닌지라 어쩌면 신선세계의 신기한 화초처럼 보이기도 한다.

　내가 사는 곳은 그저 보잘것없는 초가집이다. 다북쑥이 우거지고 모기 따위의 벌레가 우글거려 몹시 황폐한 이곳에 다행히도 이 두 가지 꽃이 무심히 피어나서 나에게 봉래(蓬萊)와 영주(瀛洲) 같은 신선 세계를 상상하게 하고 강호(江湖)의 정취를 느끼게 해 준다. 나의 정신과 마음을 기쁘게 해 주는 이 꽃들에게 무척 고마운 마음이 들어서 드디어 아름다운 이름을 붙여 주었다. 달개비꽃에게는 '선교청'(僊嶠靑: 신선의 산에 핀 푸른 꽃)이라 하고, 여뀌꽃에게는 '건호홍'(乾湖紅: 물 없는 호수의 붉은 꽃)이라 했다. 시를 지어 표현하고 싶었지만 그렇게 하지는 못했다.

　달개비는 그늘진 길섶에 모여 작고 푸른 꽃을 피운다. 자세히 들여다보면 가을하늘보다 선명한 파란색 꽃잎과 미세한 노란색 꽃술이 어울려 무척 아름답다. 여뀌는 강가나 논두렁 같은 습지에 무리지어 자라는 풀인데 좁쌀만 한 분홍 꽃이 작은 이삭 모양으로 모여서 피어난다. 유만주가 살던 박달나무집 마당은 정원이랄 것도 없는 초라한 일상적 공간이다. 그런데 여기 무심히 피어난 꽃들이 잡초 우거진 마당을 신선이 산다는 신령한 산과 맑은 물 찰랑거리는 호수로 만들어 준다.

서리꽃

1780년 11월 27일

아침에 안개가 자욱하게 솟아나더니 눈 쌓인 듯 두툼하게 서리가 내리고, 산의 나무에 온통 상고대가 피었다. 해가 나도 녹지 않고 더욱 정결하게 빛났다. 왼쪽 언덕에서 보노라니 멀리 있는 것은 흐릿하여 마치 배꽃과 살구꽃이 흐드러지게 피어난 듯하고, 가까이 있는 것은 그야말로 보석의 숲과 옥구슬 밭이다. 그리고 의묘[1]를 빙 두른 담장이 회칠한 성첩(城堞: 성가퀴)처럼 희어 참 보기 좋은 광경이었다.

더욱 멋진 것은 1만 그루 소나무의 수많은 솔잎 한 가닥 한 가닥마다 서리가 맺혀 있는 모습인데, 잎인 듯 아닌 듯 꽃인 듯 아닌 듯한, 뭐라 이름 붙일 수 없는 특별한 형상이었다. 작은 소나무에 다가가 솔잎에 맺힌 서리 알갱이를 들이마시니 오장육부가 금세 시원해졌다.

송나라와 원나라 때의 문인들이 이걸 보았더라면 반드시 맑디 맑은 사(詞) 한 곡조나 핍진한 그림 한 폭으로 표현하여 이런 멋진 풍경이 지워지지 않도록 했을 것이다.

서리꽃이 핀 나무에 햇살이 비친 풍경은 정말 마음이 죄어들게 아름답다. 정결하게 빛나는 보석의 숲과 같다는 말이 그 모습을 잘 표현했다.

1_ 의묘(懿墓): 성종의 아버지이고 나중에 덕종(德宗)으로 추존된 의경세자(懿敬世子)의 무덤이다. 현재 경릉(敬陵)으로 이름이 바뀌어 경기도 고양시에 자리 잡고 있다.

나뭇잎 아래

1784년 12월 26일

나뭇잎 아래 서성이는 데에는 특별히 아름다운 정취가 있다. 초록 잎사귀 아래 서면 우거진 그늘의 농밀한 흥취가 있고, 붉은 단풍잎 아래 서면 비단 무늬의 눈부신 흥취가 있고, 노랗게 물든 잎 아래 서면 한적하고 툭 트인 풍광을 마주하는 흥취가 있다.

1785년 9월 6일

남산의 붉은 나뭇잎들이 서리를 겪으며 점점 아름다워지고 있다는 것을 깨달았다. 이지러진 세계에서 덧없는 삶을 이어가며, 오직 이런 일들에서 조금씩 진실을 발견한다. 이런 생각은 지혜로운 이와 함께 이야기할 수 있을 것이다.

1785년 9월 19일 어둑하게 흐리고 가끔 비가 내렸다. 밤에 바람이 일었다.

안개 자욱하고 구름 어둑한데 누런 낙엽이 어지러이 진다. 가랑비가 바람에 비끼니 푸른 연못에 잔물결이 진다. 계절의 풍경은 쓸쓸한데 마음속에 떠오르는 생각들은 번화하다.

1785년 9월 20일

아침에 대청에서 국화를 보고, 이슬 젖은 담장에서 구기자를 땄다.

서릿발이 깊어져 나뭇잎이 물들면 푸르름은 줄어들지만 그래도 특유한 품격이 있다. 붉은 잎은 고귀한 신분의 아름다운 여인과 같고, 누런 잎은 도가 높은 스님이나 마음이 툭 트인 선비와 같다. 극도로 농밀한 데서 되레 극도로 담박해진다.

저녁에 서향지[1] 가에서 우연히 시 한 연을 생각해 냈다.

저물녘 누렇게 물드는 쓸쓸한 잎들
날 개어 더욱 파래진 맑은 연못이여.

또 시의 시작 부분 한 구절을 생각해 냈다.

노란 낙엽이 황국보다 되레 좋아라
꽃은 괜스레 고운 척하나 낙엽은 소탈하고 툭 트인 사람 같아.

'소림황엽'[2] 네 글자를 한번 생각하면, 대단히 화려하고 북적이는 처지에 놓인 사람이라도 문득 저도 모르게 쓸쓸하니 맑고 고요한 마음이 든다. 이 네 글자는 복잡하고 시끄러운 마음을 툭 틔워 주는 신령한 부적이 되기에 충분할 거다.

마음이 시끄러울 때 주문처럼 "텅 빈 숲의 누런 잎"이라고 발음해 본다. 늦가을 해질 무렵, 나무들이 드문드문 서 있는 숲을 바람이 휘감고 지나가자 활엽수 한 그루가 누런 잎 몇 장을 천천히 떨군다. 그 나뭇잎 하나를 주워 들여다보면 신기하게도 마음이 고요해진다.

1_ 서향지(書香池): 유만주의 창동 집에 있던 연못의 이름. '글 향기가 나는 연못'이라는 뜻이다.
2_ 소림황엽(疎林黃葉): '텅 빈 숲의 누런 잎'이라는 뜻. 소림은 나무가 듬성듬성하게 서 있는 숲을 말한다.

구름 풍경

1782년 10월 19일

새벽에 달빛과 별빛을 받으며, 술을 마시고 출발했다. 얼음길이라 말발굽이 조심스럽고 종들의 삿갓에선 서리가 반짝인다.

삼탄교(三灘橋)를 지나는데 갑자기 커다란 강이 눈앞에 나타났다. 괴상해서 얼른 물어봤더니 강이 아니라고 했다. 산골짜기에서 생겨난 구름이 안개와 섞여 이루어진 것이라 하니, 이것 참 기이한 광경이다. 여기서부터 구름과 안개가 이루어 낸 형상이 갖가지로 변화했는데, 그걸 두고 구름이라 한다면 당연한 말이겠지만, 성곽이라 해도 될 것 같고, 산봉우리라 해도 될 것 같고, 언덕배기라 해도 될 것 같고, 바다의 섬이라 해도 될 것 같고, 나무숲이라 해도 될 것 같고, 사람들이 모여 사는 마을이라 해도 될 것 같다. 짙어졌다 엷어졌다 숨었다 나타났다 하는 모습들이 이리저리 뒤엉켜 있어 정말 성곽이나 숲이나 산봉우리나 언덕배기나 섬이 아닌가 싶고, 구름이라 한다면 되레 믿기지 않을 것 같다. 아마도 바다 가까이에 있는 땅이라 내륙 지방에서 구름을 보는 것과는 유독 다른 것이고, 날이 밝아올 무렵이라 한낮에 구름을 보는 것과는 판연히 다른 것이리라. 구름이 빚어내는 기이한 풍경은 여기서 다 보는 것 같다.

삽교[1]와 신천교[2]를 지나 경원문(景苑門)을 들어가서 연안 읍내의 주막에서 점심을 먹었다. 서울 갔다가 돌아가는 해주 관아의

1_ 삽교(雪橋): 삽다리. 황해도 연안군 천태리 서쪽에 있는 다리 이름이다.
2_ 신천교(新川橋): 새내다리. 새내는 황해도 연안군 풍천리 남쪽에 있는 개울이다.

종을 만나, 관아의 아버지께 올리는 편지를 부쳤다. 진남문[3]으로
나와서 저녁에 벽란강을 건너고 잤다.

내륙에 익숙한 사람이 해안의 풍경을 보고 무언가 낯설고 비현실적이라는 느낌을 받
게 된다면 그것은 뭉게구름 때문이 아닐까. 수증기가 많고 대기가 불안정한 바닷가의 구름
은 양감(量感)이 풍부하고 변화무쌍하여 몹시도 상상력을 자극하는데, 유만주가 본 서해
안의 구름 풍경에 그런 점이 잘 나타나 있다.

3_ 진남문(鎭南門): 황해도 연안군에 있는 연안 읍성의 남쪽 문이다.

행복한 달밤

1784년 10월 13일 개었다가 눈이 내리고 바람이 찼다.

달이 떠서 환했다. 가운데뜰에서 혼자 달을 보았다. 뜰을 거닐고 있노라니 달빛이 사방을 비추던 해주의 풍경과 꿈속의 은거지와 군위의 매화와 해주로 갈 때 머물렀던 객점이 떠올랐다.

조용히 생각에 잠겼다. 사람이 살아가며 하룻밤 풍경을 이윽히 보는 것도 참 어려운 일이다.

만약 몹시 춥고 덥거나 폭풍우 치는 밤이라면 정신이 어수선하거나 삭막할 테니, 어느 겨를에 밤의 풍경을 보겠는가?

만약 텅 빈 가마솥에 먼지만 쌓여 있고 옷은 쇳덩이처럼 땅땅 얼어 있는 초췌하고 영락한 처지라면 가난한 살림에 슬픈 탄식만 나올 테니, 어느 겨를에 밤의 풍경을 보겠는가?

만약 시간 맞춰 오가면서 기약한 대로 사무를 처리해야 하는 벼슬아치의 처지라면 언제나 바쁘기만 할 테니, 어느 겨를에 밤의 풍경을 보겠는가?

만약 수갑 찬 죄인으로 불려가서 잘못을 조사받는 처지라면 마음이 온통 공포로 두근거릴 테니, 어느 겨를에 밤의 풍경을 보겠는가?

만약 사랑하는 이와 헤어져 하릴없이 고달픈 마음이라면 그저 이별한 안타까움만 생각할 테니, 어느 겨를에 밤의 풍경을 보겠는가?

만약 어른이 돌아가시거나 자손이 요절하는 일을 겪게 된다면 슬퍼 통곡하고 흐느끼느라 마음이 길을 잃고 어딘가에 얽매여 있을 테니, 어느 겨를에 밤의 풍경을 보겠는가?

만약 눈이나 귀나 사지(四肢)에 병이 있어 고통스럽다면 그저 신음만 나올 테니, 어느 겨를에 밤의 풍경을 보겠는가?

만약 속물이나 고약한 손님이 분수에 넘치게 떠들고 훼방을 놓는다면 나의 고요한 흥취가 깨어질테니, 어느 겨를에 밤의 풍경을 보겠는가?

이제야 알겠다. 이 여덟 가지 상황에서 벗어나 달이 둥글고 밤이 맑은 때를 만나, 널찍하고 멋진 뜰에서 그저 달을 보며 거닐고 있노라니 객쩍은 생각이 하나도 없다. 이런 게 행복 아니겠는가? 만약 향산학사(香山學士: 백거이)가 이런 풍경을 마주하게 되었다면 응당 시 한두 편을 써서 풀어냈을 것이다.

봄 달빛은 곱고, 여름 달빛은 은성(殷盛)하며, 가을 달빛은 반듯하고, 겨울 달빛은 싸늘하다.

서늘한 달빛이 하늘에 흘러 휘영청 밝으니 아침이 온 것 같다. 땅에 조금 쌓였던 눈이 녹으며 수놓은 듯 무늬를 이루었다. 홀로 바깥뜰에 나와 한참 바라보았다. 사람이 되어 오늘 같은 달밤의 풍경을 모른다면 참으로 하릴없이 사는 자라 할 것이다. 텅 비어 툭 트인 모습이 더욱 기쁘고 좋았다.

가운데뜰로 돌아와 다시 곡대(曲臺: 굴곡진 모양으로 쌓은 대)에서 소나무 등 여러 정원수가 나란히 우거져 있는 양을 바라보았다. 높은 데서 굽어볼 때 유독 더욱 보기 좋다는 것을 오늘 밤 처음 알았다.

다시 바깥뜰로 나오니 달빛이 이리도 환하다. 총총한 별들이 없어도 괜찮고, 무덕무덕 쌓인 눈이 없어도 괜찮고, 우거진 나무 그림자가 없어도 괜찮았을 텐데, 이처럼 별이 총총히 빛나고 눈이 여기저기 쌓여 있고 우거진 나무 그림자가 드리워져 있어, 이 모든 것들이 달밤의 풍경을 더욱 아름답게 만들어 준다.

다시 바깥뜰로 나가 느티나무 그림자를 보니, 마치 발톱을 세운 용들이 도약했다 움츠렸다 하며 달려가는 것 같았다. 잎이 다 지고 여기저기 벋은 가지와 줄기만 남은 나무 그림자가 서화(書畵) 같기도 했다. 나무가 유독 높고 크니 그림자도 몹시 거대했다.

이 정원은 왜 이리 특별하고 멋진 걸까. 이 정원이 널찍한 큰길가에 있다면 별다를 게 없을 테고, 으리으리한 관아 안에 있다면 별다를 게 없을 테고, 인적 드문 산기슭에 자리 잡고 있다면 별다를 게 없을 테고, 교외의 들판에 있다 해도 별다를 게 없을 터이다. 이 네 곳에 있지 않고 사대문 안의 주택가에 있으면서도 유독 텅 빈 듯 툭 트여 널찍하기 때문에 이다지도 특별하고 멋진 느낌이 드는 것이다.

느티나무 아래의 돌 위에 서서 바라보면 풍경이 더욱 아름다워 보인다는 것도 오늘밤 처음 알게 된 것이다. 슬며시 혼자 나와 고요히 텅 빈 마음으로 꼼짝 않고 서 있는 것은 그저 달이 밝아서다. 이렇게라도 하여 달밤을 저버리지 않으려는 것이다.

생각하면 오늘 하룻밤 사이에도 온 세상 사람들은 저마다 다른 천백 가지 일들을 펼쳐 나가고 있을 테지만, 역시 하나하나 대단할 것도 하찮을 것도 없고 기쁠 것도 슬플 것도 없는 일들이다.

다시 곡대에서 별과 달을 보았다. 동쪽 방에 촛불을 끄고 앉아 달빛 속의 집을 보았다. 목악(木嶽: 남산)의 눈 덮인 소나무를 마주한 집의 모습이 더욱 또렷하고 환히 드러난다. 정말 환한 대낮 같다. 이런 때 시 한 수 짓지 않는다면 역시 괴상한 일이겠지.

상상해 본다. 광막한 바다와 기나긴 강과 높다란 산과 널따란 들판에서 달을 본다면 유독 멋진 광경이겠지만 너무 쓸쓸하고 휑뎅그렁할 것이다. 이런 때에는 그저 높이 날아오르는 듯 황홀경에 빠질 뿐, 고요한 마음으로 거닐고 바라보는 흥취는 없을 것 같다.

　　서울의 명동은 지금도 붐비는 곳이지만 과거에도 집들이 빼곡한 인구 밀집 지역이었
다. 유만주가 몹시 사랑했으나 고작 1년 머무르고 떠나야 했던 그의 정원이 여기 있었다.
한 걸음만 나가도 인간의 열기가 끼쳐 오는 도성 안인데, 그의 뜰은 신기하게도 고요하고
툭 트인 풍경을 간직하고 있었다. 이곳에서 유만주는 아름다운 달밤을 마주하여 그 풍경과
교감하며 자신의 이지러지고 위축된 내면이 환히 펼쳐지고 고양되는 경험을 하고 처음으
로 아무 조건 없이 행복하다는 말을 했다.

진달래 골짜기

1784년 윤3월 1일

예닐곱 사람과 함께 꽃을 찾아 동쪽으로 나갔다. 가는 길에 금원(禁苑: 궁궐 뜰)의 봄꽃을 바라보았다. 혜화문까지 가서 소나무 그늘에서 쉬면서 동성(東城)의 꽃을 보았다.

신흥사¹⁻ 동구(洞口: 골짜기 입구)에 들어서니 벌써 꽃이 이루 말할 수 없이 많았다. 드디어 꽃길을 따라 깊이 들어갔다. 어떤 중에게 '어느 골짜기에 꽃이 가장 한창인지' 알려 달라 하니 그는 우리를 이끌고 정릉(貞陵)으로 향했다.

지나가는 길마다 좌우가 모두 꽃이다. 오밀조밀한 것, 드문드문한 것, 키 큰 소나무 아래 연이어진 것, 바위와 모래 사이로 비스듬히 돋은 것이 있다. 채 다 피지 않은 새빨간 복숭앗빛 꽃봉오리도 있고, 핀 지 한참 지난 빛바랜 연분홍 꽃송이도 있다. 온 언덕과 온 골짜기와 온 산에 가득하게 많아, 진달래꽃의 집대성이라 할 만하다. 개울가에 나란히 앉았노라니 개울 양옆도 모두 꽃인데, 다른 종류는 없고 죄다 제철의 진달래다. 온통 붉은 꽃무리만 눈에 어리고, 노랑이나 흰색은 섞여 있지 않다. 푸른 소나무와 하얀 돌길이 가로세로 어우러지니 진달래 빛깔이 더욱 또렷하다.

개울물이 비록 여리게 흘러도 졸졸 소리는 듣기 좋았다. 같이 놀던 이가 술병이 비었다기에 화면(花麪: 오미자 화채국수)과 제호

1_ 신흥사(新興寺): 서울 성북구 정릉 근처의 사찰인 흥천사(興天寺)의 옛 이름이다.

탕(醍醐湯: 일종의 청량음료)을 검은 쟁반에 담아 술잔 띄우는 곳에 두었다. 나는 이렇게 말했다.

"꽃이야 어딜 가든 있지만, 그래도 정릉 꽃놀이가 더 좋은 이유는 꽃빛이 개울에 비치는 게 아름답고, 분잡하게 노는 이들이 덜 오는 깊숙하고 한갓진 곳이기 때문이겠지. 한성의 꽃이라면, 북쪽의 필운대2_와 남쪽의 상선대에 핀 것이 가장 보기 좋지만 거긴 너무 북적거리고 시끄러워서 한적한 맛은 적어."

이때 같이 노닐던 여섯 사람이 개울가에서 꽃을 보며 우스운 이야기를 나누느라 날이 가는 줄도 몰랐다. 해가 벌써 서쪽을 향하고 있었다. 개울과 바위 사이를 지나고 냇물 하나를 건넌 후 꽃이 더욱 한창인 정릉 앞쪽으로 빙 돌아 올라갔다. 양옆으로 나란히 이어진 붉은 꽃무더기는 눈이 어릿어릿할 정도로 번성해 있었다. 처음 오는 길에서 보았던 꽃들이 저마다의 품격을 온전히 지키며 송이송이 따로 피어 있었던 것만큼 아름답지는 않았다.

또 꽃길을 지나 언덕 하나를 넘어서 봉국사3_에 들어갔다. 만월보전(滿月寶殿: 봉국사의 법당)에 올라가 점심을 먹으려 했는데 중들이 싫어하는 기색을 보였다. 석가세존 앞에서 비린내를 낭자히 풍기지 말았으면 하는 것이리라. 세상의 부랑배들은 간혹 부처를 존중할 필요는 없다면서 흠을 잡고 업신여기기도 하는데, 이는 사리를 몰라도 한참 모르는 것이다. 부처 역시 귀신과 마찬가지다. 불상을 만들고 엄숙히 모신 지 천백 년이나 되었으니 반드시 영혼이 옮겨 붙어 간혹 영이로움을 드러낼 때가 있다. 유가의 선비라면 부처

2_ 필운대(弼雲臺): 서울 인왕산 아래, 지금의 배화여고 뒤편에 있던 명승지로 살구꽃이 장관이었다.
3_ 봉국사(奉國寺): 서울 성북구 정릉 2동에 있는 절이다.

234

에 대해 공경하면서 거리를 두어야 마땅하지, 무람없이 굴어서는 안 될 터이다. 저쪽이 싫어하는 것을 무릅쓰면서까지 자기를 과시할 필요가 어디 있나.

결국 절방에서 밥을 먹었다. 밥을 다 먹고 절 앞으로 가 보니 빽빽한 숲에 에워싸여 온통 연초록이 펼쳐져 있다. 붉은 진달래꽃만 보다가 보니 또 멋진 광경이었다.

동구로 나와 빙 돌아 손가장⁴⁻으로 가서 재간정⁵⁻에 올라 난간에 기대앉았다. 정자 아래의 물과 바위는 세검정(洗劍亭)만 못했지만 마주보이는 경치의 형세는 제법 탁 트이고 아스라한 느낌이었다. 바위 위에 '귀래동천'(歸來洞天) 네 글자를 새겨 놓았는데 초서(草書)다. 남구만⁶⁻의 칠언절구시 한 편도 새겨져 있다. 재간정 문미(門楣: 문 위에 가로로 댄 나무)에는 조현명⁷⁻이 남구만의 시에 차운(次韻)한 시가 걸려 있다.

정자 위에서 바라보니 수양버들 우거진 곳에 몹시 견고해 보이는 높은 담장이 있었고 꽃과 나무들이 그 담장 너머로 솟아 울긋불긋 어리비치고 있었다. 이 집은 현직 재상인 김노진⁸⁻의 것이라 한다.

날이 저물기에 곧 일어나 발길을 돌렸다. 정릉고개에서 쉬노라니 널찍하게 휘돌아 있는 환한 백사장 한 줄기가 맞은편에 보였다.

4_ 손가장(孫家庄): 서울 성북구 정릉동에 있던 마을로, 주민 대부분이 손씨인 동족 마을이었으며, 돈암동에서 북쪽으로 아리랑고개를 넘으면 북한산을 등지고 남쪽을 향한 이 마을이 눈에 들어온다고 했다.(김성칠, 「역사 앞에서」, 창비, 1993, 349~350면)

5_ 재간정(在澗亭): 북한산 우이동에 있던 정자로, 달성 서씨 집안의 소유였다 한다.

6_ 남구만(南九萬): 1629~1711. 숙종 때 영의정을 지낸 문신으로, 문장과 서화에 뛰어났다.

7_ 조현명(趙顯命): 1690~1752. 영조 때 영의정을 지낸 문신으로, 탕평을 주도한 정치가로 알려져 있다.

8_ 현직 재상인 김노진(金魯鎭): 김노진(1735~1788)은 영조 때 문과에 급제한 인물인데, 1784년에 형조판서로 재직 중이었다.

푸른 가로수 너머 가운데 쪽에 있는 것이 정릉 마을이다. 여기저기 촌락과 논밭이 자리 잡았고, 꽃무더기와 새눈 돋은 버드나무가 어리비치고 있으며, 그 주변을 저녁 안개가 엷게 에워쌌다. 흐릿하고 아련한 풍경이 완연히 점염법[9]으로 그려 낸 꽃그림 같다. 어떤 이가 말했다.

"그림을 못 그리는 게 안타깝네. 이런 풍경을 그려 내지 못하다니."

나는 이렇게 말했다.

"이 풍경이 진짜 그림이지. 굳이 가짜를 가지고 진짜를 어지럽힐 일이 어디 있나?"

마침내 동쪽 성문으로 들어와 다시 안개 낀 버들과 환하게 핀 꽃들을 보고, 새로 만든 동쪽 연못에 들러 보았다. 둑 위에 심은 버드나무는 아직 어렸고 개나리는 흐드러지게 피었다. 붉은 꽃만 보다가 노란 개나리가 만발한 걸 보니 그 역시 멋진 광경이었다.

오늘의 꽃놀이는 몹시 맘에 드는 편이다. 날씨가 맑고 아름다웠으며 이르지도 늦지도 않은 꽃 시절이라 나 같은 사람들도 피곤한 줄 모르고 안온히 완상할 수 있었다.

누군가 이런 말을 했다.

"우리가 운이 좋아 날마다 꽃구경을 하고 있긴 하지만, '훌륭한 선비는 지나치게 놀지 말아야 한다'[10]는 경계를 잊지 말아야 마땅

9_ 점염법(點染法): 화초를 그리는 방법의 하나. 윤곽을 그리지 않고 물감이 번지는 효과를 강조하는 화법이다.

10_ 훌륭한~한다: 『시경』 「실솔」(蟋蟀: 귀뚜라미)의 "지나치게 즐기지만 말고/집안일도 생각해야지./즐기길 좋아하되 지나치지 않도록/훌륭한 선비는 늘 조심한다네"라는 구절을 두고 하는 말이다.

하겠지."

나는 이렇게 응수했다.

"진희이(陳希夷: 송나라 때 도사)가 자네보다 먼저 그런 말을 했지. 구경이 이만하면 된 것 같네."

정릉 골짜기에 만발한 진달래를 구경한 일을 적었다. 이날 일기에는 어딘가 불편한 심사가 느껴져 조금 눈길을 끈다. 날씨도 좋고 진달래도 아름다웠던 것은 틀림없지만 그 가운데서 유만주가 몹시 즐거웠던 것 같지는 않다. 함께 간 사람들과 잘 어울리지 못해서였을 것이다. 굳이 절의 법당에서 밥을 먹으려는 일행에 대해 곤란해하며, 불교를 존중하지 않는 그들을 '부랑배'와 연결짓는 데서 그런 상황이 우선 감지되며, 동행자의 평범한 말에 공감해 주지 않고 거듭 삐딱한 대답을 하고 있는 것도 예사롭지 않다. 그날 꽃놀이에 함께 갔던 이들에 대한 유만주의 감정적 태도가 여기저기서 느껴지고 그 모임에서 찌무룩한 얼굴로 한 구석을 지키고 있었을 그가 그려진다.

나는 꿈에 산과 강물이 된다

1784년 6월 6일 아침에 잔뜩 흐리고 컴컴하여 당장 큰비가 내릴 것 같더니, 금세 맑게 개고 더웠다. 오늘은 대서(大暑)다.

옛사람 중에도 집착에 가깝게 돌을 좋아한 이가 많다. 당나라의 우승유(牛僧孺)와 이종민(李宗閔), 송나라의 휘종(徽宗)과 미불(米芾: 북송의 서화가) 등이 그들이다. 세상에서는 언제나 물과 돌이 서로 어울려 있어야 한다고 말한다. 물보다는 돌이 좋지만 돌은 물과 함께 있지 않으면 너무 껄끄러운 느낌이 드는 것이다. 세상에서는 언제나 꽃과 돌이 서로 어울려 있어야 한다고 말한다. 꽃은 돌에 미치지 못하니, 꽃핀 곳에 돌이 없으면 너무 농염한 것이다.

바다 밖 먼 나라의 정원을 상상해 본다. 기이한 바위 열두 개가 있는데, 봉우리 모양을 한 게 둘이고 병풍 모양이 하나, 동굴처럼 생긴 것이 셋, 돈대(墩臺)와 같은 것이 둘, 절벽처럼 생긴 것이 하나, 평상과 같은 것이 둘, 난간처럼 생긴 게 하나이다. 크기는, 어떤 것은 한 길 남짓, 어떤 것은 서너 길, 어떤 것은 일여덟 길, 어떤 것은 열 길이 넘는 것도 있다. 색깔은, 어떤 것은 푸르고, 어떤 것은 희고, 어떤 것은 엷은 노랑이고, 어떤 것은 푸르도록 희고, 어떤 것은 검고, 어떤 것은 보랏빛이다. 이 바위들에 앉을 수도 있고 기댈 수도 있고 누울 수도 있고 걸터앉을 수도 있으며, 이 바위들을 쳐다볼 수도 있고 완상할 수도 있고, 만져볼 수도 있고 거기다 글씨를 쓸 수도 있다.

개울물과 숨겨진 샘물과 깊은 웅덩이와 연못 등이 물굽이를 지나며 모였다가 흘러가고, 그 가장자리로 규룡(虯龍) 모양의 소나무와 늙은 매화나무와 죽죽 벋은 대나무와 파초와 능소화와 수국과 사철나무와 패랭이꽃과 등나무와 국화와 이끼가 자란다. 다른 초목은 물론 정자와 누대가 있어도 무방하다. 여기는 외롭고 맑고 아늑하고 깊숙하며 몹시 그윽하고 쓸쓸할 정도로 한적한 공간이 되어, 여름과 가장 잘 어울릴 터이다. 오직 집안사람과 단아하고 세속을 초탈한 사람만 들어오도록 하고, 학이나 사슴도 막지 않는다. 이런 게 바로 세상에서 뜻을 잃은 영웅이 할 수 있는 일이 아닐까.

1785년 5월 16일

이런 생각을 했다. 뜰의 연못가에 아름드리 오래된 소나무 열여남은 그루가 있고, 거기 더하여 대나무를 무성하게 심고, 늙은 매화나무, 종려나무, 귤나무, 유자나무, 파초, 수정석류,1_ 앵두, 연꽃, 국화, 벽오동, 단풍나무, 느티나무, 사철나무, 동백, 춘백,2_ 동해홍,3_ 패랭이꽃도 심는다. 장미, 모란, 홍도(紅桃), 벽도(碧桃), 철마다 피는 꽃, 배나무, 살구나무가 아울러 있어도 무방하다. 이렇게 하여 품격을 높이고 맑음을 지킬 수 있을 것이다.

1786년 9월 24일 싸늘하다.

이제 넓고 커다란 마음으로 원만하고 화통하게 세상 속에서 유희할까? 인연을 따르고 본성에 맡겨 두며 그냥 그런대로 살아가도 괜찮겠지.

1_ 수정석류: 석류의 일종. 씨앗이 수정처럼 희고 광택이 있으며 과육이 달콤하다.
2_ 춘백(春栢): 동백의 일종. 꽃이 봄에 핀다고 이렇게 부른다.
3_ 동해홍(東海紅): 유만주가 해당화에 붙인 별명. 동해안 흰 모래밭에 곱게 핀다고 이렇게 불렀다.

자백노인⁴⁻이 "나는 꿈에 산과 강물이 되고, 산과 강물은 꿈속에 내가 된다"고 말했다. 이 말은 어쩌면 '내가 나비의 꿈을 꾸었는지 나비가 나의 꿈을 꾸고 있는 것인지 알기 어렵다'고 한 장자(莊子)의 우언(寓言)보다 나은 것 같다.

　　유만주는 "가슴속에 백 이랑이나 되는 큰 호수와 아름다운 나무 천 그루를 간직해야 자신의 품격을 지킬 수 있다"고 말한 적이 있다. 세상의 아름다운 것들을 꿈꾸며 자신의 내면 풍경을 가꾸어 나가는 것이, 황폐한 현실 속에서 자기를 지키는 하나의 방법이 된다는 말이리라. '나는 꿈에 산과 강물이 된다'는 말은, 아름다움에 대한 지향이 무한히 확장되어 나와 풍경 사이의 경계가 사라진 일종의 무아지경을 보여 준다는 점에서 흥미롭다.

4＿ 자백노인(紫栢老人): 진가(眞可, 1543~1603). 명나라의 고승으로, '자백'은 그의 호다.

내 정원의 사계

정원의 가을밤

1784년 8월 12일 가끔 흐리고 비가 내렸다. 밤에 소나기가 쏟아졌다.

저녁에 비가 내리는데 비로소 명동(明洞)으로 이사를 했다. 신주를 새집의 사당에 옮겨 봉안하고 그 일을 아뢰는 다례를 지냈다. 위채에 모여 잤다.

달이 몹시 밝았다. 새로 이사한 집 뜰에서 보니, 비에 젖은 잎이 달빛을 받아 반짝이는데, 뒤죽박죽 어수선한 중에 맑고 아득하고 서늘한 느낌이 든다. 집의 주변을 돌아보고 살폈다.

작으면 작은 대로 변화가 있고, 크면 큰 대로 변화가 있다. 이 세상의 모든 일들에 어찌 변화가 없겠는가.

1784년 8월 13일 맑고 화창하며 바람이 일었다.

소나무에 바람 불어 파도 소리가 나는 걸 처음으로 귀 기울여 들었다. 섬돌 가의 산국(山菊)이 붉고 흰 꽃송이들을 겹겹이 피워 사랑스러웠다.

창틀을 대략 정돈하여 달았다.

밤이 되었다. 가을 기운이 하늘과 땅에 가득하다. 달은 가을빛을 비추고, 벌레와 나무는 가을 소리를 낸다. 나는 가을 생각에 잠긴다.

훤하게 툭 트인 뜰에 달빛이 끝없이 비치니 늘어선 나무들은 그림자를 드리웠다. 어슴푸레하고 그윽하고 서늘하여 특별히 멋진 풍경이다.

밤에 또 집 전체의 넓이를 살피며 둘러봤다.

1784년 8월 14일 맑고 화창하며 바람이 일었다.

선산에 가 추석 차례를 지내기 위해 아침에 길을 떠났다. 광나루[1]를 건너 게내[2]에서 점심을 먹었다. 예기치 않게 밥값 4푼을 썼다.

단문(丹門: 홍살문)에 가 절을 하고 다래와 밤을 먹었다. 모든 곡식들이 아주 잘 익어서, 가파른 산골짝은 물론이거니와 곳곳마다 하나같이 최상의 수확을 거뒀다. 길에서 사람들의 말을 들어 보니 모두가 풍년이라 즐거워하고 있는 듯하다. 몇 년 전에 비하면 이 또한 변화라 할 수 있다. 다만 목화는 결실이 적어 보이고, 홍두(紅豆: 팥)는 잘되지 않았다 한다.

어제의 달빛과 오늘의 햇빛은 모두 어디에 뽑힐 만큼 아름답다. 대단히 어렵고 드문 일이라 할 정도다.

새로 온 두 사람의 친척집을 들러 보고, 모친상을 당한 친척을 위로하고 나서 마침내 산지기[3]의 집으로 올라가니, 날은 이미 저녁 무렵이다. 산골짝에서 달을 보는 것도 하나의 품격이 있다.

오늘밤은 달이 몹시도 밝고 서늘했다. 명동 집의 정원이 몹시 아름다울 것이다.

1_ 광나루: 한강변에 있던 나루 중의 하나로, 광진구의 천호대교 근방이었다.
2_ 게내: 고덕천. 경기도 하남시에서 발원하여 서울 강동구의 상일동과 하일동 및 고덕동을 거쳐 한강으로 합류한다. 예전에 이곳에 게가 많았다 한다.
3_ 산지기: 남의 산이나 뫼를 맡아서 지키고 보살피는 사람.

1784년 9월 13일 아침에 간혹 흐렸다.

사람이 만약에 식욕과 성욕에 담담할 수 있다면 살면서 번거로운 일이 줄어들 것이다. 그러나 이는 외려 쉽게 말할 수 없다.

흐린 가을날 국화를 보았다.

이른바 과거 시험이라는 것은 결코 이처럼 혼란하고 아무 의미가 없는 것이어서는 안 된다. 천 명이니, 만 명이니 하는 사람들을 모두 유자(儒者)라 하고, 싸잡아서 일컫길 '선비가 많다'고 하는데, 역시 지친다.

싸늘한 국화가 무덕무덕 꽃을 피우고 맑은 밤하늘에 달은 둥글다. 그저 이런 아름다운 정원이 있어, 발길 닿는 대로 거니는 것 역시 한 시절의 인연에 속하는 일이다. 인생은 다만 이와 같을 뿐이다.

이곳에서 달을 보는 것이 참으로 품격이 있다. 대체로 땅이 툭 트이고 하늘이 많이 보이기 때문에 가는 곳마다 모두 좋지만, 바깥 정원이 가장 좋고, 안쪽의 정원이나 난간에서 보는 것은 모두 거기 못 미친다. 유독 널찍하니 마치 큰길가에서 바라보는 것 같아, 달빛이 한 점도 가려지지 않는 것이다. 꽃 피어 화창한 봄바람 불고, 달빛 비치어 설경(雪景)이 맑은 것은 본디 아름다운 풍경이라고 잘 알려진 것인데, 이 정원 역시 그런 풍경과 몹시 잘 어울릴 것이다. 사람이 살면서 이런 정원을 누리는 일도 역시 안 될 것 없다.

1784년 9월 15일

가운데뜰을 걸으며 '품격을 온전히 지키려면 먼저 과거 시험부터 끊어야 하며, 끝으로 음식과 성(性)에 대한 욕망에 담담해져야 할 것이다'라고 생각했다.

뒤란에서 달을 보았다. 달은 이미 높이 떴다. 비록 엷은 구름이 이어져 있기는 했으나 하얀 달빛이 몹시 환했다. 벗과 함께 정원으로 들어가 달을 보았다. 막걸리를 내와 손님 대접을 하고, 해주에서 가져온 배 몇 조각을 나도 맛보았다. 이런 얘기를 했다.

"신선은 별다른 게 아니야. 세상에서 내가 못하는 걸 할 수 있는 이들 모두가 나에 비하면 신선이지."

"수련을 해서 수명을 늘인다는 것은 이치상 마땅히 있을 수 있는 일이지만, 높은 하늘로 날아올라 학을 탄다느니 신선으로 변화한다느니 하는 말은 믿을 수 없네."

다시 해주의 술을 내와서 함께 마셨다. 이때 달빛은 더욱 맑아 하늘엔 구름 한 조각 없었고 밤기운도 그렇게 차지 않았으니 참으로 날씨도 좋고 아름다운 밤이었다. 이런 얘기를 했다.

"이 정원은 실로 아름다운 정원의 품격을 갖추고 있다네. 산 밑에 있는 여러 정원 중에는 높다랗고 툭 트인 곳이 많지만 차지하고 있는 장소를 곰곰 따져 보면 그다지 신비하고 기이한 느낌을 주지는 않는데, 그건 바로 구획이 지어지지 않고 너무 널따랗기만 한 때문이지. 그런데 여기는 사방이 빈틈없이 사대부들의 가옥으로 둘러싸여 있으며 유독 그 가운데서 불쑥 솟아 평평한 뜰이 있게 되었으니 이게 바로 이 정원의 품격이라네."

한참을 거닐다가 가운데뜰과 바깥뜰에서 달을 보기로 하고 마침내 나왔다. 달은 거의 만월이었고, 가운데뜰은 눈서리가 내린 듯 희었다. 층층의 정원에서 달빛 속의 국화를 보다가 바깥뜰로 나오니 툭 트여 시원한데 은성한 달빛까지 더해지니 참으로 즐거웠다. 이런 얘기를 했다.

"정원의 달은 아슴푸레하니 그윽하고, 가운데뜰의 달은 밝고 반듯하고, 바깥뜰의 달은 툭 트여 머나먼 느낌이지. 저마다 분수(分

數)가 있으니 그 차이에 따라 감상하면 된다네."

한참 있다가 들어와 다시 가운데뜰에서 노닐었다. '흡사 그림 속의 집 같네'라는 말을 하기도 했다. 해주에서 가져온 엿을 먹었다. 이때 밤 깊어 서리가 잔뜩 내리니 나뭇잎마다 서리가 맺혔는데, 달빛을 받아 반짝이는 것이 마치 은조각을 붙인 듯했다. 사철나무 잎은 더욱 보기 좋았다. 달빛은 더욱 환하고 맑았으며 하늘은 정말 구름 한 점 없이 그저 온통 맑고 푸르렀으니, 고원하고 아득한 느낌이었다. 손님 또한 잠들지 못하고 또 바깥뜰로 나와 몇 번이나 주변을 거닐었다. 커다란 느티나무 그림자가 땅에 찍힌 것이 어스레하고 쓸쓸했다. 행랑채에서 가끔 불빛과 담소하는 소리가 새어 나왔다. 이런 얘기를 했다.

"이 정원을 고쳐 짓게 된다면 땅을 북돋워서 '공'(工) 자 모양이 되게 가운데를 구획짓고, 커다란 문을 내어 안팎 행랑을 만들면 좋겠네. 벽돌은 요즘 유행하는 흰색으로 만들고. 이러면 부르는 소리도 잘 들리고 드나들기도 시원해서 무척 환할 거야."

다시 가운데뜰을 거닐며 이런 얘기를 했다.

"저 하늘의 별자리는 끝도 없이 많은데, 처음 저 별들이 생겨났을 적에 어떻게 이름을 붙일 수 있었을까? 비록 그렇게 할 수 있었다 해도, 어떻게 빠짐없이 이름을 붙일 수 있었을까?"

"가장 처음에 저 별들을 알아보고 이름을 붙인 이는 아주 신령하고 슬기로운 사람이었을 테지. 먼 옛날에 처음으로 문물을 만들어 낸 허다한 사람들은 모두가 성인(聖人)인 거야."

1784년 9월 16일

어젯밤의 달을 생각했다. 남들은 분분하게 시험 얘기로 바빠서

다른 생각을 할 겨를이 없을텐데 나는 참 세상 물정을 모르는 오활한 사람이 아니겠는가.

아침에 일어나 꽃들이 간밤의 비에 젖어 있는 걸 봤다.

초저녁에 뜰에서 달이 뜨는 걸 보고 있었다. 동쪽 섬돌에서 멀리 바라보다가 이윽고 손님과 함께 바깥뜰로 나갔다. 달은 약간 굽은 한일자 모양의 행랑채 지붕 위에 솟아 있는데 용마루와의 거리가 불과 1필(匹: 약 15m)이었다. 그 뒤로 종강4_에 늘어선 높고 낮은 나무들이 모두 삐죽삐죽하게 우듬지만 드러내고 있었다. 지붕 너머로 바라보니 가로로 펼쳐진 모습이 흡사 기이한 그림 한 폭 같아 보기 좋았다. 이 경치는 오늘 밤 처음 보게 된 것이다.

돌아서 뜰로 들어왔더니 달은 서편으로 3분의 2만큼이나 옮겨가 있고 소나무 그림자는 모두 서쪽을 향했다. 거닐며 보고 있는데, 이때 하늘은 참으로 구름 하나 없이 그저 맑고 푸르고 텅 비어 아득했다. 밤기운이 제법 찬 데다 바람이 건듯 일어 싸늘한 기운이 몸을 동여매듯 하니 어젯밤 자유로이 노닐던 때만 못했다. 해주의 술과 엿, 그리고 마침 있던 막걸리를 내와 손님을 대접하고 이런 얘기를 했다.

"주량이 굉장한 사람의 몸에는 반드시 술벌레가 있고, 밥 먹는 양이 엄청난 사람의 몸에는 반드시 밥벌레가 있어. 요런 벌레는 미려와 옥초5_나 마찬가지인지라 끝없이 받아들여 소진해 버리지."

4_ 종강(鐘岡): 종현(鐘峴). 현재 명동성당이 자리하고 있는 언덕이다.
5_ 미려(尾閭)와 옥초(沃焦): 무한한 양의 사물을 끝없이 소진시키는 밑 빠진 독 같은 것이다. 미려는 바다 밑에 있다는 구멍으로 엄청난 양의 물을 끝없이 빨아들이는 곳이고, 옥초는 바닷속에 있다는 돌로, 엄청난 양의 물을 쉼 없이 증발시키는 곳이다.

달빛이 가운데뜰을 흐뭇이 채우고 있어 더욱 휜하고 밝았다. 다시 바깥뜰로 나와 한일자 모양의 가운데 행랑을 바라보니 느티나무가 연달아 뾰죽뾰죽 우듬지를 드러내며 어스레한 그림자를 드리우고 있었다. 나뭇잎과 가지가 이뤄 내는 듬성듬성한 무늬가 그윽한 느낌을 주었고 나뭇잎 틈새로 스미는 달빛과 잘 어울렸다. 이는 원래 어젯밤에 원 없이 보았던 것이지만 자꾸 보니까 마음이 더욱 휜히 툭 트인다. 이때 달빛은 몹시 밝고 서늘했으며 뭇 별들은 온 하늘에 반짝반짝 퍼져 있었는데, 등불을 켜 둔 탓에 그 맑은 빛이 줄어들어 그다지 밝아 보이지 않았다. 돌아서 안쪽 대청으로 들어가려고 서쪽 문으로 나아갔다. 섬돌 아래 서리 국화를 보니 황금빛 또렷한 꽃송이들이 드문드문하거나 오밀조밀하게 피어 있다. 그 모습 역시 오늘 밤 처음으로 보게 된 것이다.

생각해 보면 이 집은 달을 보기에 가장 좋다. 여기에는 일곱 가지 중요한 품격이 갖춰져 있는데, 툭 트인 것, 그윽한 것, 고요한 것, 에워싸인 것, 깨끗한 것, 층층이 진 것, 그림자가 드리워진 것이 그것이다.

정결한 겨울

1784년 10월 10일

달무리 지고 달빛이 말갛게 환했다. 뜰에 나무들의 그림자가 둥그랗게 드리웠다. 정원을 거니는데, 소나무들이 드리운 그림자 모양이 글씨를 쓴 것 같다. 어스레하고 쓸쓸하고 텅 빈 느낌이 들어 사방을 돌아보니 마음이 평온했다. 다시 정원을 거닐었다. 여기는 바둑판처럼 평평하여 울퉁불퉁한 데가 없는 점이 좋고, 집과 뜰이 아늑하니 전에 살던 삭막한 곳과 비교할 수 없다.

높다란 용마루와 길게 두른 담장에 달빛이 어리고 소나무 그림자가 여기저기 벋어 있다. 이때는 초저녁이라 큰길에서 떠드는 소리가 바람 너머 시끌시끌한데, 나의 정원은 홀로 고요하고 홀로 한가로우며, 홀로 맑고 툭 트였고 홀로 담박하고 텅 비었다. 이 정원을 가진 뒤로 손해 본 일이 정말 많았다. 그렇지만 얻은 것 역시 많다는 걸 이제 알겠다.

1784년 10월 26일

간밤에 눈이 많이 내린 줄 아침에야 알았다. 뜰이 새하얗게 정결하고, 담 안쪽의 사철나무는 옥구슬을 이고 있는 듯 떨기마다 맑디맑다. 층층 정원의 오래된 나뭇등걸도 눈으로 장식하여 덮은 듯, 흘긋 보니 또한 군세고 특이해 보인다.

드디어 정원에서 설경을 보았다. 우산 모양으로 퍼지고 기울어진 모양의 소나무에 눈이 잔뜩 쌓여 겹겹이 누르고 있는 모습이 보기 좋았다. 나와서 층층 정원의 곡대(曲臺)에서, 마음대로 그린 그림 같은 먼 데의 눈 풍경을 바라봤다.

뜰에서 눈 쌓인 풍경을 보는 것은, 달을 보는 것보다는 훨씬 못하다. 달을 보면 몹시도 툭 트이고 텅 비어 고요한 느낌이 들어서 최상의 품격이라 하기에 합당하지만, 눈 쌓인 풍경을 보노라면 시야가 좁다랗고 막힌 데가 있어 신운(神韻)이 환히 펼쳐지지 못한다. 눈 쌓인 풍경을 보기에는 황량한 광야나 높은 산봉우리가 좋다는 걸 이에 알겠다. 더 높아질수록 더 아름답고, 더 황량할수록 더 좋은 것이다. 또 누각에 올라가거나 달밤이 되거나 해도 눈 쌓인 풍경과 잘 어울릴 것이니, 이렇게 하면 툭 트이고 텅 비어 고요한 정취를 다할 수 있다.

그래도 생각해 보면, 뜰을 거닐 것도 없고 누대(樓臺)에 오를 것도 없이 그저 동쪽 방의 들창을 열고 층층 정원의 바위에 쌓인 눈을 보아도 좋다. 그것이 아름답고 유독 품격에 합당하다. 대체로 층층 계단이 여럿 있으면서 굽이굽이 구획을 짓고 있기 때문에 눈 쌓인 모양도 그에 따라 층층 계단처럼 굽이굽이 구획이 져 있는 데다, 오래 묵어 괴상한 모양의 나뭇등걸까지 있어서 그림 속 풍경 같으니 모두 감상하기에 적당하다.

1784년 10월 29일 큰 눈이 간밤에 내렸다.

해질녘에 또 눈 쌓인 정원을 보았다. 정원이 바둑판처럼 평평하니, 순전히 옥구슬을 깔아 놓은 세계다. 게다가 다른 색깔이나 모양이 끼어들지 않고, 낙락장송 서너 그루가 우뚝 서서 마치 지붕인 양 덮어 주니, 그림 속 풍경에다 빗대어 봐도 도리어 더욱 멋지다 하겠다. 비록 시를 잘 쓰는 사람이라 한들 이런 형상을 표현해 낼 수는 없으리라. 주척(周尺: 자의 일종)을 가져다가 쌓인 눈의 깊이를 재어 보았더니 6촌 서너 푼(20센티미터 남짓) 정도 된다.

1784년 11월 10일 어제보다 추위가 좀 풀렸다. 동짓날이다.

눈 덮인 정원에 달빛 비치고 소나무 그림자 어리는 걸 보니, 서양의 계화6- 그림처럼 맑고 선명하다. 맑은 밤하늘에 환한 별빛은

6_ 계화(界畵): 자를 사용하여 반듯하고 섬세하며 입체감 있게 그리는 화법(畵法)을 말한다. 건물 등을 그릴 때 주로 사용된다.

또록또록하고 총총하며 텅 빈 듯 고요하기도 하니 무어라 형용할 수 없다. 보석으로 만든 계단과 옥으로 지은 누대가 투명하게 빛나는데, 바라볼 수는 있어도 다가갈 수는 없는 것 같다고나 할까.

초저녁에 행랑 사람들을 데려다가 눈을 모아 설산(雪山)을 만들도록 했는데, 이는 우선 가운데뜰에서 달을 보는 데 방해되는 게 없도록 하기 위해서고, 둘째로는 툭 트인 정원의 품격에 합당하도록 하기 위해서였다.

가운데뜰을 거니는데, 눈 덮인 땅에서 서걱서걱 소리가 났다. 측백나무 그림자는 수놓은 듯 둥글게 찍혀 있어 보기에 좋았다. 잠깐 느티나무 문을 나와 눈 쌓인 바깥뜰에 이르렀다. 쌓인 눈에 달빛이 마치 불을 밝히듯 하니 더욱 빛나고 정결했다.

봄은 나의 벗

1785년 2월 3일 가끔 흐렸다.

갑자기 조용해졌다. 이 또한 인생에서의 변화다. 크면 큰 대로 변화가 있고 작으면 작은 대로 변화가 있다. 여기는 여기의 변화가 있고 저기는 저기의 변화가 있다.

계속 가재도구를 정돈하여 상서(上西)에 옮겨 보관해 뒀다.

황혼에 가운데뜰을 거닐었다. 한 무리의 기러기가 푸드덕 날갯짓 소리를 내며 하늘을 날아갔다. 갓 나온 달을 바라보고 사철나무를 어루만졌다. 그저 마음이 즐거워져 조금 트이는 것 같았고 나의 정신이 유원(悠遠)해지는 느낌이었다.

1785년 2월 4일 아침에 안개가 끼고 흐렸다.

옷을 갈아입었다.

층층 정원에 오르니 풀의 새싹이 벌써 파랗다. 섬돌 위에는 꽃눈도 통통하게 부풀었다.

1785년 3월 2일

남쪽으로 내려온 뒤로7_ 꽃이라곤 한 송이도 보지 못했는데, 오늘 시골 아이가 손에 가득 꽃을 꺾은 걸 처음으로 봤다. 흐드러지게 핀 붉은 꽃을 보니 기뻤다. 우리 집 정원에도 꽃들이 한창 예쁘게 피었을 텐데.

1785년 3월 6일 또 아침에 흐리고 비가 올 것 같더니 오후 늦게 다시 맑고 화창해졌다.

주막에 있으면서, 일행의 하인 다섯 명에게 100푼을 나눠 주고 이른 아침에 출발했다. 갈산8_에서 말먹이를 주고 한낮에 집에 도착하여 사당에 절을 했다.

아침에 길에서 오언절구 한 수가 떠올랐다.

풀이 벌써 파랗게 돋았으니
꽃도 응당 예쁘게 새로 피었겠지.

7_ 남쪽으로 내려온 뒤로: 이 무렵 유만주는 전라도 익산에 부임해 계신 아버지께 다녀오느라 서울 명동의 집을 떠나 있었다.

8_ 갈산(葛山): 경기도 안양시 갈산동. 여기에 한양과 충청도 및 전라도를 잇는 삼남대로의 중요한 주막 중의 하나인 갈산주막이 있었다. 유만주가 말에게 꼴을 먹인 곳이 이 어름이었을 것이다.

세계에는 진정으로 아는 이 없어도

봄이 돌아오니 그가 바로 벗이라네.

1785년 4월 5일

문서를 정리하는 일을 마치고, 드디어 상서를 청소하고 뜰에 나
갔다. 이때 향기로운 풀들이 더욱 우거져 있었다. 홍도화와 벽도화
가 피어 있지만 3분의 2는 졌고, 가지에 아직 남아 있는 꽃송이들도
낯빛이 말이 아니었다. 작은 뜰의 장미화는 점차 무덕무덕 피어나기
시작하여 금빛 꽃술이 난만했다.

1785년 4월 9일 맑고 화창하더니 오후 늦게 어지러이 바람이 불었 다. 가물 징조다.

아침에 일어나 층층 정원의 아름다운 꽃을 보았다. 붉고 흰 꽃
송이가 새로 벙글어 또한 보기에 좋았다. 대체로 집의 정원에 피어
나는 꽃들의 일을 보면, 한 가지 꽃이 시들면 다른 한 가지 꽃이 한
창 피어나서 겹겹이 이어지는 것이 마치 일부러 그렇게 배열해 둔
것 같다.

사당에 웅어회를 올렸다.

하루 동안 반쯤은 정신없이 취해 있고, 반쯤은 부잡스럽게 지
내고 있다. 이렇게 세월을 보내니 참으로 민망하다.

저녁때가 다 되어 난동에 가 인사드렸다. 오늘 밤에는 연등을
다는 걸 금지한다고 했다. 달밤에 돌아와 정원의 소나무 그림자 속
에서 명랑한 달빛과 드문드문 보이는 연등을 보고, 또 동쪽 난간에
서 연등을 보았다. 등불을 가져다가 대청에다 나란히 달았다. 회남
(淮南: 중국 안휘성)의 붉은 비단과 평성(平城: 중국 산서성)의 은빛

비단으로 등롱을 만들어 대보름 밤에 등불을 매단다면 참으로 멋질 텐데. 바깥뜰로 나와 연등과 달을 바라봤다.

뜰을 구획지어 텃밭을 만들어 툭 트인 땅에 흔적을 남겼으니 품격에 맞지 않다.[9] 바둑판 모양으로 만들어서 거닐 수 있도록 한다면 때로 거기 의지하여 달을 본다 해도 마땅치 않을 바가 없을 텐데.

1785년 4월 11일 아침에 구름이 끼고 흐렸다. 바람도 불었다. 곧 개었다가 오후가 되니 다시 흐려졌다. 바람이 종일 어지럽게 불었다.

아침에 옷을 갈아입었다. 비 온 뒤의 풀과 나무를 보니, 깊고 아름다워 좋았다.

저녁에 서쪽 동네의 책주릅에게 편지를 보내 『사고전서』(四庫全書) 16책을 빌려 왔다.

밤이 되자 갠 하늘의 달이 텅 빈 듯 환했다. 느티나무 문에 우두커니 서서 바깥뜰을 보니 측백나무 그림자가 눈에 들어오는데 흡사 온 뜰에 먹물로 그린 나무 그림이 번져 있는 것 같아, 비단에 둥근 무늬가 찍힌 듯했던 이전의 광경과도 달랐다. 층층 정원에서 하얀 모란꽃을 보았다. 봄은 꿈과 같고 밤은 바다와 같으며 달빛은 서리 같고 꽃송이는 얼음 같다. 참으로 인생의 어쩔 수 없는 시절이다. 우연히 시 한 구절이 떠올랐다.

예쁜 꽃과 맑은 달이 유독 어울려
비 갠 뜰에 밤이 드니 기이하여라.

9_ 뜰을~않다: 유만주는 명동 정원의 한 귀퉁이에 텃밭을 만들도록 해 달라는 행랑 사람의 요청을 경제적인 이유에서 받아들였지만, 이 텃밭 때문에 정원의 전체 구도가 손상된 것이 마뜩잖았다.

밝은 달이 하늘에 있고, 얼음 같은 꽃이 뜰에 있으며, 새로 구한 책이 책상에 있어, 오늘 밤에는 유난히도 마음과 생각이 영롱하게 빛나는 것 같다. 맑은 복을 누린다고 절로 으쓱거리고 싶은 기분이다. 누가 아니라 하겠는가?

1785년 4월 15일

금빛 장미화는 이미 시들었고, 모란도 오래 묵었다. 꽃 시절이 바야흐로 끝나려 하니 봄이 벌써 갔다는 생각이 든다. 이제는 짙은 푸르름이 우리 집 정원에 빛을 내 주리니, 이치가 본디 그러한 것이다.

생각해 보면 요사이 꽃 피는 데 대해 글을 쓰는 것을 일과로 삼고 있으니 몹시 고요하고 안온하다.

일상에서 일어날 변화를 헤아려 보면 내일은 반드시 한번 분잡하고 어수선하여 맘 같지 않은 일이 있겠지만, 이 또한 순리이다.

여름의 기쁨

1785년 5월 5일

아름다운 붉은 꽃들과 짙은 푸르름 속에 앉아, 계절이 나에게 주는 선물이 제법 소홀하지 않음에 스스로 즐거워하고 있다. 비바람이 한번 지나간다 해도 좋다. 아름답고 보기 좋은 꽃들은 비록 줄어들겠지만 푸르름은 더욱 짙어지리니, 긴 여름 이 정원에서 지내는 동안 언제나 고요하고 아늑하리라.

1785년 5월 13일

저물녘에 상서에 누워 뜰 앞의 큰 느티나무를 보았다. 어긋매끼어 난 가지들과 빽빽한 잎사귀들의 모습이 마치 우거진 숲에 구름이 서려 있는 것 같아 기뻤다.

1785년 5월 27일

비 오는 정원을 보노라니 몹시 그윽하고 훤한 느낌이다. 안쪽의 서편 난간을 통하여 층층 정원의 꽃과 바위를 보면 기이한 모습의 계화 그림 같아 또 기쁘다.

비 오는 정원은 아름답지만 들보에 비가 들이칠 생각을 하니 걱정이다. 비 내리는 바깥 풍경을 보니 맘이 툭 트이지만 행랑채에 비가 샐까봐 근심된다. 대체로 세상의 모든 일들은 본디 전부 다 좋은 경우는 없다.

그래도 뜰에 새로 심은 국화에 훨씬 생기가 돌아 기쁘다. 정원의 푸른빛은 그 본연의 색깔이 아니겠는가. 온통 비취빛으로 촉촉하며 끝없이 툭 트인 느낌이다. 눈앞의 좋은 풍경에 참으로 말이 안 나온다. 본연의 색깔이 아름답다. 조금도 수척하거나 메마르며 횅한 느낌이 들지 않으며 굳이 개입하여 바꿔 놓을 필요도 없다. 원추리의 꽃이 새로 폈는데 진노랑의 꽃봉오리가 있고, 진빨강으로 피어난 꽃송이도 있다. 오른쪽으로 가도 왼쪽으로 가도 모두 보기에 좋다.

비 내리는 가운데 『통감논략』[10]을 읽었다.

동쪽 들창을 활짝 열고 안쪽과 바깥쪽의 뜰을 바라보니 개울

10_ 『통감논략』(通鑑論略):『자치통감』(資治通鑑)에 대한 해설서인 듯하다.

물이 어리비친다. 그 사이로 엿보니 꽃과 바위와 즐겁게 노는 어린 것들의 모습이 절로 눈에 들어온다. 이렇게 들창을 통해 보는 것도 풍경을 보는 하나의 방식이리라. 이에 동쪽 들창에다 '헌로호'(軒露戶)라는 이름을 붙여 주었는데, 그 뜻은 헌활(軒豁: 훤히 트임)하게 정로(呈露: 드러남)한다는 데서 가져왔다.

비는 나의 세계고 푸른 정원도 나의 세계다. 뙤약볕 끝의 이 시원하고 쾌적한 느낌을, 어찌 충분하다고만 하고 말겠는가.

오늘은 조용하니 좋았고, 그윽하고 툭 트인 느낌이 들었다. 집에 물이 새고 무너질까봐 걱정도 들지만 그냥 또 느긋이 맘을 먹고 즐기련다. 불안해하고 걱정할 필요 없다.

나무에 비 내리니 주룩주룩 맑고, 여린 풀잎에 비 내리니 사납고 굳세다. 새들에게 비 내리니 바삐 퍼덕이고, 닭들에게 비 내리니 몸을 옹송그린다. 비가 한번 내리니 청신하고 기이하여 그림으로 그려 둘 만하다.

1785년 6월 16일

달빛이 훤히 밝았다. 동쪽 들창 아래 누워 아무 거칠 것 없이 달을 보았다. 뜰의 나무들은 어스레하니 텅 빈 모습으로 그림자를 드리웠고, 달빛은 무성한 나뭇가지 사이로 새어 흘렀다. 마치 열두 폭 그림병풍을 펼쳐 놓은 듯해 몹시 기뻤다. 그래서 동쪽 들창에 '범화호'(泛畵戶: 그림이 떠 있는 문)라는 이름을 붙여 주었다. 옛사람들이 전각이나 누대를 지을 적에 6면, 8면, 10면, 12면까지 만들었던 것을 생각해 봤는데, 이것들이 모두 하나의 그림병풍 같은 것이다.

이 방은 깜깜한 칠통(漆桶)과는 완전히 반대된다. 쓸데없는 상념은 뽑아 버리는 게 마땅하다.[11]

1785년 6월 22일

먼 곳을 바라보며 마음을 툭 트이게 할 수 있다면 남이 소유한 숲이라 해도 모두 나의 정원이 되고, 남이 소유한 누대라 해도 모두 나의 집이 된다. 구획을 지은 그림의 바깥에 또 구획을 지은 그림이 있어도 나쁠 것 없다.

나와 내가 노닐고, 나와 녹음이 노닐며, 나와 책 속의 옛사람이 노닌다. 나는 잘난 척하는 데데하고 쓸모없는 무리와는 노닐지 않는다. 이에 고요해지고, 이에 맘이 툭 트이고, 이렇게 하여 마음을 삼가고 이렇게 하여 상서롭게 된다.

뜰에서 월도[12]_ 36개를 수확했다.

1785년 7월 1일 덥고 가끔 가벼운 그늘이 졌다.

초하루 제사에 뜰에서 딴 과일을 사용했다.

북쪽 들창에 '층휘호'(層翬戶: 겹날개의 문)라는 이름을 붙여주었다. 저녁 햇빛을 피해 층휘호 곁에 누워 뜰 가장자리에 늘어선 나무들을 흘긋 보니 또한 기이한 모양이고, 갑절이나 높고 깊숙한 느낌이었다. 푸른 하늘에 구름도 없는데 포성 같은 우르릉 소리가 들렸다.

갑진년(1784) 8월 12일의 일기를 찾아보았다. 그날 이 정원으로 이사 왔지.

이어서 서쪽 들창에 '울청호'(鬱青戶: 울창한 푸르름의 문)라는

11_ 이 방은~마땅하다: 방에 혼자 앉아 잔걱정을 하는 게 당치 않다는 말이다. 칠통이란 옻칠을 한 통을 가리키는데, 무명에 덮여 검고 어두운 중생의 마음을 일컫는 불교 용어다.

12_ 월도(月桃): 생강과에 속한 여러해살이풀. 열매는 붉게 익으며 종자는 약용한다.

이름을 붙여 주었다. 이 창문으로 녹음을 한껏 완상할 수 있기 때문이다. 남쪽 들창에는 '금빙호'(錦氷戶: 비단과 얼음의 문)라는 이름을 붙여 주었다. 예전에 이 창문으로 비단결 같고 얼음 같은 아름다운 꽃을 보았기 때문이다.

밤에 유강차[13]를 복용했다.

일식이 있었다.

1785년 7월 7일 아침에 흐리고 비가 오더니 오후 늦게 큰비가 내리고 더웠다. 오후에는 비가 오다가 볕이 나다가 했다.

고 씨(高氏)를 불러서 집값 의논하는 일을 맡겼다.

집주릅[14]이 창동(倉洞)과 회동(會洞) 두 집의 문권을 가져와서는 집값이 15만 푼으로 정해졌는데 이대로 거래하면 속는 것이라고 했다. 그의 말에 구역질이 났다. 우리 집의 문권을 꺼내어 덧붙여 기록한 후 주었다. 준주 형에게 층층 정원의 하얀 모란 한 포기를 곧장 가져가도록 했다.

가느다란 초승달을 보며 대청 앞뜰에 들어갔다. 그림자 드리운 소나무를 보니 마치 오래 헤어져 있던 벗을 다시 만난 것 같다.

1785년 7월 11일 완연한 가을 풍경이었다. 하늘은 맑고 높으며 매미와 다른 벌레들이 섞여 울었다. 햇빛은 엷었다.

쪽풀을 심은 밭에 꽃이 피고 박을 기르는 텃밭에는 열매가 맺

13_ 유강차(薷薑茶): 향유와 생강을 달인 차. 향유는 약초의 일종으로 성질이 따뜻하여 감기약에 쓰인다.

14_ 집주릅: 집 거간. 오늘날의 부동산업자에 해당한다.

혔다. 시골 마을의 풍경 같다.

그릇이며 가구, 수집품 따위를 정리했다. 『자치통감강목』 100권을 빠짐없이 쌓아 포장하고, 『춘추합강』을 속에다 옮겨 보관하고, 해주에서 만든 대자리로 싸서 크게 봉하고, 커다란 버들고리에 단단히 넣어 겉에다 '1', '2'라고 표시를 했다.

층휘호에 기대어 뜰 남쪽에 늘어선 나무들을 보았다. 쓸쓸하게 무리지어 서 있는 나무들의 잎사귀에 햇빛 비치고 나뭇가지는 바람에 흔들리는데, 깃발인 양 일렁이는 그림자가 둥글게 땅에 드리워 황량한 나의 집을 지켜 준다.

「내 정원의 사계」는 유만주가 1년 남짓 머물다 떠난 명동의 계화(界畵) 정원에 대한 기록이다. 그는 툭 트인 정원이 딸린 멋진 집을 명동 한가운데서 발견하고 1784년 8월 12일에 그 집으로 들어오게 된다. 그러나 가족들은 '분수에 맞지 않는 집'이라며 나갈 것을 종용했다. 그는 주변의 비난에 상처를 받긴 했지만 잠깐이나마 그곳에 머물 수 있다는 데 만족하며 정원의 아름다움을 기록하는 데 정성을 쏟았다. 이에 그의 일기에는 초봄의 새싹으로부터 늦봄의 하얀 모란에 이르기까지 각각의 화초와 나무가 지닌 고유한 아름다움과, 그러한 세부 사항을 포괄하는 정원의 구도 및 전체적인 미감이 고스란히 재현되었다. 유만주는 눈 쌓인 달밤에 정원을 응시하던 중 그 구도가 서양의 계화와 유사하여 전체의 구획이 분명하면서도 조경물들이 섬세하게 배치되어 있다는 점을 발견하고, 이것을 자기 정원의 이름으로 삼게 된다. 이윽고 정원을 떠날 날이 임박하자 그는 '나의 세계'인 정원의 유일무이한 아름다움을 발견하고 곳곳에 이름을 붙이는 일에 더욱 몰두하는데, 그 가운데 정원을 거니는 '나'의 형상 역시 고독하고 명료해진다. 그가 자신의 생애를 가장 잘 표현해 낸 말 가운데 하나인 "나와 내가 노닐고 나와 녹음이 노닐며 나와 책 속의 옛사람이 노닌다"라는 구절은 명동 집을 떠나기 얼마 전 정원을 거닐던 그가 일기에 적은 것이다. 그는 마지막으로 이삿짐을 싸며 "이 울창한 나무들의 그림자가 황량한 나의 집을 지켜 주겠지"라고 되뇐다. 여기서 '황량한 나의 집'이란 기실 사랑하는 정원을 떠나는 유만주 자신의 황량한 내면 풍경일 터인데, 그의 이 독백은 아쉬움과 쓸쓸함과 애착을 담아 계화 정원에 건네는 작별의 말처럼 들린다.

그리운 소나무

1785년 7월 2일 큰비가 내리고 컴컴하게 어두웠다.

소나무는 진정 온갖 나무들 가운데 으뜸이다. 그 굳센 가지와 푸르른 의표(儀表)는 전혀 촌스럽지도 속되지도 않다. 다만 사람들이 너무 흔하게 보아 이 나무가 얼마나 기이한가 이해하지 못할 따름이다. 진시황으로부터 봉호(封號)를 받은 태산의 소나무[1]와 같은 부류는 또한 몹시 오래되고 아주 거대하여, 그 지역에서 일대 장관이 되기에 충분할 것이다. 나는 예전에 소나무의 계보를 엮어 볼까 계획한 적이 있는데, 아직 실행은 못했다.

사람들은 울퉁불퉁 옹이가 지고 구부정한 소나무를 기이하다고 하며 많이들 좋아한다. 그래서 때로는 교묘하게 가지를 구부리고 줄기를 잡아당겨 반송[2]을 만들어 내기도 한다. 내가 곰곰 생각해 보건대 이런 것은 아무 의미가 없다. 크건 작건 간에 만물은 타고난 그대로가 진정으로 기이한 것이다. 자연스럽지 않다면 기이한 것이 될 수도 없다. 모든 사물이 다 그런데 소나무만 안 그렇겠는가?

기이한 소나무란 어떤 것일까? 몇 아름이나 되는 거대한 둥치에다, 규룡처럼 구불구불한 모양을 하고, 쇠나 돌처럼 단단하고 산처럼 우뚝한 천년 묵은 소나무, 그 가지와 잎이 여기저기 무성하고 하

1_ 진시황으로부터~소나무: 오대부송(五大夫松)을 말한다. 진시황은 태산(泰山)에서 천지에 제사를 지내고 돌아오는 길에 소나기를 만나 어떤 커다란 소나무 아래에서 비를 피한 적이 있는데, 이때 소나무에게 고마워하며 오대부의 작위를 내렸다 한다.
2_ 반송(盤松): 키가 작고 가지가 옆으로 뻗어서 퍼진 소나무.

늘을 덮을 듯 허공에 서려 있는 그런 소나무일 것이다.

그렇지만 소나무는 본디 자연스러운 게 기이하다. 화분에 심은 매화나 국화 같은 부류도 마찬가지다. 꾀를 부려 꼬불꼬불하게 만들고 교묘하게 모양을 잡아서 그 타고난 본래의 참된 것을 해쳐서는 안 될 것이다. 수예가(樹藝家: 나무를 가꾸는 사람)는 이러한 품격을 몰라서는 안 된다.

1785년 7월 4일 덥고 가끔 비가 뿌렸다. 오후에는 뙤약볕이 내리쬐어 몹시 더웠다. 밤에 또 비가 왔다.

강물과 달과 소나무와 바위와 바람과 대나무와 거문고에, 나 자신까지 포함하여 여덟 친구라 했다. 사계절 서로 마주하며 평생 헤어지지 않았으면 좋겠다.

『패문운부』3_의 '소나무' 항목을 살펴보고 뜰의 소나무에게 이름을 붙여 주었다. 첫째 소나무는 '하한후'(夏寒侯)라 했는데, 원래 왕유(王維: 당나라 시인)의 시에 나온 말이고, 둘째 소나무는 '숙랭후'(肅冷侯)라 했는데 원래 두보(杜甫: 당나라의 시인)의 시에 나온 말이며, 셋째 소나무는 '후조백'(後凋伯)이라 했는데 원래 『논어』에 나온 말이다.4_

3_ 『패문운부』(佩文韻府): 청나라 때 편찬된 유서(類書)로, 한시(漢詩)의 시어(詩語)를 망라한 사전이다.

4_ 첫째~말이다: 앞서 진시황이 태산의 소나무에 봉호를 내렸듯 유만주도 정원의 소나무 세 그루에게 후백(侯伯)의 봉호를 내린 것이다. '하한'(夏寒)은 소나무 그늘이 여름에도 서늘하다는 말이고, '숙랭'(肅冷)은 소나무의 모습이 싸늘할 정도로 엄숙하다는 말이며, '후조'(後凋)는 소나무가 꿋꿋하여 겨울이 와도 다른 나무들보다 훨씬 나중에 시든다는 말이다.

1786년 8월 16일 맑고 화창했다.

나는 타고나길 소나무를 사랑한다. 그런데 옛날 살던 집 뜰에 마침 오래된 소나무가 있어서 '숙랭후'라는 이름을 붙여 주었더랬다. 언제나 맑은 밤 달이 밝을 때면 그 나무가 생각나곤 한다. 그래서 생각나는 대로 시 대여섯 구를 썼다.

> 뜨락에 나무 그림자 무성해도
> 내 정원의 숙랭후보단 한참 못하지.
> 이처럼 맑은 가을 이런 달밤엔
> 괜스레 숙랭후가 생각나네.
> 지금은 저잣거리 애들 차지 되어
> 달빛에 숙랭후 혼자 우뚝하겠지.
> 눈 풍경에 바람의 노래, 달밤의 풍치까지
> 숙랭후가 얼음꽃5-보다 훨씬 나았네.
> 계화 정원6- 어딘들 다 맘에 들었지만
> 그중에 못 잊노니 숙랭후라네.
> 자그만 연꽃송이 초라한 국화여
> 서글퍼라 숙랭후를 어찌 알겠나.

5_ 얼음꽃: 유만주가 자신의 명동 집 정원에서 몹시 사랑하며 키우던 백모란을 말한다. 그 꽃잎이 얼음처럼 투명하고 매끄러워 그렇게 불렀다.

6_ 계화(界畵) 정원: 유만주가 자신의 명동 집 정원에 붙인 이름이다. 정원의 모습이 서양의 계화 그림처럼 반듯반듯하고 단정하며 섬세하다고 하여 그렇게 불렀다.

타고난 그대로, 꾸미지 않은 것이 아름답다는 말을 많이 듣는다. 수긍이 가기는 하지만 너무 익숙해져서 절실하지 않은 말이다. 유만주는 인위적인 기교 없는 자연스러움이 오히려 '기이'하다 했는데, 이 말은 조금 다른 울림을 준다. 기이하다는 것은 남다르고 신기하다는 말이다. 세상에 절로 생겨난 것들 중에 똑같은 것은 없고 그런 의미에서 이들은 하나하나 특별하다. 그러니 무심히 지나치기 쉬운 흔한 초목들을 종(種)에 따라 뭉뚱그리지 말고 그 자체로 유심히 들여다보면 신기하게 보일 수도 있겠다는 생각이 든다.

벗의 정원을 찾아서

1787년 3월 5일

드디어 길을 나서 푸른 가로수 길에 접어들었다. 멈춰 서서 보니 1만 장 짙푸른 잎사귀가 허공에 떠 눈앞을 가린다. 하늘가에 가득한 비취빛 녹음을 쳐다보니 비록 마음을 시원하게 하는 솔바람의 물결 소리가 없다 해도 맘이 툭 트이고 뜻에 맞다. 봄꽃내음이나 쫓아다니며 남들 하는 대로 이름난 정자에서 시끄럽고 분잡하게 노는 것보다 훨씬 낫다.

한참 고요히 나무들을 보다가 협성으로 나아가 동성루(東城樓: 동대문에 딸린 누각)에 올라갔다. 때마침 바람이 불지 않아 마음 가는 대로 굽어보다 성밖 언덕길을 따라 내려왔다. 그리고 방향을 돌려 동정(東亭)의 벗 임노를 찾아갔다.

곳곳마다 복사꽃이라 일부러 마음을 써 찾아다닐 필요가 없다. 에둘러 가다가 보니 연못이 있는 정원이 하나 눈에 띄기에 내려가 봤다. 물이 말라 있으나 꽤 큰 연못이 있는데, 그 주위로 나란히 둘러 심어 놓은 소나무는 이미 오래된 교목(喬木)이 되어 있었다. 나무 아래에는 둑길을 쌓아 두었는데 훤하게 펼쳐져 있어 말을 달릴 수 있을 듯했다. 못 안의 조그만 섬에는 개나리와 측백나무 등속이 있었다. 물이 없어서 그 섬으로 올라가 봤다. 거기서 개울가에 버드나무가 늘어서 있고 한창 꽃이 피어 있는 초가집 마을이 있는 걸 넘겨다봤는데 그 배치가 또한 마음에 들었다. 다시 남쪽으로 바라보니 푸른 숲 사이로 기와집이 있다. 저기가 동정인 듯싶다.

한참 거닐다가 오후쯤 되어서야 가 봤다. 그 누정(樓亭)의 편액을 보니 바로 그 집이 맞았다. 바깥의 대청에서 정면을 바라보니 개울가 마을의 복사꽃과 버드나무가 절로 눈에 들어와, 교외주택 정원 특유의 툭 트인 정취를 겸비하고 있다. 들으니 이 집의 값은 1만 8천 푼이라 한다. 밤에 여기서 자고 내일 아침에 복사꽃 핀 마을을 찾아가기로 했다.

뒤뜰을 통해 다시 연못가로 가서 한참 구경을 했다. 연못가에 큰 꽃사과나무 한 그루가 있는데 눈처럼 하얀 꽃이 흐드러지게 피었다.

날이 이미 저물어서, 돌아와 저녁을 먹고 다시 뜰 뒤쪽으로 나와 연못가를 따라 가서 서쪽 마을의 꽃을 찾아갔다. 방향을 돌려 언덕 비탈길을 올라가 동대문 근처 성곽의 저무는 풍경을 바라보았다. 바람이 심해 높은 벽 아래 깊숙한 곳에 들어서서 산 아래 숨은 집들을 바라보았다. 꽃과 나무에 에워싸여 있고 앞에는 키 큰 소나무가 있고 시냇물이 그 사이에 흘러가는데 굽이마다 초가집이 숨었다 보였다 할 뿐 고요하니 사람이 없다. 마침 저녁 햇빛 비치고 연기가 감싸고 있어 희미하고 어렴풋한 모습이 마치 그림 속 같았다. 진나라 사람이 적은 글[1]에서 무릉도원을 깊고 미묘하고 아름다운 공간인 양 과장을 섞어 그려 내고 있지만, 생각해 보면 그 역시 개울물 따라 자리 잡은 이런 집들에 당시 시골 백성들이 난리를 피해 숨어든 것에 지나지 않을 것이다.

돌아서 남궁 씨(南宮氏)의 통허죽비(通虛竹扉)에 들렀다가 임노의 집으로 돌아왔다. 가느다란 초승달이 벌써 떠 있었다. 서재 앞뜰

1_ 진(晉)나라~글: 동진(東晉)의 도연명(陶淵明)이 쓴 「도화원기」(桃花源記)를 말한다.

을 걸으며 이런 얘기를 했다.

"가장 난처한 게 가난이야."

이 말에, 그가 써 보내 주었던 문답 두 구절을 암송하고² 이렇게 말했다.

"부모를 봉양하기 위해 제자리 아닌 데에 나아간다면 그건 훌륭한 일이라 할 수 있다네. 자기에게 누(累)가 되는 일이 없다면 참으로 더할 나위 없는 즐거운 일이겠지. 그러나 이 어찌 가난한 선비가 늘상 누릴 수 있는 분수이겠는가. 대개 귀천이나 영욕이 사람을 따라다니는 것이긴 하나, 이것만 위주로 일률적으로 얘기할 수는 없지 않겠나."

나는 또 말했다.

"오동나무에 달빛 비치는 게 가장 아름다워. 커다란 잎사귀의 그림자가 땅에서 일렁이는 게 맘에 들거든."

그러자 임노는 다음과 같은 얘기를 했다.

"바다에 뜬 달은 슬프고 처량한 물건이 아닌데, 먼 북쪽 지방에서 바다에 뜬 달을 대하노라면 얼마쯤 마음이 아파진다네. 거기에 기러기 우짖는 소리까지 한번 들려오면 '기러기만 저 혼자 내 고향으로 돌아가네' 하는 시구(詩句)에서처럼 마음이 찢기는 듯 아프지 않을 수 없어."

나는 이렇게 대답했다.

"그건 말일세, 원래 마음이 찢기는 듯 아프고 슬프고 처량한 사

2_ 이 말에~암송하고: 1787년 2월 4일의 일기에 임노가 「자꾸만 양식이 떨어져 애오라지 문답하는 시를 짓다」(屢空聊賦問答)라는 글을 보여 주었다는 말이 나온다. 여기 보면 "도시락 밥에 표주박 물조차 없으니 뭐가 즐겁겠는가? 이 생애에는 가난이 운명이네"라는 구절이 있다.

람이기 때문에 달을 보고 기러기 소리를 듣는 것 모두가 고통스러운 일이 되는 것일 뿐이라네. 바다에 뜬 달과 북쪽의 기러기가 어찌 슬프고 처량한 줄 알겠는가? 부처의 눈으로 환히 비춰 보게나. 원수를 만나 괴로운 것도 친구를 만나 기쁜 것도 다 지워질 테니."

유만주에게 가장 가까운 벗은 임노였다. 그는 원래 청량리에 살았는데, 1787년 2월에 동묘 근처 영미동으로 이사하고는 봄꽃이 한창이니 보러 오라며 친구에게 편지를 보냈다. 처음으로 그 집에 가는 길에 본 파란 하늘과 무수히 빛나는 초록잎들, 복사꽃 핀 초가집 마을이 참 아름답고 정겹게 그려져 있어, 벗에 대한 유만주의 마음을 엿보게 한다.

미월(微月)이 뜬 뜰에서 유만주와 임노가 나눈 이야기는 쓸쓸하지만 아름답다. 두 사람은 동갑내기 친구다. 비슷하게 가난한 처지에 있으며 서로를 다독였고, 같이 공부를 하고 소설을 읽고 꽃을 보며 평생을 함께해 왔다. 심지어 이들은 만 스무 살을 앞두고 내일부터 함께 일기를 쓰자고 약속까지 했고, 유만주의 『흠영』은 이를 계기로 시작됐다. 일기를 쓴 지 10년이 넘도록 유만주의 삶에는 큰 굴곡이 없었지만 임노에게는 여러 가지 풍파가 닥쳐왔다. 그중 하나는 임노의 아버지가 함경도 해안의 단천(端川)으로 유배되어, 그곳에서 돌아가신 일이었다. 27세의 임노는 아버지의 유해를 모시러 천리 길을 가야 했고, 그의 마음을 아프게 한 북쪽 바닷가의 달이란 바로 그때 본 것이었으리라. 벗의 마음을 고스란히 이해하고 있던 유만주는 이제 슬픔을 벗어 놓고 부처의 눈으로 환하게 보라고 그를 위로했다.

위의 글에서는, 우선 동대문 근처 마을의 봄 풍경에 대한 묘사적 재현이 눈에 띄게 아름답다. 그리고 그 풍경 속에 두 친구의 오랜 우정과 그들이 공유한 슬픔이 스며 있어 더욱 특별한 정취가 느껴진다.

해설

유만주와 그의 '사소한' 생애

유만주(俞晚柱)는 1755년 2월 4일, 유한준(俞漢雋, 1732~1811)과 순흥 안씨(順興安氏, 1734~1821)의 장남으로 태어났다. 출생지가 밝혀져 있지는 않지만, 친가는 서울 옥류동(玉流洞: 종로구 옥인동)에, 외가는 경기도 과천에 있었으므로 서울 권역 안에서 나고 자랐다고 판단된다. 서울내기인 그의 생애는 한 양반 가정의 외아들로 자라 두 여성에게 남편이 되고 다섯 아이에게 아버지가 되어 살았다는 것, 그리고 삶의 대부분을 혼자서 읽고 쓰는 데 할애했으며, 그 결과 스물네 권의 방대하고 치밀한 일기 『흠영』(欽英)을 남겼다는 것으로 요약할 수 있다. 그는 서른네 번째 생일을 며칠 앞둔 1788년 1월 29일, 부모와 아내와 어린 1남 2녀의 자식을 뒤로한 채 서울 창동(倉洞: 중구 남창동)의 집에서 세상을 떠났다. 자신의 일기를 태워 달라는 유언을 아버지께 남긴 것으로 알려져 있다.

33년은 어떤 위대한 이들에게는 뚜렷한 흔적을 남기기에 충분한 시간일지 모른다. 그러나 유만주의 경우는 여기 해당되지 않는바, 현재 남아 있는 공적인 기록에서 그의 길지 않은 생애에 대해 찾아보기란 쉬운 일이 아니다. 관료의 임면이나 직무 수행의 동향에 대해 상세히 언급하고 있는 『조선왕조실록』이나 생원시 합격자의 명단인 『사마방목』에서도 그의 이름은 찾아볼 수 없다. 그도 그럴 것이 유만주는 일생 과거에 응시만 했을 뿐 별다른 성과를 남기지 못하고 사적(私的) 영역에 국한되어 살았던 인물이기 때문이다.

그렇다면 개인의 문집에서는 어떠할까? 『흠영』에는 남공철(南公轍, 1760~1840)이나 오희상(吳熙常, 1763~1833) 같은 비슷한 연배의 지인들과 학문과 문장을 매개로 교유한 일이 종종 언급되어 있다. 그들은 유만주보다 오래 살아 유력한 관료가 되었고 공간(公刊)된 문집을 남길 정도로 사회적 인정을 받았다. 그러나 이들의 문집에서도 유만주의 존재감은 희박하다. 그에게 보낸 편지라든가 그를 주인공으로 쓴 어떤 독립된 글도 전하지 않는 것을 보면 그의 교유 인물들은 그를 그리 대단하게 생각지는 않은 듯하다.

유만주가 스스로에게 붙인 별명 가운데 '십무낭자'(十無浪子: 운명, 외모, 재주, 세련된 태도, 재능, 재산, 집안, 언변, 필력, 의지 등의 열 가지가 없는 허랑한 인간)라는 것이 있거니와, 그 역시 외부의 평가에서 자유롭지 않았던 것으로 여겨진다. 『흠영』에는 현실의 좌절도 어쩌지 못한 유만주의 이상(理想)과 그 성과가 고스란히 남아 다른 평가의 가능성을 열어 두고 있지만, 살아 있는 동안 자신의 존재 의의를 공식적으로 확인할 기회를 얻지 못한 그는 현실과 이상 사이의 괴리를 지나치게 고통스러워하며 자신의 현상태를 과소평가할 때가 있었다.

이처럼 사회적으로 주목을 받지 못한 유만주의 생애와 저술에 의미를 부여하고 200년 후까지 전해지도록 한 사람은 그의 아버지 유한준과 벗 임노(任魯, 1755~1828) 단 둘이었다.

임노는 유만주보다 생일이 약간 늦은 동갑내기의 벗이다. 이 둘은 아주 어릴 적부터 죽음으로 헤어질 때까지 평생 많은 것을 함께했다. 임노는 자신들이 같은 책을 읽고 같은 글을 쓰며 같은 논의를 펼쳤을 뿐만 아니라 취향과 숭상하는 것도 같았기에 하루라도 만나지 못하면 안 될 정도로 서로를 필요로 하는 사이였는데, 그런 벗이 갑자기 세상을 떠나니 자기 몸의 반쪽을 베어 낸 것 같다며 소중한 벗을 잃은 슬픔을 토로한 바 있다.

스무 살의 겨울에 임노와 함께 일기를 쓰기로 약속한 것이 『흠영』의 집필 계기가 되었거니와, 친구가 생전에 남긴 유일한 저술인 이 거질의 일기를 3년간 통독하고 정돈하여 『통원유고』라는 필사본 문집으로 엮어 낸 이가 임노인 것을 보면, 유만주와 『흠영』을 가장 깊이 들여다본 이는 아마 그일 것이다. 그러나 아쉽게도 임노의 문집 『영서유고』(穎西遺稿)가 아직까지 발견되지 않고 있어 더 자세한 내막은 알 수 없다.

이에 유만주에 대한 기록으로 지금 참조할 수 있는 것은 그의 아버지가 남긴 문집 『자저』(自著)가 거의 유일하다 하겠다. 그의 아버지 유한준은 아들과 달리 80세의 장수를 누렸고 생애의 대부분을 중앙과 지방의 관료로 재임했으며, 인품과 문장으로 생전과 사후에 존경을 받은 인물이다. 근래에 그는 박지원(朴趾源, 1737~1805)의 젊은 시절 문우(文友)였다가 이후 문예 노선이 달라 등을 돌린 사이가 된 것으로 일반에 알려져 있기도 하고, 그의 문집에 나온 "사랑하면 알게 되고 알게 되면 보이나니"라는 문구를 한 미술사학자가 인용하여 인구에 회자된 적도 있다.

유한준은 자신과 다른 삶을 살다가 지나치게 일찍 세상을 떠난 외아들에 대해 여러 차례 언급한 바 있다. 비통함을 애써 억누른 그의 담담한 이야기가 유만주를 이해하는 데 가장 큰 도움을 준다.

역사에서 길을 찾다

유한준은 자신의 아들이 "생김새가 볼품없고 키도 보통을 넘지 않았다"고 했고, "몸가짐에 일정한 규범이 있어 그 테두리 밖으로는 한 걸음도 벗어나지 않았"기에, 남들이 대체로 그에 대해 "편협하다"고 여겼다고 했다. 남에게 호감을 줄 만한 눈에 띄는 외모의 소유자도 아니고, 사회성이 부족해 남들과 잘 어울리지도 못하는 유만주의 모습을 미화하지 않은 언급이다. 또한 유한준은 생전의 아들을 "언제나 주렴을 드리운 채 책상 앞에 고요히 앉아 있고, 창밖에선 오직 새소리만 들려오는" 장면으로 회상하고 있기도 한데, 이는 애정 어린 묘사이긴 하나, 역시 앞서의 평가와 맥이 닿는 면이 있다.

그러나 유한준은 남들이 보는 겉모습 외에, 아들의 내면이 어떠한지도 통찰하는 속정 깊은 아버지였다. 그는 자신의 아들에 대해 이렇게 썼다.

세속의 선비들이 번듯하게 의관을 차려입고 인사치레를 챙기면서도 내면에는 아무 식견이 없고 아는 것이라곤 그저 돈과 벼슬자리뿐이라 눈을 희번덕거리며 그걸 쫓기에 여념이 없다는 데 대해 혐오했다. 맑고 깨끗하게 스스로를 바로잡는 것을 자기 길로 여겼고, 무언가 남에게 영향을 끼칠 만한 작용을 하는 것을 싫어해서 자신을 깊이 감추었으며, 분노를 버려 마음을 비우고 욕심을 줄여 영혼을 자라게 했다.

당시 사대부 계층에 만연한 속물주의에 환멸을 느끼고 그로부터 벗어나 자기 길을 가고자 했던 아들의 마음을 들여다본 것이다.

유만주가 그렇게 자기 길을 가는 데 가장 큰 도움이 된 것은 책이었다. 유한준의 기록에 따르면, 그는 몹시 아플 때나 일이 있어 외출해야 할 때를 제외하고는 한순간도 책을 놓은 적이 없을 정도로 책을 좋아했다. 그가 본 책은 경전과 역사책은 물론 제자백가의 기이하고 잘 알려지지 않은 책들, 지리서, 패관잡설, 온 세상 구석구석의 숨어 있는 괴이한 일들에 대한 기록에 이르기까지 5천 권이 넘었다고 한다. 또한 이처럼 독서로 온축된 것을 글쓰기로 표출하는 아들의 모습에 대해 그의 아버지는 "마치 어마어마한 부자가 창고 안에다 재물을 산처럼 쌓아 두고 필요할 때마다 척척 꺼내 쓰는 것 같았다"고 흐뭇하게 회상하기도 했다.

좋아하는 독서에 탐닉하며 풍요로운 내면세계를 일구어 가던 중 유만주는 자신이 잘할 수 있는 일을 하나 발견하고 거기에 집중하게 되었으니, 그것은 바로 사학(史學)이었다. 유한준 역시 이 점에 대해 다음과 같이 구체적으로 언급했다.

그의 공부는 사학에서 훌륭함을 보였다. 그는 『자치통감강목』이 사실상 주자가 미처 확정하지 못한 책이고, 사마광의 『자치통감』은 착란된 부분이 많다는 데 대해 문제점으로 여겼다. 그리고 이 책들에 빠져 있는 주나라 위열왕(威烈王: B.C 400년경 재위) 이전의 상고시대도 기록해야 한다고 생각했다. 그래서 황제(黃帝) 이전의 고대로부터 원나라와 명나라의 말세에 이르기까지 상하 1만 1천 년의 전사(全史)를 기록하고자 했다. 그러나 하늘이 그에게 수명을 허락하지 않아 그 책은 미처 다 쓰지 못했다.

유만주는 소년 시절부터 역사에 흥미와 열의를 보였다. 특히 그는 일관된 시각으로 중국의 고대사부터 근대사까지를 아우르는 대규모의 역사서를 편찬할 필요가 있다는 문제의식을 갖게 된 이래, 스스로 『사전』(史典: 역사의 전범)이라고 하는 소책자를 제작했다. 또한 공부를 심화해 나가는 과정에서 이것을 보완하되 춘추대의(春秋大義)를 지향하고 강목체(綱目體)라는 서술 형식을 준용한다는 견지에서 『춘추합강』(春秋合綱)이라고 이름을 바꾸어 저술을 이어 나갔다. 이후 좀 더 시야를 확장하여 역사 서술의 세 가지 벼리〔綱〕가 되는 것을 전(典: 전범), 표(表: 연표), 정(訂: 고증)으로 규정하여 '삼강'(三綱)이라 하고, 자신의 사관(史觀)을 적용한다는 뜻에서 그 앞에 자호(自號)를 붙여『흠영삼강』(欽英三綱)이라는 제목을 확정했다. 그리고 이른바 '삼강' 체재에 따라 혼자서 1만 1천 년의 전사를 계속 서술했다. 따라서 그의 일기 안에서 '삼강'이란 '삼강오륜'의 그 것이 아니라 그가 평생 진력한 미완의 역사서를 가리킨다.

뿐만 아니라 그는 환인씨(桓因氏)의 시대로부터 자신의 당대인 조선까지를 포괄하는 자국의 역사 편찬도 중요하게 고려하고 있었다. 그는 자국의 역대 인물을 38개의 유형으로 분류한 인물전 형식의 역사서를 기획하며 이것이 사마천(司馬遷)의 『사기열전』(史記列傳)을 넘어서는 시도가 되리라는 야심찬 포부와 자신감을 드러낸 적이 있다.

미완의 저술 『삼강』은 그 실존 여부를 알 수 없고 자국의 역사 인물전은 기획에서 그친 것이 확실해 보이는 상황에서, 재야 역사가 유만주의 의도나 계획은 어쩌면 잠꼬대 같은 혼잣말로 받아들여질지 모르겠다. 그러나 13년간 그의 일기에 지속된 역사가로서의 정체성은 그 자체로 지금 독자에게 시사하는 바가 적지 않다. 그 가운데 주목되는 것은 그가 지닌 역사 서술자로서의 방향성 내지는 가능성이다. 일례로 그는 생애 말년에 이르러, 교훈과 가치 평가에 견인된 중세적 사관을 탈피해 사료 중심의 객관적 역사 서술로 나아가야 하리라는 전망을 제시한 바 있다.

『흠영』, 당대에 이해받지 못한 글쓰기

근본적으로 유만주의 삶을 이끌어 나간 것은 역사 서술에만 국한되지 않은 광범위한 '글' 자체라 할 수 있다. 그는 스물여덟 살 되던 봄의 일기에 "만약 죽게 된다면 한스러운 일은, 오직 글을 쓰지 못한다는 것이 있을 뿐이다"라고 적었다. 글쓰기를 삶과 등치시킨 이 말이 글에 대한 그의 자세를 잘 보여 준다. 유만주는 문사철을 아우르는 고전학자의 입장에서, 또 간혹 그런 입장과 충돌하기도 하는 심미주의적 몽상가나 소설가의 입장에서 폭넓은 독서와 저술을 해 나갔다. 어찌 보면 잡박하고 모순적인 그의 글쓰기가 당대에 이해받지 못한 것은 그리 놀라운 일은 아닌데, 이 점에 대해 아버지는 애통한 심정으로 다음과 같이 말했다.

> 양웅(揚雄)의 『태현경』(太玄經)은 심원하고 오묘한 의미를 지니고 있다는 점에서 고금에 으뜸가는 책이었지만 당세에는 알아보는 이가 없었다. 오직 양웅의 제자인 후파(侯芭)만이 『주역』(周易)보다 낫다며 그 책을 높였지만 사람들은 역시 믿지 않았고, 항아리 뚜껑용 종이로 삼기에 이르렀다. 그러니 어쩔 수 없이 장탄식을 하며 후세에 그것을 이해해 줄 또 다른 양웅을 기다리게 된 것이다. 이 어찌 『태현경』이 현묘하지 않아서겠는가. 양웅의 벼슬과 지위가 사람들의 마음을 움직이기에 충분치 못했기 때문인 것이다. 그러므로 군자가 비록 아름다운 구슬을 품고 있다 하더라도 아무런 세력이 없으면 그 아름다움이 드러나지 않는 법이다. 예로부터 이미 이와 같았는데 하물며 후세에 있어서랴. 이름 없이 스러져간 이들을 어찌 이루 다 말할 수 있겠는가.

나의 아들은 '글'에 대해 마음과 의지를 하나로 집중하고 기운과 정신을 오로지 침잠하여, 20년을 깊이 연구하고 사색했다. 그의 사학은 깊었고 일기 쓰기는 광박했으며 시는 맑았고 문사(文辭)는 고상했다. 그러나 감춰 두기를 좋아하는 성격이라 안으로만 간직하고 내보이지 않았으며 서른넷에 포의(布衣: 벼슬 없는 선비)로 일생을 마쳤다. 그리고 그의 뒤에는 후파 같은 제자도 하나 없다. 천고의 아득한 시간 속에 내 아들을 알아줄 자 누가 있겠는가?

이처럼 유만주의 아버지는 『흠영』을 한나라 때의 걸출한 문인 양웅의 글쓰기에 비기고 있지만, 아들의 저술이 품은 가능성이 당대에 정당한 평가를 받을 수 있을지에 대해서는 회의적이었다. 어떤 사람을 이해하기에 앞서 그의 지위나 인맥 등을 살피고 그 결과가 신통치 않으면 사람은 물론 글도 거들떠보지 않는 인정세태는 오랜 시간을 두고 변함없는 것이기 때문이다. 하물며 양웅의 저술이 인정받기까지 2천 년의 시간이 필요했음에랴.

그러나 아버지는 희망을 접지 않는다. 유한준은 아들의 저술이 백 번 단련하면 저절로 풀무에서 뛰어오르는 훌륭한 금과 같다 했다. 단련하면 할수록 순수한 기운이 응결되고 순수한 기운이 응결되면 눈부신 광채를 발해 어떤 것도 그 빛을 가릴 수 없는 황금처럼, 비록 잠깐 가려져 있다가도 결국에는 무궁히 빛날 것이라 했다. 일기가 지속된 13년의 하루하루가 그러한 단련의 과정이었음을 아버지는 잘 알고 있었다. 그리고 고요한 절망에 잠긴 서른넷의 아들이 자신의 일기를 태워 달라는 말을 남기고 숨을 거두고 나서야 비로소 유한준은 『흠영』의 광채를 몸소 확인하게 된다.

그의 글쓰기는 특정 부문이나 부류로 규정되지 않는다. 어디든 종횡무진 가로지르고 천만 번 곡절을 보이며 거리낌 없이 어떤 분야든 간여한다. 옛날에 대한 이야기를 미처 끝내지 않았는데 요사이의 일이 금세 나오고, 저쪽의 중대한 사안에 대해 막 이야기를 시작했다가 '나'의 사소한 일이 갑자기 끼어든다. 그러니 비바람 불고 천둥치는 날씨처럼 그 변화가 급작스럽다.

마치 기이한 나무와 아름다운 화초가 자라는 산에 기괴한 짐승들과 사람을 놀라게 하는 도깨비들이 온통 잠복해 있는 것 같고, 거대한 바다가 큰 물고기와 거대한 거북, 물결을 가로지르는 고래와 성난 곤어(鯤魚: 크기가 몇 천 리나 된다는 상상 속의 물고기), 춤추는 해추(海鰍: 밀물과 썰물의 움직임을 만든다는 해저 물고기)와 달리는 잉어를 품고 있는 것 같으며, 페르시아의 시장에 화제(火齊: 자줏빛 보석)와 목난(木難: 황색 보석), 북쪽 변방 특산의 훌륭한 활과 화려한 피륙, 서역의 기이한 대나무와 진귀한 과일 같은 특이한 보화가 잔뜩 널려 있는 것 같다. 이토록 광박하게 많은 것을 수집한 대문헌인 것이다.

이렇게 『흠영』은 슬픔에 잠긴 아버지의 얼굴에 잠시 환한 빛을 비춰 주었다. 유한준은 아들의 일기가 무어라 쉽사리 규정할 수 없는 변화무쌍하고도 다층적인 글쓰기로 점철되어 있다는 것을 금세 파악한다. 경이로 가득한 아름다운 산, 생명이 약동하는 무한한 바다, 보화가 넘치는 페르시아의 시장이라는 비유는 『흠영』의 풍성함과 아름다움과 가능성이 뿜어내는 광휘를 가장 잘 표현한 말이라고 생각된다. 그 빛을 목도한 아버지는 슬픔과 기쁨이 섬세하게 얽힌 복잡한 마음으로 이 일기를 소중히 보듬으며 훗날을 기약한다.

자신과 세계를 투시하는 정직한 눈길

200여 년이 지난 지금, 꼭 아버지의 눈으로 보지 않아도 『흠영』에는 여러 빛깔의 기이한 광채가 일렁인다. 그런데 그처럼 다채로운 빛을 가능하게 하는 것은 우선 자신의 안팎을 응시하는 유만주의 무색 투명한 눈빛이라 할 수 있다. 자서전이나 회고록이 아닌 일기에서는 누구든 좀 더 솔직해지는 법이지만, 유만주가 스스로를 성찰하는 시선에는 일말의 미화나 정당화의 얼룩조차 없다.

유만주는 소년 시절 자신의 기질이 다소 편협하고 내향적이라 는 것을 알고 그것을 극복하고자 하는 마음가짐을 '통원'(通園)이라 는 자호로 드러냈다. 그러나 자신을 지워 사회에서 바라는 인물이 되는 것 역시 그가 원한 바는 아니었다. 그는 자신이 좋아하는 것과 싫어하는 것에 대해 잘 알았고, 그것들 각각을 대하는 태도가 분명 했다. 스물네 살 때 그는 담배, 바둑, 의미 없는 술자리, 맘에 맞지 않는 사람들과 교유랍시고 우르르 몰려다니는 것 등 싫어하는 것의 목록을 가지고 있으며, 이런 취향 탓에 또래의 사대부 청년들로부 터 재미없는 사람이라는 평판을 얻게 되었다고 말한 적이 있다. 그 러나 그는 자신의 취향에 대해 어느 정도의 자신감을 갖고 있어, 그 것을 포기하고 사교성을 발휘하고자 하지 않았고, 오히려 자신의 그 런 기질이나 성향 때문에 글 읽기와 글쓰기라는 자신의 길에 오로 지 매진할 수 있어 다행이라 했다. '나다운 것'이 어떤 것인지 알기 도 쉽지 않은데, 자신을 알고 지키면서 문학을 통해 약점을 극복해 나가겠다는 의지를 표명하는 젊은이의 담백하고 균형 잡힌 모습이 호감을 자아낸다.

첨언하자면 그는 '인인아아'(人人我我)라는 낯선 말을 창안하여

종종 쓰고 있는데, 이는 '군군신신'(君君臣臣) 즉 '임금은 임금답게, 신하는 신하답게'라는 말의 재치 있는 변주로서, '남은 남답게, 나는 나답게'라는 뜻의 조어(造語)이다. 이 말에서, 남들의 취향을 그런 대로 받아들이고 자신의 타고난 기질을 지키며 살아가고자 하는 유만주의 자세를 엿볼 수 있다.

하지만 돌아보면 자신에게는 인정하고 싶지 않은 추한 모습도 있고, 대체로 우리는 그런 것까지 후벼 파서 드러내지는 않는 편이다. 그런데 유만주는 자신의 그런 면면까지 하나하나 글로 되살리고 있어, 때로 독자를 당혹스럽게 한다.

서른두 살의 유만주는 전에 한스러운 일이 둘 있었다며, 일어난 지 한참 된 사건을 일기에서 언급한 적이 있다. 하나는 어떤 친구가 하인을 보내어 자신을 초대했는데, 그 하인이 문간에서 '유만주'라고 이름을 부른 사건이고, 다른 하나는 설날에 부유한 종형 유준주(兪駿柱, 1746~1793)의 집에 가 밥을 먹는데 처음 보는 완자 요리가 나온 것을, 어떻게 먹는지 몰라 어물거리다 실컷 먹어 보지 못한 사건이다. 첫째 사건에 대해서는 자호(字號)가 아닌 이름을 막 부르는 것이 몹시 무례한 행동임에도 그저 농담으로만 받아들이고 정당하게 꾸짖어 지적하지 못한 것이 후회된다고 했고, 둘째 사건에 대해서는 그런 요리를 처음 본다는 것을 부끄러워하지 말고 먹는 방법을 물어보아 제대로 먹었어야 했다고 하여, 일어난 지 몇 달이나 된, 사소하다면 사소한 일을 곱씹으며 이러니 '열 가지가 없는 허랑한 인간' 아니겠느냐고 자책했다. 이 짧은 삽화는 유만주의 열악한 사회경제적 처지와 소심한 성격을 대단히 효과적으로 보여 주는데, 그것은 자학적일 정도로 솔직한 그의 필치 덕택이다.

그가 좋아한 책과 관련된 삽화를 하나 더 들어 본다.

1787년 3월 9일 오후에 또 바람이 불었다.

치질 의원을 찾아갔으나 만나지 못했다. 발길을 돌려 또 북쪽으로 재동(齋洞)의 새집에 가서 대유년(大有年: 유만주의 지인 중한 사람)과 이야기를 나누었다. 그 집은 오래된 소나무와 층층의 바위가 있으며 뜰의 모퉁이가 푸르고 한갓진 것이 예전에 내가 살던 명동 집 계화(界畵) 정원을 떠오르게 했다. 『여유량전집』(呂留良全集, 여유량은 중국 명말 청초의 문인)이 어디에 있는지 전해 들었다.

오후가 다 되어서 돌아왔다가 다시 나가서 아랫집에 문병을 하였다. 그리고 권상신(權常愼, 1759~1824)의 집에 들러 그의 외조모가 돌아가신 데 대한 문상을 그제야 했다. 그가 외조모 제문(祭文) 쓴 것을 보여 주기에 극히 예스런 뜻이 있다고 평을 했다. 곁에 오래된 책이 열 권 남짓 있는 걸 보니 『호서읍지』(湖西邑誌)라고 제목이 적혀 있다. 해당 도의 감영에서 모아 편찬한 것 같다. 원식(元式: 원래 방식)의 「살구꽃」 시와 짤막한 서문을 보여 주었다. 같은 동네의 홍 씨 상주에게 문상을 하고 방명록에 기록했다. 저녁에 돌아와서 벗 소(素)가 보낸 편지를 보았다. 밤에 「살구꽃」 시를 읽어 보았다. 이건 결코 태평성대에 나올 만한 소리가 아니다. 그저 종성(鐘惺)과 담원춘(譚元春)이 남긴 침을 주워 모으고 김성탄(金聖嘆)을 선각자로 앙모한 데 불과하다.

1787년 3월 10일 더웠다.

「살구꽃」 시를 돌려보내며 편지를 썼다. "글의 체재가 정묘하고 공교로워 조잡한 마음을 가진 사람으로서는 헤아릴 수 있는 바가 아니군요. 무슨 수로 이런 절묘한 경지에 이르게 되었는지 모

282

르겠습니다." 권상신에게 『여유량전집』을 좀 보여 달라고 편지를 썼다.

위의 인용문은 얼핏 보아 의도를 잘 알 수 없지만, 『여유량전집』이라는 중국 책을 중심에 놓으면 유만주의 몸과 마음의 동선이 또렷이 드러난다. 유만주는 '대유년'이라는 친구의 집에서 우연히 『여유량전집』이 누구의 집에 소장되어 있는가에 대한 정보를 얻는다. 그리고 집으로 돌아왔다가, 그간 격조했던 권상신에게 외조모 문상을 용건으로 방문한다. 권상신의 집에 가서는, 인사를 차리는 것에는 그다지 마음을 두지 않고, 주위에 무슨 책이 있는지 기웃거리는 기색이다. 권상신이 썼다며 보여 주는 외조모 제문을 읽고 문체가 고상하다며 건성으로 칭찬을 해 주기도 한다. 한편 권상신은 살구꽃을 주제로 쓴 일련의 시를 보여 주며 비평을 청하고, 유만주는 그걸 받아 와 집에서 읽으며 중얼중얼 혹평을 던진다. 그러나 다음날 쓴 편지에서는 그와 정반대로 영혼 없는 감탄사를 남발한다. 그리고 결국에 유만주가 편지에 쓰는 것은, 『여유량전집』을 좀 빌려 달라는 말이다.

이후 몇 차례 더 부탁을 했음에도 권상신이 『여유량전집』을 빌려 주지 않았다는 것이 기록되어 있어, 한 부유한 경화세족(京華世族)의 매정함과 그 주변부를 맴도는 유만주의 딱한 처지가 드러나기도 하지만 일단 이날의 삽화에서 드러나는 것은, 보고 싶은 책 때문에 예의염치도 저버리는 유만주의 비루한 모습이다. 그는 어째서 자신의 이런 아름답지 못한 모습을 무심한 태도로 적고 있는 것일까?

그것은 아마도 그가 글쓰기에서 견지한 솔직함의 극단적 발로가 아닌가 한다. 그는 일생 진정성을 추구하며, '진적(眞的: 진짜)이 아니면 썩는다', '남을 속이는 것도 안 될 일이지만, 자신을 속이는 것은 거기 비할 바 없이 심한 일이다'라는 등의 언급을 한 적이 있다. 아픈 사람이라면 차라리 우는 소리를 할지언정 달관한 척 위선은 떨지 말라고 하며, 도학자들이 혹평한 당나라 시인 맹교(孟郊)의 불우한 읊조림을 옹호하기도 했다. 유만주의 일기가 내포한 불편하고도 기이한 호소력의 원천 가운데 하나가, 시종 관철되는 극도의 정직성일 터이다.

그런데 유만주의 정직성은 자신을 기준으로 삼은 것이다. 누군가 유력한 이가 이것은 옳고 바르고 가치 있다고 규정했으니 그것을 비판 없이 받아들여야 한다는 생각은 애초부터 그에게 없었다. 따라서 어떤 사건과 인물을 목격하더라도 그는 그 가운데서 자신이 '사실'이라고 판단하는 요소들을 선택하여 기록한다. 그의 일기에 기록된 인물의 일화라든가 역사적 사실 중 상당수가 여타의 야담이나 공적 역사 기록과 겹치지 않는 것도, 그런 서술 태도에 기인한다. 일례로 1782년의 흉년과 관련한 『흠영』의 기록을 들어 본다.

관동 어사(關東御使) 이기(李夔)가 어떤 곳에 이르러 보니 밥 하는 연기가 자욱하게 일어나고 비린내가 갑자기 훅 끼쳤다. 살펴보니 마을에 사는 두 노파가 누렇게 뜬 얼굴로 마주앉아서 한창 고기를 먹고 있었는데, 조사해 보니 어린아이를 잡아먹은 것이었다. 이기가 관아에 보고하여 두 노파를 가두자 그 노파들은 이틀 후에 죽었다 한다. 역시 참혹하다. 흉년이 들어 벌건 땅에 아무것도 없으니 지금 바야흐로 소요가 일어나고 있다. 산 사람에게 먹을 게 없다는 건 전쟁보다 심하고 전염병보다 심한 재앙이다. 장차 무슨 일인들 하지 않겠는가.

풍문으로만 전해졌던 기근의 비참한 실상이, 식인을 저지르고 이내 숨진 노파의 누렇게 뜬 얼굴로 또렷이 묘사된다. 반면 같은 현실에 대해 『조선왕조실록』의 해당 대목은 조금 다른 각도에서 서술된다.

강원도 암행어사 이기가 멋대로 창고를 열어 진대를 실시하고 문서를 올려 처벌을 기다렸다. 이것에 대한 왕의 교지(敎旨)는 다음과 같았다.

"작년에 관동에서 기근을 보고해 왔을 적에 백성의 현 상황을 알고자 너를 뽑아 그 고을에 암행어사로 파견했다. 편의대로 창고를 열어 진대를 실시하는 조치를 취한 것은 참으로 복무의 체모에 맞는 일이며, 빈사지경의 내 백성들을 살린바 실로 공적이 있다. 무슨 죄를 논하겠는가? 처벌을 기다리지 말라. 고을 수령이라는 자들은 길거리에 떠도는 사람들이 가득한 것을 눈으로 보고도 마음을 다해 안정시키지 않아 거주지를 이탈한 백성이 800여호(戶)에 이르렀다. 내 뜻을 저버린 것이 이 지경이니 저 무고한 백성들은 어떻게 살아가겠는가? 백성들이 믿고 의지할 곳은 바로 조정인데, 조정에서 목민관을 잘 선택하여 파견하지 않았기 때문에 수천의 백성이 살 곳을 잃게 되었다. 회양 부사 박사륜에 대해 어사가 이미 봉고파직(封庫罷職)을 실시한 바이지만, 의금부에 시켜 즉시 체포해 와서 그 죄상을 엄히 심문하고 관동의 백성들에게 사죄하도록 하라."

1782년 4월 2일 『조선왕조실록』의 기록에서는 이기가 적법한 절차를 거치지 않고 관곡을 헐어 백성을 진휼한 데 대해 사죄하고 그에 대해 국왕이 관용을 베풀었다는 것이 주된 화제로 파악된다. 『흠영』에서와 마찬가지로 이기의 직무 수행을 논의 대상으로 삼고 있으나, 그것은 주로 행정 절차의 문제, 백성들의 거주지 이탈 문제, 제대로 대처하지 못한 목민관에 대한 처벌 등 국가 정책과 관련하여 기술되고 있다. 진휼의 절차가 적법했는지 따지는 바로 그 순간에도 '무고한 백성들'은 굶어죽어 가고 있음이 확실할 터인데, 상황의 절박함에 대한 인식은 '누렇게 뜬 얼굴의 노파'를 떠올리는 유만주의 경우보다 부족해 보인다. 유만주는 조정의 돌아가는 양상을 보고 "무엇이 급선무이고 무엇이 중요한 근본인지 묻고 싶다"는 말을 한 적이 있는데, 이 상황에서도 같은 질문을 던졌지 싶다.

이처럼 유만주는 직분은 없지만 사대부로서의 책임감을 잃지 않고 당시의 정치 상황을 지켜보았고, 그가 재현한 영조와 정조 시대의 풍경은 국사 시간에 배운 것과는 사뭇 다르게 비관적이다. 오히려 지금 우리가 목격하는 한국 사회의 모습과 놀랍게도 유사하여 번번이 기시감이 들 정도다. 그는 자신의 불우한 처지로 인해 자신이 속한 사회를 그리 낙관적으로 받아들이지 않았고, 가부장제와 신분제로 꽉 짜여 있는 조선이라는 국가에서 뚜렷한 전망을 발견하기 어려웠던 듯하다.

유만주가 기억한 조선과 조선 사람

그러나 그는 절망에 주저앉지 않기 위한 개인적인 노력을 끝까지 멈추지 않았거니와, 자신의 동시대인들에게서 일말의 희망을 발견하고 그 개인들에 대해 기록하는 일을 지속해 나간다. 『흠영』에서 가장 빛나는 부분 중 하나도 바로 이 조선 사람들에 대한 기록이다.

유만주가 기록한 인물 중에는 그와 동년배인 조정철(趙貞喆, 1751~1831)이라는 이가 있다. 유만주는 그에 대해 "조영순(趙榮順, 1725~1775)의 둘째 아들인 정철은 제주도로 귀양을 가서 양대(갓 양태)를 엮어 먹고사는데, 재주가 좋아 아주 잘 만든다고 한다. 지금 호남 곳곳에서는 '정철 양대'라고 하면 아주 인기가 높단다"라고 짤막하게 적었다.

이 일화의 정치적 배경이 된 정유역변(丁酉逆變: 1777년 정조시해 미수 사건)은 정국에 피바람을 몰고 온 엄청난 역모 사건이었다. 주모자인 남양 홍씨 가의 홍상범(洪相範, ?~1777)을 비롯한 여타의 역모 연루자들이 대부분 극형에 처해졌지만, 조정철은 신임사화 때 희생된 노론 대신 조태채(趙泰采, 1660~1722)의 증손자라는 이유로 간신히 살아남아 귀양을 갔다. 이때 그의 아내 남양 홍씨는 자신 때문에 시댁이 역모에 연루되었다는 죄책감을 이기지 못해 8개월 된 아들을 두고 자살했다. 현달한 가문의 귀공자였다가 한순간에 참혹한 처지로 떨어진 조정철은 무려 27년을 제주도에 머물러야 했다. 다른 당파에 속한 당시의 제주 목사는 사사건건 그를 핍박하여 먹고 입을 것을 차단했고 심지어 책을 읽지도 못하게 감시했다. 게다가 조정철과 사랑하는 사이였던 제주 토박이 여성 홍윤애(洪允愛, ?~1781)를 잡아가 고문하고 죽게 만든 것도 제주 목사였다. 그러나 조정철은 50대 중년의 나이에 유배에서 풀려나고 환갑이 되어서는 공교롭게도 제주 목사로 부임하여, 홍윤애의 넋을 위로하는 비석을 남긴다. 이런 사정은 조정철의 시집 『정헌영해처감록』(靜軒瀛海處坎錄)에 상세히 전하고 있어, 사람의 운명에 대해 한번쯤 생각하게 한다.

유만주가 '정철 양대'에 대해 적은 1786년은 조정철이 제주도에 있은 지 10년이 다 되어 가는 때였고, 홍윤애가 죽은 지는 5년째 되는 해였다. 당시 유만주는 조정철의 극적인 삶이 또 어떤 반전을 맞을지 짐작도 못했을 것이다. 아울러 조정철이 시집을 내고 거기에 자기 아버지 유한준이 "하늘의 의도란 이 얼마나 정교한가?"라며 서문을 적게 될 것이라는 점도. 그는 당시 들었던 조정철의 특이한 손재주 이야기를 썼을 뿐이지만, 다른 기록에서는 찾아볼 수 없는 이 사소한 일화는 조정철의 굴곡진 생애와 결합되면서 그저 양반이 몰락하여 수공업에 종사한 사례 정도에 그치지 않고 조정철의 삶과 마음에 대해 많은 것을 상상하게 하며 무한한 여운을 남긴다. 고통과 절망에 빠진 양반계급의 한 남성이 천대받는 공장(工匠)의 일을 정성껏 능숙하게 하여 살아간다면 그는 어떤 사람일까? 그 일을 하며 연명하는 심정은 어떠했을까?

유만주가 오래 지켜본 동시대인 중에는 이주애(李珠愛, 1761~?)라는 여성도 있었다. 당대 최고의 문인이자 서예가 이광사(李匡師, 1705~1777)를 아버지로 둔 이 여성은, 그 재능을 물려받아 아름다운 글씨를 곧잘 쓴 것으로 알려져 있지만 서출인 탓에 공식 기록에서는 나타나지 않는다. 이주애는 이광사가 긴 유배 생활을 시작한 곳인 함경도 부령에서 태어났는데, 이후 아버지가 외딴 섬 신지도(薪智島)로 추방되어 신산한 삶을 16년 더 이어가는 동안 끝까지 곁에서 모신 갸륵한 딸이기도 하다. 이광사는 이 막내딸이 차남 이영익(李令翊, 1740~?)보다 재능이 더 뛰어나다고 한 바 있다.

유만주의 전언에 따르면 이주애는 부친상을 당하고 얼마 지나지 않아 섬을 떠나 상경한 것으로 보인다. 24세의 유만주는 대략 18세로 추정되는 이 재능 있는 소녀가 사대문 안에 살며 부친의 삼년상을 치르는 중이라는 소식을 듣고 관심을 보였다. 그리고 8년이 지난 1786년의 어느 날, 20대 중후반에 접어들었을 그 여인이 어떻게 살고 있을지 문득 궁금해진 유만주는 알 만한 이에게 탐문을 했다. 그리고 그 결과 이주애가 낮은 신분의 별 볼일 없는 남편을 얻은 끝에 자취도 없이 사라졌다는 것을 알게 되었다.

이주애의 초라한 후일담에 적잖이 실망한 유만주는 그 천재 소녀의 재능이 좌절된 이유를 조선의 특수한 상황에서 찾고자 했다. 즉 중국의 유여시(柳如是, 1618~1664)는 기녀(妓女)였지만 전겸익(錢謙益, 1582~1664)이라는 대문호를 배우자로 만나 남편의 창작 활동에 영감을 주면서 자기 재능을 실현할 수 있었던 반면, 조선의 서녀(庶女) 이주애는 중인·서얼 계층의 무뢰배이자 잡류(雜類)인 자에게 시집가는 것으로 모든 여지가 차단된 것이라고 그는 분석했다. 결국 신분과 성별이라는 두 가지 질곡이 서얼 여성 이주애의 날개를 꺾었다는 그의 통찰은 당시 조선 여성의 삶 깊숙한 곳에 닿은 것이라 여겨진다.

이처럼 유만주는 다른 사람이 눈여겨보지 않는 개인의 중요한 면모를 포착하는 데 열의와 재능이 있었는데, 이는 "세상에서 가장 신기한 책은 모든 인간의 생애를 기록한 염라대왕의 생사부(生死簿)"라는 그의 말에 나타난 바 인간의 삶에 대한 소설가적 관심에 뿌리를 두고 있다.

그래서일까, 서울의 여기저기를 걸으며 그 풍경을 묘사하는 유만주는 '소설가 구보씨'의 할아버지쯤 되어 보인다.

"좀 가난하고 초라해 보일지라도 시골살이가 더 낫다. 여러 위험이 몸을 옥죄며 압박하고 부러워할 것들이 많아 마음이 쉬이 어지러워지는 서울에서와 달리, 시골에서는 불안하지도 어수선하지도 근심스럽지도 다급하지도 않은 마음으로 고요히 스스로 만족하며 살수 있다"는 유만주의 말은 범죄와 사고의 위험, 극심한 빈부 격차와 그에 따른 상대적 박탈감 등 화려한 서울의 이면에 잠복한 사회문제의 요소들을 적실하게 지적한 것이다. 18세기 후반 서울이라면, 대체로 상공업이 발달하고 인구가 증가하여 풍요롭고 흥성스러웠던 것으로 그려지는 편인데, 그 이면을 보는 그의 지적이 오늘날에도 여전히 유효한 것은 아닌가 한다.

이처럼 서울살이를 고달파하며 어딘가 다른 곳을 꿈꾸기도 했던 유만주지만, 그가 그려 낸 서울의 풍경들은 참으로 정취가 있다. 초록빛 미나리가 이들이들한 안암동, 드문드문한 초가집 사이로 복사꽃이 환하게 만발한 성북동, 구름 한 점 없는 밤하늘에 둥두렷이 밝은 달이 비추는 서늘하고 깨끗한 청계천 등 그의 묘사는, 언제나 대로에 자동차들이 꼬리를 문 채 가다 서다 하고 무언가 자꾸 부수고 더 크고 높게 재개발을 하고 밤이 되어도 조명을 끄지 않는 지금의 서울이 원래 그런 곳은 아니었다는 당연한 생각을 불러오며 이곳에 대한 상상력을 키워 준다. 그는 아마도 자신의 고향인 서울을 사랑했을 터이다.

일제 치하의 경성을 산책하던 스물여섯 살의 무직자 구보씨처럼 유만주도 사대문 안팎을 특별한 목적 없이 걷고 있다. 여기서 그가 '걷고' 있다는 것은 그의 처지와 관련하여 중요한 문제이다. 당시 양반이라면 아무리 가까운 거리라도 말이나 나귀를 타고 부리는 사람을 데리고 다녀야 체면을 구기지 않는다는 통념이 있었다. 유만주는 양반이지만 직분도 경제력도 없었으므로 탈것을 얻기가 쉽지 않았다. 이에 그는 걸어 다니는 양반이 된 것이다. 걸어 다니되 글을 쓰는 양반으로서 그가 접사(接寫)한 서울 풍경은 특유의 구체성과 생동감을 갖고 있다는 점에서 독보적이다.

자기 고향에서 여행자가 된 양, 일 없이 서울의 이곳저곳을 걷는 유만주의 발걸음은 조선의 곳곳에 닿아 있기도 하다. 거주지를 벗어나는 일이 '유리'(流離: 갈 곳 없이 떠도는 것)라는 경제적 위기 상황과 연결되어 이해되고, 마음 가는 대로 노닐 여유가 절대다수의 사람들에게 주어지지 않으며, 목적이 있건 없건 낯선 곳을 다니는 일이 '행역'(行役)이라 하여 힘든 일로 간주되는 것이 일반적이던 당시의 풍토 속에서 유만주는 '남들은 여행이 고달프다지만 나는 여행이 편하다'고 선언한 다소 특이한 취향의 소유자였다.

홍대용(洪大容)의 『연기』(燕記)나 박지원(朴趾源)의 『열하일기』(熱河日記) 등을 탐독하며 중국 여행의 원대한 꿈도 꾸어 보지만, 현실에서는 5박 6일 여정에 돈 1천 푼이면 된다는 금강산 구경조차가 볼 수 없다고 안타까워하던 그였기에, 다닌 곳이라곤 경상도 군위와 황해도 해주, 전라도 익산 등 아버지의 부임지가 대부분이었다. 그래도 서울까지 길게는 보름씩 걸리는 그 길 위에서 그는 맘에 드는 풍경들을 수없이 발견하고 행복해했다. 군위까지 가는 길에 상주를 지나치면서는 그곳 특산물인 붉은 감이 주렁주렁 열린 사소한 풍경에 신기해했고, 익산에서 돌아오다 수원의 어느 주막에 묵을 적에는 먼 들판까지 나가 봄나물을 캐는 그 주모를 보고, 손님의 저녁 찬거리를 마련하는 조촐한 정성에 마음이 따뜻해져 시(詩)를 쓰기도 했다. 여행길은 '나'에게로 가는 길이기도 했으니, 내가 정말 되고 싶은 것이 무엇인지가 번쩍 떠오른 장소도 해주에서 서울로 가는 길에 있는 어느 주막이었다. 아픈 아이와 산적한 집안일 걱정으로 무거운 마음을 내려놓지 못한 채 울적한 귀경길이 끝나갈 무렵 묵게 된 고양의 그 주막집에는 좋아하는 해당화가 무덕무덕 피어 있었다. 그는 이 꽃송이들을 흐뭇이 바라보다 뜬금없이 '지금과는 전혀 다른 모습으로 세상의 숨은 이야기들을 찾아다니고, 그걸 글로 쓰고 싶다'는 생각을 하게 되었다. '나'의 꿈은 과거 시험에 합격하여 붙박이 삶을 사는 게 아니라 떠돌이 이야기꾼이 되는 것이었음이 또렷해지는 순간이었다.

누구든 한 가지 꿈만 가지고 살아가지는 않는다. 유만주도 그랬다. 역사에 대한 애정에서 출발하여 위대한 역사가가 되려는 이상을 갖게 되었고 그 실현을 위해 홀로 분투했던 것이 그의 삶이라 해도 크게 잘못은 아닐 테지만 그처럼 원대한 이상을 품은 그에게 이상하게도 사소한 것들이 자꾸만 눈에 띄었다.

머나먼 포구와 산맥, 기이한 봉우리와 빼어난 바위, 너른 벌판과 기나긴 강물, 파초가 우거진 거대한 정원을 보고 싶지만 밤낮으로 눈에 들어오는 것이라곤 별 귀할 것도 없는 잔약하고 외롭고 자잘하고 못난 모습들뿐이다. 조물주는 이토록 어그러짐을 좋아하는 것이다.

유만주의 불평처럼 심술궂은 조물주가 그의 지향을 어그러뜨리는 것은 아닐 터이다. 오히려 남들은 쉽게 지나치고 마는 것들을 유독 저 혼자 버리지 못하고 눈여겨보고 있다고 하는 게 사실에 더 가까울 것이다. 자신의 시야를 벗어나지 않는 '잔약하고 외롭고 자잘하고 못난' 것들에 대한 모순적인 애정은 어쩌면 떠돌이 이야기꾼, 혹은 소설가라는 꿈의 씨앗이었을지도 모른다.

『흠영』을 끝맺기까지

천고의 시공을 꿰뚫어보는 위대한 역사가와 시시콜콜한 인간사에 해박한 소설가와 모든 덧없는 아름다움에 마음이 쏠린 몽상가의 사이에서 유만주는 스물네 권의 일기를 썼다. 이제 그가 마지막 스물네 번째의 공책을 묶게 된 때의 이야기를 해야 할 때가 온 듯하다.

유만주는 1775년부터 1787년까지 하루도 빠짐없이 자신의 일기장에 날짜를 쓰고 날씨를 쓰고 일기를 썼다. 어떤 날은 날짜만 쓰기도 했고, 어떤 날은 짤막한 메모만 남기기도 했지만 그는 변함없이 '하루'라는 시간의 구획을 준수하며 달력에 쓰인 날짜대로 일기를 써 나갔다. 이렇게 쓴 일기들은 1년이나 반년 단위로 정돈되어 책으로 묶인 듯하다. 그러므로 실제로는 공책을 먼저 만들어서 채워 나간 것이 아니고, 초고를 보고 정서(淨書)한 종이를 책으로 엮어 지금 전하는 『흠영』을 만든 것이라 추정된다. 분량이 적은 첫 두 해만 1년 치를 1권으로 엮었고, 일기쓰기가 본궤도에 오른 1777년부터는 봄여름과 가을겨울로 나눠 묶은 반년 치가 1권을 충당하도록 책을 엮었으며, 한 해가 지나면 그 해의 중요한 일들을 결산하는 글을 써서 1년 치의 일기 앞에 서문으로 붙여 두곤 한 것을 보면, 이 일기책이 내용과 형식, 장정(裝幀)에 이르기까지 하루와 한 달, 사계절과 1년이라는 시간 구획을 철저히 준수한 결과물이라는 점을 알 수 있다.

그렇게 일기를 쓰고 만들던 그가 처음으로 붓을 놓고 일기장을 덮은 것은 1787년 5월 15일의 일이었다. 그는 이날 이후 새로 공책을 만들고 맨 앞에다 서문을 붙여 앞으로 7개월만 더 일기를 쓰고 그만둘 것이라 밝혔다. 이렇게 시작된 24번째 권은, 처음부터 끝까지 내용이 채워진 나머지 23권과 달리 뒤에 10여 장의 빈 종이가 남아

『흠영』 을미부(乙未部: 1775)의 표지

오른쪽으로부터 '을미부', '춘하추동'(春夏秋冬), '흠영' 등의
글씨가 전서체로 쓰여 있다. '흠영'이라는 표제 아래 작게
쓴 '도'(桃)라는 글자는 이 책이 24권 중 첫 권에 해당된다
는 것을 알리는 일종의 일련번호인데, 이하 권책들마다 부
여된 글자들을 차례대로 합치면 유만주가 좋아하던 왕유
의 6언시 「출원락」(出園樂: 뜰에 나서는 즐거움) 중의 한 수
를 이루는 24글자가 된다.

있어, 공책에 쓰다 만 일기의 흔적을 보여 준다. 24권의 첫머리에 적
힌 유만주의 말을 좀 더 들어 보도록 하자.

나에게는 원시(元視: 유구환의 자)라는 아들이 있었다. 날 때부
터 순수하고 맑았으며, 뜻과 행실이 훌륭했고, 내면적 자질과 겉
모습이 모두 아름다웠던지라 내가 몹시 흡족하게 여겼다. 다만
나는 그런 아들의 스승이 되기에 충분한 행실이 없고 가르침이
되기에 충분한 말을 해 주지 못하며 남겨 주기에 충분한 문예 작
품도 쓰지 못하므로, 이 일기를 남겨 주어 박문다식(博聞多識)한
사람이 되는 데 도움이 되게끔 하려 했다. 내가 남겨 주는 이 일
기는 비록 옛사람에 비추어 본다면 부끄러운 것이겠지만 노비나
전답, 금은보화 같은 걸 남겨 주는 데 비한다면 그래도 좀 낫지
않을까 싶어, 날마다 일기 쓰는 일을 게을리 하지 않은 것이다.
그저 내가 좋아하는 것을 따르기만 한 것은 아니었다.

그런데 내가 어질지도 지혜롭지도 못해 천지신명을 저버리는 행
실을 하여 그 재앙을 내 아들이 입게 되었다. 이번 여름에 원시는

질병으로 요절했다. 어지러이 소리쳐본들 따질 곳도 하소연할 곳도 없었다. 통곡하다가 이런 생각이 들었다.

'아들이 죽었다. 글을 써도 전해 줄 이가 없다. 글을 써도 그걸 평가하거나 가다듬어 정돈해 줄 이가 없다. 글을 그만 써야겠다. 그만두지 않으면 내가 진정 지혜롭지 못한 것이다.'

여름의 마흔두 번째 날(5월 12일)이 아들이 죽은 날인데, 이 날 이후 정미년(1787)의 일기는 우선 맺는다. 그리고 아들의 장례를 치를 때 쓴 글이라든가 애도문 등을 모아 기록해 두면서 내가 아들을 위한 상복을 벗는 12월 초하룻날까지 쓰는 일기를 정미지부(丁未支部)라 하겠다. 지부(支部)라는 것은 나머지라는 말이니, 역시 차마 잊지 못하는 마음에서 이러는 것이다. 훗날 사람들이 나의 정미지부를 보게 되면, 나의 일기가 이해에 끝난 것을 알리라.

곧장 절필하지 못하고 7개월의 유예를 둔 것은, 그것이 상례 제도에서 죽은 아들에 대해 아버지가 슬픔을 표시하도록 규정해 둔 기간이기 때문이었다. 부모에게 자식은 하나의 우주일진대, 아들의 죽음 앞에 유만주는 자신의 온 우주가 닫히는 경험을 했다. 죽은 아들에게 꿈에 나타나 달라 호소하고, 아들이 죽기까지의 과정을 곱씹으며 자책에 시달리고, 살아서 밥을 먹고 숨을 쉬는 것을 부끄러워하고, 부질없이 아들의 유고를 베끼고, 십자가와 같은 알 수 없는 기호를 그려 두는 등 문자와 문자 너머에 아들 잃은 아비의 형언할 수 없는 고통이 사무쳐 있는 『흠영』 마지막 권은 독자의 마음에도 날카로운 통증을 준다.

그의 말대로 정미지부, 즉 『흠영』 24권은 유만주에게 7개월 동안 통곡의 벽이 되어 주다가 끝을 맞이하게 된다. 다만 약속된 12월 1

『흠영』 1787년 5월 11일자의 일기

위독한 아들의 병세를 상세히 기록했다.

다급한 나머지 '트림' '보숑보숑' 등의 한글 어휘가 섞여 쓰인 것이 눈에 띈다.

일에는 유만주가 몸이 많이 아파 복상(服喪)을 마치는 예식을 행할 수 없었기에, 일기를 끝맺는 날은 조금 뒤로 미루어졌다.

아들이 죽은 이래, 역사와 책과 인간의 삶과 세상의 아름다운 것들에 대한 열망을 송두리째 놓아 버린 유만주는 12월 1일에 비로소 자신의 생애를 아들과 분리하여 돌아보려는 시도를 보인다. 그런데 이상하게도 이런 그에게 가장 또렷하게 떠오른 것은, 자신이 꾸었던 꿈 가운데 가장 부질없는 몽상이었다. 이날의 일기에는 어떤 역사책에도 나오지 않고 누구도 이야기한 적 없었던 기이한 낙원 '임화동천'(臨華洞天)이 등장한다. 그것은 자신이 알고 있는 모든 아름다운 자연물과 이상적인 문물제도를 동원하여 일기 안에 은밀하게 만들어 왔던 상상 세계였다. 20대 이래 유만주는 자신만의 이상향에 대한 조각조각의 상상을 일기에 기록하며 즐거움과 죄의식을 동시에 느껴 왔는데, 이제 어떤 결말을 예감하고, 그 아름답고 허황한 세계를 구성하는 모든 사항들을 분류하고 정돈한 긴 목록을 적고 있는 것이었다.

아들이 죽은 지 9개월 지나고 일기를 그만 쓴 지 한 달 남짓 지난 1788년 1월 29일, 유만주는 창동의 자기 집에서 조용히 죽음을 맞는다. 참척(慘慽)의 고통이라든가 절필 같은 징후와 연이어진 죽음이라 사람들은 간혹 그가 죽음을 선택했다고 생각했던 것 같다. 이 일에 대해 그의 아버지는 "평온히 아내와 딸들을 물러나게 하고 자리에 단정히 누워 임종했다"고 하여 아들이 정상적인 죽음을 맞았다고 했고, 아버지의 친구인 박윤원(朴胤源, 1734~1799)도 "사람들은 슬픔이 빌미가 되었다고 하지만 백취(伯翠: 유만주의 자)처럼 어질고 식견 있는 사람이 아들의 죽음 때문에 스스로를 위험에 빠뜨렸을 리가 없다"고 전하고 있다.

유만주는 일기를 쓰기 시작할 무렵, 경험을 날마다 기록하여 그걸 '나'의 기억으로 만드는 것으로 하늘이 내게 준 목숨을 완성하겠다고 했다. 그는 자신이 보고 들은 것뿐만 아니라 꿈꾼 것까지도 모두 일기에 적었고 그것은 모두 그의 기억이 되었다. 그렇게 그는 자신에게 주어진 목숨을 완전히 살았으며, 그리 불행하지 않았다.

유만주 연보

찾아보기

유만주 연보

1755년(1세) — 2월 4일, 유한준(兪漢雋)과 순흥 안씨(順興安氏)의 장남으로 태어나다. 본관은 기계(杞溪), 자는 백취(伯翠)다. 후사 없이 요절한 백부 유한병(兪漢邴)의 양자로 입적되다.

1759년(5세) — 백조부(伯祖父) 유언탁(兪彦鐸)이 방문하여, 아버지가 그를 모시고 안채에 들어가면서 다섯 살의 만주더러 비어 있는 바깥사랑채를 지키고 있으라 했더니 한나절 넘도록 꼼짝도 않고 거기 앉아 어른들이 나오시길 기다리다. 이 일로 부잡스럽지 않은 아이라는 칭찬을 받다. 아우 면주(冕柱)가 태어나다.

1761년(7세) — 고문(古文)을 잘 암송하다.

1764년(10세) — 아동용 필독서 『통감절요』를 읽다. 여섯 살 난 아우 면주가 천연두로 숨지다. 이듬해 옥류동에서 창동으로 이주하다.

1767년(13세) — 얽매임 없이 고금에 통달한 사람이 되고 싶다는 뜻에서 스스로 '통원'(通園)이라는 호를 짓다. 『산해경』과 『목천자전』을 읽고 옛사람의 상상력에 공감하며 몹시 즐거워하다.

1768년(14세) — 아버지가 비로소 진사시에 합격하다. 국화가 많던 창동의 집에서 관례를 치르다. 오재륜(吳載綸)의 장녀 해주 오씨(海州吳氏)와 혼인하다.

1772년(18세) — 자호를 단서로 자신의 지향을 정의한 「통원공(通園公) 이야기」를 쓰다.

1773년(19세) — 5월 9일에 장남 구환(久煥)이 태어나다. 5월 26일에 아내 해주 오씨가 출산 후유증으로 숨지다. 여름 동안 낙동 6촌형 유준주(兪駿柱)의 집에서 지내다.

1774년(20세) — 박달나무가 있던 창동의 초옥(草屋)으로 이주하다. 박치일(朴致一)의 장녀 반남 박씨(潘南朴氏)와 재혼하다. 겨울에 벗 임노(任魯)의 집에서 그와 함께 글공부를 하며, 새해부터 일기를 쓰기로 서로 약속하다. 『통원설부』(通園說部)라는 소설 총서를 구상하고 그 서문을 미리 써 두다.

1775년(21세) — 1월 1일에 일기를 쓰기 시작하다. 처가 근처 여주의 암자에서 한 달간 글공부를 하다. 2월에 허균의 『성수시화』를, 3월에 장조의 『우초신지』를 읽다. 4월에 구환을 위해 『몽훈』(蒙訓)이라는 글공부 책을 엮다. 5월에 『삼국사기』 등을 참조하여 우리나라 고대사를 공부하다. 6월에 자신과 구환이 연달아 홍역을 앓아 고생하다. 7월에 『여사제강』(麗史提綱) 등을 읽으며 고려사 공부를 하다. 10월에 『자치통감강목』 등을 읽으며 중국 역사를 공부하고, 그 결과물을 정리하여 『사전』(史典)이라는 소책자를 엮다. 11월에 『임화제도』(臨華制度)라는 유토피아에 대한 저술을 구상하다.

1776년(22세)   — 1월에 여주의 산사에서 글공부를 하다. 7월에 연꽃을 줍는 꿈을 꾸다. 11월에 유수원의 『우서』를 읽다. 12월에 아버지가 형조좌랑에 임명되다. 마단림의 『문헌통고』와 유형원의 『반계수록』을 읽다.

1777년(23세)   — 1월에 박지원의 여러 글이 실린 『겸헌만필』(謙軒漫筆)을 보다. 3월에 『금병매』를 읽고 세태소설로 평가하다. 이후 석 달에 걸쳐 전겸익의 『유학집』 및 『초학집』 등을 몰두하여 통독하고 초록하다. 6월에 『대학연의』를 읽다. 7월에 아버지가 군위 현감으로 부임하여 자신도 8월부터 군위로 내려가 거주하다. 이후 연말까지 『서호유람지여』(西湖遊覽志餘), 『퇴계집』, 『주역』 등을 읽다. 적어도 이 시기부터 '흠영'(欽英)이라는 자호를 사용하고 그것을 일기의 제목으로도 쓰다.

1778년(24세)   — 2월에 군위의 젊은 시승(詩僧) 보훈(普訓)을 만나다. 한유의 글을 정리하여 책으로 엮고, 이상은의 시집을 읽다. 3월에 서울 집으로 떠나며, 가는 길에 단양에 들러 사인암과 옥순봉 등의 아름다운 풍광을 보다. 서울에 머물며 『계정야승』(啓禎野乘: 명말 역사를 다룬 야사), 『서상기』, 『회남자』 등을 읽고, 과거에도 몇 차례 응시하다. 여름내 왕세정의 저술을 읽고 8월에 다시 군위로 내려가다. 9월에 『묘법연화경』, 『당송팔대가문초』를 읽고, 군위의 청년 성근(成近)을 처음으로 만나다. 12월에 보훈이 『능엄경』을 보내 주어 읽다.

1779년(25세)   — 1월에 아들 구환이 천연두에 걸렸다는 소식을 듣고 급히 서울 집으로 돌아가다. 2월에 여러 벗들과 사충서원(四忠書院)에 가서 시험공부를 하다. 4월에 여주의 처가에서 아들이 태어났지만 보름 만에 숨지다. 5월에 주량공의 『인수옥서영』을 읽다. 8월에 앞으로 편찬하여 인쇄하고 싶은 책의 목록을 작성하다. 9월에 초고 상태의 일기를 깨끗이 필사하여 정돈하는 작업을 시작하다. 10월에 남공철의 집에서 이단전을 만나다. 『서유진전』(西遊眞詮: 진사빈 평점본 『서유기』)을 읽다. 11월에 이안중을 만나 시 이야기를 나누다. 이단전이 자작시를 낭송하는 것을 듣다. 12월에 이인상의 『능호집』을 읽고 "세계를 움직여 나가야지 세계에 의해 움직여져서는 안 된다"는 그 한 구절을 일기에 베껴 적다. 이광사의 서녀가 근방에 산다는 소식을 듣다. 내면 토로의 장편시 「내하방」(奈何放: 어찌해야 하나)을 쓰다.

1780년(26세) — 1월에 『동국통감』, 『여사제강』 등 여러 책을 모아 『동사강감』(東史綱鑑)이라는 자국 역사서를 엮을 계획을 하다. 6월에 구환이 『몽훈』을 다 읽어서 책거리 대신 몇 가지 선물을 해 주다. 7월에 동아시아의 지적 유산을 시대별로 망라한 형식의 거대한 총서 『박식』(博識)을 구상하다. 한편 그때까지 자신이 읽은 책을 계산해 보고 1천 권이 채 안 된다며 안타까워하다. 9월에 자신이 편찬 중인 역사서 『사전』의 제목을 『춘추합강』(春秋合綱)으로 바꾸다. 10월에 이탁오 평비본 『수호전』을 읽다. 이안중을 만나 시 이야기를 나누다. 12월에 유형원의 문집 『반계집』을 읽다.

1781년(27세) — 1월 22일에 장녀 갑아(甲兒)가 태어나다. 7월에 임노의 아버지이자 자신의 이종형인 임종주(任宗周)가 유배지인 단천에서 사망했다는 소식을 듣다. 이후 슬픔에 잠긴 임노에게 자주 편지를 보내 위로하다. 8월에 김제 군수로 부임한 종형(從兄) 유준주에게 신주(神主)를 전해 주기 위한 여행을 다녀오다. 여행길에 허균의 『한정록』과 『전겸익선집』을 읽다. 9월에 『성호사설유선』(星湖僿說類選)을 읽고 이언진의 문집을 읽다. 10월에 벗들과 봉은사에 가서 시험공부를 하다. 자찬 역사서 『춘추합강』을 확장하여 『흠영삼강』(欽英三綱)이라 하다. 11월에 이탁오의 전집을 보는 꿈을 꾸다. 30책 분량으로 전겸익의 전집을 엮을 계획을 하다. 12월에 『삼국지통속연의』를 읽고 그 작가 나관중을 영웅이라 호평하다.

1782년(28세) — 연초부터 가난하고 무료한 생활 가운데, '강물이 넓고 구름이 많으며 남은 남답게 나는 나답게 살아갈 수 있는' 이상향으로 도피하고 싶다는 생각을 자주 표하다. 과거 공부에 몰두하지도 못하고 그렇다고 아예 마음을 접지도 못하며 불안하게 동요하고 있는 자신의 상태를 괴로워

하다. 5월에 구환에게 '장천'(長倩)이라는 자를 지어 주다. 8월에 아버지
가 물산이 풍부한 해주목의 판관으로 부임하다. 9월부터 10월까지 해
주 관아에 머물다.

1783년(29세) — 2월에 본 시험에서 여러 종형제들이 급제한 가운데 홀로 낙방하다. '과
거에서 실패한 자는 개돼지도 먹지 않을 찌꺼기에 불과할 뿐'이라며 잉
여인간으로서의 좌절감과 열패감을 드러내다. 3월에 시험을 앞두고 연
애소설과 야사에 몰두하다. 4월에 시험을 망치고, 이웃에 사는 종형 유
산주(兪山柱)가 장원급제하여 잔치하는 것을 구경하다. 6월부터 7월까
지 해주에 머물다. 해주 신광사에서 시험공부를 하던 중 "흠영이 없
으면 나도 없다"고 일기에 쓰다. 11월에 『열하일기』를 읽다.

1784년(30세) — 1월에 이단전이 불쑥 찾아와 이용휴의 문장 이야기를 하다.
2월 4일에 서른 살 생일을 해주 가는 길에서 보내다. 3월에 김성탄 평비
본(評批本) 『수호전』과 유몽인의 『어우집』을 읽다. 윤3월에 평양 유람을
다녀오다. 7월에 박지원을 '파락호'로 여기는 세간의 태도에 대해 비판
적으로 언급하며 그를 '기사'(奇士)라 고평하다. 8월에 명동의 백 칸짜
리 집으로 이주하고, 80냥을 주고 『패문운부』를 구입하다. 9월에 성의
없이 시험에 응시하고 낙방하다. 10월 7일에 명동 집에서 차녀 진아(辰
兒)가 태어나다. 10월 10일에 60냥을 주고 『자치통감강목』과 『속자치통
감강목』 등을 구입하다. 12월에 아버지가 익산 군수로 부임하다.

1785년(31세) — 2월에 아버지의 임지로 어머니를 모셔다 드리기 위해 익산에 갔다가
금세 돌아오다. 3월에 그때까지 쓴 일기를 정돈하여 10책으로 장정하
다. 5월에 장서가 민경속(閔景涑)을 만나 교유를 시작하다. 6월에 『사고
전서』의 한계를 보완하는 『동방십부전서』(東邦十部全書)를 구상하다. 7
월에, 아버지가 해주에 재임할 때 일어났던 옥사(獄事) 문제로 파직되
다. 8월에 명동 집을 팔고 창동으로 이사하다. 11월에 박지원의 『방경각
외전』을 읽고 높이 평가하다.

1786년(32세) — 1월에 이광사의 서녀가 어떻게 살고 있는지 탐문하다. 2월에 아버지가
아홉 살 난 환주(晥柱)를 양자로 들이다. 3월 16일에 성균관에서 시험
을 본 후 그 주변을 배회하다가, 봄꽃을 꽂은 부랑자를 만나 말을 걸

다. 5월에 환주와 갑아, 진아가 홍역을 겪다. 6월에 종형 유준주가 외손자를 본 것을 축하하고 삼칠일 지나서 신생아 김정희(金正喜)를 보러 가다. 7월에 이시원(李始源)에게 그 조상 이소한(李昭漢)의 문집을 빌려 보려다 모욕만 당하다. 구환이 계속하여 코피를 흘리다. 윤7월에 민경속이 읽은 책의 목록이 순전히 외서(外書)만으로 한 권의 책을 이룬 것을 보고 자신과 비교하여 대단하다는 생각을 하다. 시험 전날, "내일은 치욕의 날"이라 되뇌다. 아버지의 실직 상태가 지속되며 가계가 곤란을 겪다.

1787년(33세)   – 연초부터 구환의 병세가 악화되다. 1월 24일에 차남 돈환(敦煥)이 태어나다. 1월 26일에 아픈 구환의 이름을 '교환'(敎煥)으로 바꾸어 쾌유를 기원하다. 3월에 권상신에게 『여유량전집』을 빌리려 했으나 외면당하다. 4월 4일 밤에 사관(史官)이 되는 꿈을 꾸다. 4월 7일에 고종사촌형 김이중(金履中)이 병사하다. 5월 12일에 구환이 병사하다. 5월 17일 이래 일기를 쓰지 못했는데 5월 25일에 아들 꿈을 꾸고 비로소 일기를 다시 쓰다. 6월 24일에 구환을 광주(廣州) 개지동의 선산에 묻다. 9월에 성근이 뒤늦게 찾아와 구환을 애도하다. 10월에 아버지가 부평 부사로 부임하다. 12월 1일에 『임화제도』의 저술을 완결한다는 의미에서 자신의 유토피아를 구성하는 모든 이름들의 목록을 만들다. 12월 14일에 마지막 일기를 쓰다.

1788년(34세)   – 죽음을 앞두고 아버지에게 "『흠영』은 제가 완성하지 못한 글이니 불태워 주십시오"라고 말하다. 1월 29일에 평온히 숨을 거두다. 4월에 부평 하오정(下梧亭: 부천 오정구)에 묻히다. 10월에 아내 해주 오씨와 아들 구환이 그의 곁으로 이장되다.

1791년   – 임노가 유만주의 시와 산문을 정리하여 『통원유고』(通園遺藁)를 엮다.

1806년   – 차남 돈환이 후사 없이 스무 살로 요절하다. 돈환과 22촌인 인환(仁煥)의 아들 치홍(致弘)이 돈환의 양자로 입적되다.

1811년   – 아버지 유한준이 80세를 일기로 세상을 떠나다.

1856년   – 유치홍의 손자이자 유만주의 현손(玄孫)인 유길준(兪吉濬)이 태어나다.

찾아보기